~~बेग़मपुर~~ अमरपुर

शहर, मठ और विश्वविद्यालय
के कोलाहल में एक वंचित
कवयित्री की प्रेम-धुन

~~बेगमपुर~~

अमरपुर

शहर, मठ और विश्वविद्यालय
के कोलाहल में एक वंचित
कवयित्री की प्रेम-धुन

विवेक कुमार शुक्ल

वाणी
प्रकाशन

प्रकाशन के उत्कृष्टतम 62 वर्ष

सजिल्द पहला संस्करण : 2025

vaniprakashan.com

वाणी प्रकाशन

4695, 21-ए, दरियागंज, नयी दिल्ली-110 002

फ़ोन : + 91 11 23273167, 23275710

शाखाएँ

अशोक राजपथ, पटना-800 004, बिहार

कॉफ़ी हाउस कैम्पस, महात्मा गांधी मार्ग, प्रयागराज-211 001, उत्तर प्रदेश

महात्मा गांधी अन्तरराष्ट्रीय हिन्दी विश्वविद्यालय, वर्धा-442 001, महाराष्ट्र

sales@vaniprakashan.in
vaniprakashan@gmail.com

Amarpur
by Vivek Kumar Shukla

ISBN : 978-93-6287-195-4

Novel

मूल्य : ₹ 495

जी.एस. ऑफ़सेट, दिल्ली-110 095 में मुद्रित

वाणी प्रकाशन का लोगो मक़बूल फ़िदा हुसैन की कूची से

शहर में कविता

घर में रहते भी तो कैसे
भटकना हमें आया ही नहीं
एक बड़ी लम्बी राह है जीवन
ग़र तिरे स्पर्श की छाया ही नहीं
घर में रहते भी तो कैसे
भटकना हमें आया ही नहीं...

जब वो ये पंक्तियाँ गा रही थी उसके चेहरे के ठीक सामने चारखाने वाले एक चीकट रूमाल में बँधा गोल माइक लटक रहा था। पहली नज़र में देखने से लगता था कि किसी ने एक कटोरे को उलटा कर, रूमाल में बाँध लटका रखा है। पाँच-छह चौकियों को जोड़कर उनके पायों को नारियल की रस्सी से बाँध दिया गया था जिस पर उधड़ी बुनाई वाली एक लाल दरी बिछाई गयी थी। दरी पर बिछी चादर का अतीत सफ़ेद रहा होगा पर वर्तमान मटमैला सफ़ेद था, चादर पर गुलाबी पड़ गये दाग़ बताते थे कि गयी बारात में बारात का स्वागत रूहअफ़ज़ा के साथ रजनीगन्धा से भी किया गया था। पीछे लगे पर्दे के ठीक पहले कभी गोल रहे गावतकिये लगे थे और जुगनुओं की तरह जलती-बुझती झालरों की सजावट से पूरी जगह मंच जैसी हो गयी थी जिस पर अलग-अलग आकार-प्रकार के पेट सम्हाले कुछ कवि अधलेटे थे। जो मंच पर नहीं थे वो कवि पर्दे के पीछे अपनी काव्य प्रतिभा को 8 PM से सींच रहे थे।

रात आधी होने को थी, आयताकार जगह की निगरानी करते बाँस के खम्भों पर लिपटी थकी ट्यूबलाइटें रोशनी और अँधेरे के बीच आवाजाही कर रही थीं, दरियों पर बैठे लोग सो रहे थे, कुर्सियों पर बैठे लोग ऊँघ रहे थे और बहुत पीछे कुछ कुत्ते भौंकना स्थगित कर बेवजह लेटे थे कि उन्हें गयी बारात के अनुभव से पता था कि रात में भौंकने पर सुबह लोग पिछवाड़ा पेट्रोल से सींच देते हैं। कवि बारी-बारी आते गये और उस लटके उलटे कटोरे के सामने कभी धीमी कभी तेज़ आवाज़ में

कविताएँ सुनाते रहे। उनसे तक़रीबन बेख़बर लोग नींद की झील में थोड़ी दूर तैर कर वापस आते रहे।

सोये से लोग अचानक उसकी आवाज़ से जाग गये। "मंच पर एक कवयित्री हो तो मंच हरा-भरा लगता है" आज ही उससे सिल्क के कुरते में लिपटे सुराही के आकार के पेट को सँभालते हुए वरिष्ठ कवि कोमल जी ने कहा था।

तब तक कविता के बीच में चुटकुले सुनाने, नेताओं पर उनकी जाति को लेकर टिप्पणी करने, पत्नियों का मज़ाक़ उड़ाने या इस शहर के बूढ़े सुबह की सैर पर तितलियाँ पकड़ने जाते हैं जैसे द्विअर्थी मज़ाक़ सुनाने की परम्परा नहीं आयी थी लिहाज़ा कविता सुनाने के बाद कहने के लिए उसके पास कुछ बाक़ी न रहा। कविता का असर था या उसकी आवाज़ का, पर जब उसने बन्ध पूरा किया और अपनी जगह पर बैठी तो उसके बाद तालियों का एक शोर था। तालियों का शोर थमा और संचालन की कमान सम्हाले कोमल जी ने कहा–

"यामिनी जी! सिर्फ़ स्पर्श से कैसे काम चलेगा, यहाँ तो प्रेमी बहुत कुछ चाहते हैं!! हें हें हें!!"

उनकी अश्लील हँसी में उनकी हिलती सुराही के साथ ताली पीटते लोग भी शामिल हो गये थे। उस रात वो यामिनी या मंच की भाषा में कहें तो कुमारी यामिनी के जीवन में अमरपुर के बाहर का पहला कवि सम्मेलन था।

शहर के दुर्गा पूजा मेले, खिचड़ी मेले, सोनी टीवी के 'कुसुम' और स्टार प्लस के 'सास भी कभी बहू थी' के बावजूद पूर्वी उत्तर प्रदेश के अमरपुर शहर में अभी भी कवि सम्मेलनों की परम्परा ज़िन्दा थी। लोग रात भर जाग कर वीर रस के 'रौद्र जी', हास्य रस के 'ऊँट जी', और विरह के 'वियोगी जी' श्रृंगार के 'सुकुमार जी' की कविताएँ सुनते, आह!वाह! करते तालियाँ बजाते और अपने साथ किसी कविता की अर्द्धाली लिए घर लौट जाते और अपने किसी प्रिय के सुपुर्द कर देते। जिन दिनों अमरपुर में ये सब हो रहा था उन्हीं दिनों बग़ल के राज्य बिहार में पूजा नाम की आर्केस्ट्रा डांसर का जलवा ज़ोरों पर था। दिनकर अब सिर्फ़ सिलेबस की किताबों में बचे थे और कभी-कभी किसी पार्टी के सम्मेलन में 'सिंहासन ख़ाली करो कि जनता आती है' करने के काम आते थे। कवि कभी स्लीपर कभी जनरल कभी एसी में कविता और अकादमियों की राजधानी दिल्ली जा रहे थे, दिल्ली में उतरती हर ट्रेन में तब दस मज़दूर और बीस कवि हुआ करते थे। दनियापुर की दुर्गा पूजा समिति ने पूजा को हालिया बुलाया था और टिप-टिप बरसा पानी गाने पर उसके डांस ने लोगों को पागल कर रखा था। बाई जी का ज़माना रेणु के उपन्यासों और शैलेन्द्र

की 'तीसरी क़सम' के साथ विदा हो चुका था। उसके बाद ज़माना आया था फ़िल्मी गानों पर डांस के रंगारंग कार्यक्रम का। बम्बई में डांस बार बन्द हो चुके थे और वहाँ काम कर रही लड़कियाँ, जिन्हें पत्रकार बारबाला कहा करते थे, देश भर में फैल गयी थीं। बिहार भी इन लड़कियों से अछूता न था। इन बम्बई रिटर्न लड़कियों ने स्थानीय डांस कम्पनियों को चुनौती दे रखी थी। ऐसे में गोपालगंज की पूजा नाम की डांसर और उसके आर्केस्ट्रा ग्रुप ने इस चुनौती के जवाब में एक अभिनव प्रयोग किया था। होता यूँ कि जब पूजा टिप-टिप बरसा पानी पर रवीना टंडन की तरह नाच रही होती, सट्टा देने वाले बाबू साहब, पंडिज्जी, सरपंच जी, विधायक जी या कोई भी और जी नाच रही पूजा पर प्लास्टिक के मग्गे या लोटे से पानी की धार डालते, पूजा इस पानी को बारिश समझ अठखेलियाँ करती, उसके कपड़े उसके शरीर से चिपक जाते और जनता पसीने से। जिन दिनों बिहार में ये सब हो रहा था उन्हीं दिनों कुमारी यामिनी ने अमरपुर में कविता की मंचीय दुनिया में क़दम रखा।

मुख़्तसर-सी बात इतनी है कि यामिनी अपने छात्र जीवन से ही कविताएँ लिखने लगी थी। स्कूल के दिनों में वो–

लेखनी में शक्ति हो तो बड़े-बड़े दुश्मन भी हार जाते हैं
लेखनी में शक्ति न हो तो छोटे से दुश्मन भी जीत जाते हैं

जो धन के लिए लेखनी चलाते हैं
वो करते हैं लेखनी का अपमान
लेखनी टूट जाती है तो
अमीरों की दौलत भी रूठ जाती है

जैसी कुछ तुकबन्दियाँ कर लेती थी। उनके हिन्दी के अध्यापक श्याम बाबू चौरसिया हिन्दी की आधी कक्षा में कविताएँ पढ़ाते और आधी कक्षा में यामिनी की कविता सुनते। श्याम बाबू पूर्वांचल की भाषा में 'सूरदास' थे। वह इस सरकारी स्कूल में नियुक्त हुए थे हिन्दी अध्यापक के पद पर, चूँकि उन्हें गाने का शौक़ था और पूर्वांचल मानता था कि हर 'सूरदास' जन्मजात गवैया होता है लिहाज़ा वार्षिकोत्सव के संगीत कार्यक्रम की भी ज़िम्मेदारी उन्हें दे दी गयी थी। चौरसिया जी के कहने पर ही यामिनी ने स्कूल के वार्षिकोत्सव के लिए कई गीत लिखे थे। उसकी कविता की शक्ति चौरसिया जी ने तब पहचानी जब उसने भोजपुरी में लिखा–

माई रोए, बाबू रोएँ
रोए चिरई चुगनी
फाटल स्टोबवा ससुरे में
बुता गइल घर के सुगनी

वार्षिकोत्सव में यामिनी ने ही अपने लिखे को गाया और श्याम बाबू के करुण हारमोनियम की संगत में दर्शक रो रहे थे। बाद में यामिनी विश्वविद्यालय चली गयी थी और उसकी कविता उसके कापी के पिछले पन्नों पर सुस्ता रही थी कि श्याम बाबू ने एक दिन कहा–

"यामिनी! तुम अमरपुर के रामलीला मैदान वाले कवि सम्मेलन में क्यों नहीं जातीं? त्रिपाठी जी उसे आयोजित करते हैं। रुको मैं उनसे बात करता हूँ।"

त्रिपाठी जी उन दिनों आल इंडिया रेडिओ, जिसे हिन्दी में आकाशवाणी कहा जाता था, के अमरपुर केन्द्र में कार्यक्रम अधिकारी थे और स्वयं भी कवि थे। माना जाता था कि त्रिपाठी जी नये उभरते कवियों को हमेशा आकाशवाणी के युवा स्वर कार्यक्रम में स्थान दिया करते थे इसलिए उनके इर्द-गिर्द हमेशा टटके, युवा हुए कवि रहते थे और त्रिपाठी जी अक्सर आल इंडिया रेडिओ के अँधेरे भरे, साउंड प्रूफ़ रिकार्डिंग रूम्स में इन नये उभरते कवियों का रदीफ़ काफ़िया दुरुस्त किया करते थे। त्रिपाठी जी का तय नियम था कि कविता के कार्यक्रम का जो पाँच सौ का चेक मिलता था उसमें से सौ रुपये वे बतौर दक्षिणा लेते थे।

श्याम बाबू ने त्रिपाठी जी से बात की। पूर्वांचल में उन दिनों कवयित्री की कविता नहीं सूरत और देहयष्टि देखी जाती थी और आयोजक ये मान कर चलते थे कि कवयित्री का असली कवितापाठ कार्यक्रम के बाद उनके कमरे में होगा। चूँकि त्रिपाठी जी की दिलचस्पी सिर्फ़ कवियों में थी सो श्याम बाबू को लगा कि यामिनी को त्रिपाठी जी से मिलवाने में कोई हर्ज़ नहीं है।

साल दो हज़ार के आसपास किसी सुबह यामिनी ने त्रिपाठी जी को फ़ोन किया और तय ये हुआ कि वो रविवार को उनसे उनके घर पर मिलेगी। रविवार की दुपहर यामिनी उनके घर पहुँची। त्रिपाठी जी खाना खा कर सो रहे थे और त्रिपाठी जी की पत्नी मालिश करा रही थी। त्रिपाठी जी को दोपहर में सोने की आदत थी और मिसेज़ त्रिपाठी को मालिश कराने की इसीलिए इस बार जब वो अपने मायके से लौटी तो अपने साथ एक 17-18 साल की लड़की को भी लेती आयी थी। यामिनी ने घंटी बजायी और मिसेज़ त्रिपाठी की मालिश कर रही लड़की ने तेल भरे हाथों से दरवाज़ा खोला और यामिनी के ये कहने पर कि वो त्रिपाठी जी से मिलने आयी है बोला–

"साहब सुतल हौं, संझा के आवा।"

पर श्याम बाबू का नाम लेने पर वो ड्राइंग रूम में बिठा दी गयी। ड्राइंग रूम में लाल धारी वाले मोटे पर्दे लगे थे जिनकी ओट में धूप की बिल्ली सो रही थी, दीवार से लगी शीशे की अलमारी में सुनहरे जिल्द वाली किताबें सजी थीं जिनके नाम अंग्रेज़ी में थे। दूसरी दीवार पर अलग-अलग साहित्यकारों के साथ त्रिपाठी जी

की तस्वीरें थीं, कुछ मानपत्र फ्रेमों में क़ैद थे, एक तस्वीर में पूर्व मुख्यमन्त्री उनके साथ थे। एक कोने में एक तिपाई थी जिस पर नटराज शिव की एक कांस्य प्रतिमा थी और क़लम दाँतों में दबाये अज्ञेय जगन्नाथ की काष्ठ प्रतिमा की ओर देख रहे थे। थोड़ी अन्यमनस्क जम्हाइयों, कुछ हल्ले और तकरीबन पन्द्रह मिनट बाद सुनहरे बार्डर वाली धोती सम्हाले और जनेऊ से पीठ खुजाते त्रिपाठी जी नीचे आये। आते ही त्रिपाठी जी सोफ़े में धँस गये, बायें नितम्ब को उठाकर अपान वायु के प्रवाह का मार्ग प्रशस्त किया और चेहरे पर सन्तुष्टि की रेखा लाकर यामिनी से उसके आने का प्रयोजन पूछा। यामिनी के ये कहने पर कि उसने उन्हें फ़ोन किया था और वो श्याम बाबू की पूर्व छात्रा है, त्रिपाठी जी संयत स्वर में बोले–

"कहिये कहिये! हाँ हाँ, आप से बात हुई थी, सूरदास जी आते रहते हैं कार्यक्रम के लिए आकाशवाणी में। अच्छा, अच्छा आप कवयित्री हैं। बढ़िया! बालिका! देखने में तो तुम कमनीय, कंचन काया, कामिनी हो! तुम क्या कविताएँ भी करती हो?"

(उन्हें बेतियाहाता वाले गुरु जी ने कह रखा था कि उनका शुभ वर्ण क है सो वो हर बात की शुरुआत क वर्ण से करते थे ऐसे ही किसी का शुभ वर्ण द था तो वो गालियों की शुरुआत द से करता था जैसे चौराहे पर गाड़ी के काग़ज़ चेक करने के लिए पुलिस रोक ले तो वह छाते की नोक पुलिसवाले के पेट में लगाये शुरू हो जाता था–दुष्ट! दुर्जन! दुर्बुद्धि! दबंग! दरोगा!)

"जी सर थोड़ा बहुत लिख लेती हूँ"

"कामिनी! कविता लिखने की नहीं कहने की चीज़ है। ख़ैर तुम तो मंच पर स्वयं ही कविता हो, तुम्हें क्या!"

इसी बीच मिसेज़ त्रिपाठी तमिल फ़िल्मों की अभिनेत्री सिल्क स्मिता की तरह अपने पेटीकोट को छाती तक बाँधे नीचे आयीं और यामिनी से पूछा–

"चाय लोगी?"

"नहीं मैडम!" वो हाँ कहती तब भी चाय नहीं आती, उसे श्याम बाबू ने बता रखा था कि त्रिपाठी जी के घर चाय उन्हें मिलती है जिन्हें चाय के लिए नहीं पूछा जाता।

ये सुनकर कि वो चाय नहीं लेगी उसकी देहयष्टि का मुआयना करते ऊपर लौट गयी।

यामिनी ने पूछा–

"सर! कुछ सुनाऊँ?"

"अरे कोई आवश्यकता नहीं। तुम्हारी उपस्थिति ही कविता हो गयी। अगले

हफ़्ते बिछिया कालोनी में कार्यक्रम हैं, हज़ार रुपये पारिश्रमिक मिलेगा और उसमें से दो सौ मेरी दक्षिणा! वैसे तो मैं दक्षिणा कार्यक्रम पूर्व लेता हूँ किन्तु चूँकि तुम सूरदास जी की छात्रा हो तो चाहो तो दक्षिणा कार्यक्रम के पश्चात दे देना।"

त्रिपाठी जी ने निर्लिप्त भाव से कहा।

उधर मिसेज़ त्रिपाठी यामिनी की देहयष्टि के बारे में सोचती हुई नौकरानी पर चिल्ला रही थी।

"नरम हाथ लगा! नरम!!"

~~पेश लफ़्ज़~~

भूमिका

जहंवा से आयो अमर वह देसवा।
पवन पानी न धरती अकसवा चाँद न सूर न रैन दिवसवा।
ब्राह्मण छत्री न सुद बैसवा, मुग़ल पठान न सयद सेखवा।
आदि जोत नहिं गौर गनेसवा, ब्रह्मा बिस्नु महेस न सेसवा।
जोगी न जंगम मुनि दरवेसवा, आदि न अन्त न काल कलेसवा।
दास कबीर ले आये संदेसवा, सार सबद गहि चलो वा देसवा।

शहर को देश के नक़्शे में ढूँढ़ना लगभग असम्भव था। राज्य के नक़्शे में पूँछ की तरह लटका था शहर। शहर सालों से वहीं का वहीं था। शहर के रहने वालों को भी अब याद नहीं था कि कभी किसी ज़माने में ये शहर असल में शहर नहीं था, यहाँ बस कुछ गाँव थे। गाँव की निशानियाँ घर के पुरखों की तरह एक-एक कर के विदा होती गयी थीं और पुरखे तो साल-दर-साल पितृपक्ष में कौओं की शक्ल में लौट आते थे पर ये निशानियाँ राजा सत्यव्रत की तरह धरती और उस लोक के बीच न जाने किस लोक में लटकी थी और उनके लौट आने की कोई तारीख़ दिखती नहीं थी। शहर कभी उत्तर में रेलवे स्टेशन से शुरू हुआ करता था पर उसकी बाँहें पिछले सालों में स्टेशन से बढ़ती-बढ़ती उत्तर में बहती नदी तक जा पहुँची थीं जहाँ अपने प्रियजनों को बनारस न ले जा पाये लोग उनकी चिताएँ सजाते थे और दुर्गापूजा में देवी को नदी को सौंप आते थे। उत्तर में शुरू हुआ शहर बस स्टेशन की गन्दगी, उमस, देश भर में बेच दिये जाने के लिए नेपाल से लायी लड़कियों की उदास सूरतों को पार करता रामगढ़ ताल के काई भरे किनारों पार डूब जाता था। उन भूले-बिसरे गाँवों का नाम किसी को याद नहीं था जिन्हें निगलकर ये शहर बना था जैसे गंगा तीरे मालवीय की बगिया में खिलने वाले फूल नहीं जानते कि ये बगिया किन गाँवों को निगलकर बनी है। इतिहास में ये कभी-कभी ही होता है कि किसी पर्चे, पोस्टर में हरसूद जैसे नाम भर रह जाते हैं जो किसी बाँध तले गुम हो गये थे या अगर बच

गये तो सुदूर प्राहा के सिवान में बसे जर्मन सेनाओं द्वारा उजाड़ दिये गये लिगित्से जैसे गाँव अपने अतीत का संग्रहालय भर बन कर रह जाते हैं।

शहर की नींव में डूबे उन गाँवों का नाम किसी को याद नहीं पार सालों से इस शहर को अमरपुर ही कहा जाता है। कहते हैं कि कबीर "जो काशी तन तजे कबीरा, रामही कौन निहोरा" कहकर बनारस से जब मगहर के लिए निकले कि मरते-मरते उस पाखण्ड पर चोट कर सके कि बनारस में मरने पर स्वर्ग मिलता है और मगहर में मरने वाला अगले जनम में गदहा बनता है तो रास्ता लम्बा था और सुस्ताने के लिए वो यहाँ एक गाँव में रुके थे और जाते-जाते वो इस गाँव को बेग़मपुर कह गये थे। बेग़मपुर माने जहाँ किसी को कोई ग़म न हो।

गाँव धीरे-धीरे फैलता गया था और क़स्बे से होते हुए अब एक शहर बन गया था। गाँव बाद में क़स्बा और शहर बना। उसके बहुत पहले वहाँ कबीर की याद में एक चौरा बना जो बाद में मन्दिर और फिर एक मठ में तब्दील हो गया था। मठ में पहले बस साधु रहते थे जो गाँव में सुबह आते और "कह गये दास कबीरा" गाते-गाते भिक्षा माँगते और फिर मठ लौट जाते। मठ तब गाँव के बाहर था और धीरे-धीरे लोग मठ के इर्द-गिर्द बसते चले गये। बताने वाले बताते हैं कि पुराने काग़ज़ों में अभी भी इस जगह का नाम बेग़मपुर था, पुरानी चिट्ठियों में मुक़ाम बेग़मपुर लिखा मिलता था। तब बेग़मपुर में रहने वालों को कोई ग़म था या नहीं इस बात का पता उन पुराने काग़ज़ों, चिट्ठियों से नहीं मिलता। बाद के सालों में कबीर एक मुसलमान घर में पैदा हुए थे, उनके माता-पिता नीरू नीमा नाम के जुलाहे थे ये बात शहर की स्मृति से लेकर विश्वविद्यालयों तक भुला दी गयी थी और मान लिया गया था कि वो एक विधवा ब्राह्मणी के गर्भ से पैदा हुए थे, कुछ ने तो ये मान रखा था कि वो कमल के फूल पर आसमान से उतरे थे। धीरे-धीरे जैसे नीरू और नीमा भुला दिये गये या कबीर के जीवन से धकियाकर किनारे कर दिये तकरीबन वैसे ही शहर का नाम बेग़मपुर पहले काग़ज़ों से हटा सिर्फ़ चिट्ठियों तक सीमित कर दिया गया और धीरे-धीरे वहाँ भी शहर का नाम अमरपुर हो गया था। बेग़मपुर सिर्फ़ शहर के बूढ़ों के क़िस्सों में बचा था जो उन्होंने अपने बूढ़ों से सुने थे। बेग़मपुर के अमरपुर हो जाने के पहले बहुत कुछ हुआ, मठ में एक मन्दिर बना और वहाँ *जो घर फूँके आपना* कहने वाले कबीर की आशीष मुद्रा की भव्य मूर्ति बनी जिसकी सुबह शाम आरती होती थी। कबीर 'कबीरदास' से 'साहब' हुए।

शुरुआती सालों में मठ में रहने वाले, आने-जाने, ठहरने वाले योगी हिन्दू मुसलमान दोनों हुआ करते थे। वे दिन भर शहर में कबीर के पद गाते और शाम ढलने पर रात गुज़ारने मठ में आ जाते। मठ से पहले वहाँ सोने वाले कुत्ते निकाले

गये और उसके बाद मुसलमान योगियों को यह कहकर रोका गया कि बिना दीक्षा वाली मूर्तियाँ मठ में नहीं ठहर सकतीं, वे चाहे तो रेलवे स्टेशन के पास वाली मारवाड़ी धर्मशाला में ठिकाना खोज लें। बाद में मठ में रहने वाले मुसलमान योगियों के घर वालों ने मठ की प्रेरणा से ये कहना शुरू किया उन्हें नमाज़ नहीं छोड़नी चाहिए और छोड़ना ही तो है ये घूम-घूम कर गाना छोड़ दें। धीरे-धीरे मुसलमान जोगी भी मठ के बाहर कर दिये गये और जो पद गाना न छोड़ सके वो मठ में देह छोड़ गये। जब तक शहर अमरपुर बना तब तक साहब का पद उनके हिन्दू पन्थियों, विश्वविद्यालय के अध्यापकों, जो कुछ और न कर सके और हिन्दी पढ़ने लगे छात्रों के लिए आरक्षित हो गया था।

कहते हैं जब किसी पत्रकार ने तब के महन्थ से पूछा कि बेग़मपुर अमरपुर कैसे हो गया तब महंथ जी ने कहा था कि साहब ने ख़ुद ही कहा है–

जहंवा से आयो अमर वह देसवा।

ब्राह्मण छत्री न सुद बैसवा, मुग़ल पठान न सयद सेखवा।

यहाँ आपको कोई ब्राह्मण, छत्री, यवन दिखता है क्या? ये साहब का अमरपुर है यहाँ सब साहब के बन्दे हैं। साहब बन्दगी।

ये कहानी उसी अमरपुर की है जो कभी बेग़मपुर हुआ करता था।

दूध माँगोगे खीर देंगे

त्रिपाठी जी ने यामिनी से कही बात को पूरा किया। बिछिया कालोनी में कविता की रात। दिन था शनिवार। यामिनी की माँ इससे बहुत ख़ुश नहीं थी। उनका मानना था कि शनिवार को कोई शुभ काम शुरू नहीं करना चाहिए और तो और शनिवार उनके घर में 'मान' था मान माने जिस दिन घर का कोई पुरखा गुज़रा हो या उसी दिन परिवार में कई दुर्घटनाएँ हुई हों। यामिनी के पिता और बाबा दोनों की मृत्यु का दिन शनिवार था। यामिनी की माँ ने कहा भी–

"शनिचर के दिनै ए करल ज़रूरी हौ? बिहान चल जइहौ"

"अम्मा! सरस्वती के वंदना खातिर कौनो दिन मान न हौ"

और ये कहकर यामिनी अमरपुर की लोकल पकड़ने निकल गयी।

बिछिया कालोनी के पीएसी ग्राउंड में कवि सम्मेलन का आयोजन था। मैदान बड़ा था और शहर की मुख्य सीमा के बाहर भी। श्रोताओं में विश्वविद्यालय के अध्यापक थे, घूँघट में लिपटी उनकी पत्नियाँ थीं, शहर के प्रशासनिक अधिकारी थे, रेलवे कालोनी के बाशिन्दे और उनके परिवार थे। कारगिल की धमक अभी भी हवा में थी। प्रधानमन्त्री अटल बिहारी ख़ुद कवि थे और इस लिहाज़ से अमरपुर का कोई भी कवि ख़ुद को प्रधानमन्त्री से कम नहीं मानता था।

कवि सम्मेलन शुरू हुआ और संचालक त्रिपाठी जी ने कवि सम्मेलन की शुरुआत के लिए श्रृंगार के कवि 'कोमल जी' को बुलाया। कवि जगत में कोमल जी की ख्याति अपनी कविताओं से ज़्यादा इस बात के लिए थी कि वो अपने कुरते ख़ुद डिज़ाइन किया करते थे और हर कवि सम्मेलन में किसी नयी काट का कुरता उनकी धज बढ़ा रहा होता। कभी उनका कुर्ता चौबन्दी की शकल धर लेता, कभी बटन पट्टी सामने न होकर बाँयीं तरफ़ होती, कभी चाँदी के बटन उनके कुर्ते को जकड़े रहते तो कभी ये ज़िम्मा जाने किस जंगल में कभी हरे रहे पेड़ों की लकड़ियों से बने बटनों पर होता, चन्द्रमा की कलाओं की तरह उनके कुर्ते की लम्बाई घटती-

बढ़ती रहती और अक्सर उनकी आस्तीनें भी घटने-बढ़ने के इस खेल में शामिल हो जाती। उनकी कविता, "मिलो प्रिये तुम हमें कभी" उन दिनों कवि सम्मेलनों में धूम मचा रही थी। जब वो कविता पढ़ते हुए मिलो शब्द पर एक लम्बी ठण्डी साँस लेते तो लोग ये देखने में मशगूल रहते कि ऐसा पढ़ते हुए उन्होंने मंच पर बैठी किस कवयित्री की ओर देखा है और मन ही मन उसे अनावृत्त करने में लग जाते। रात बढ़ती जा रही थी और साथ ही ठण्ड ही तो जैसा कवि सम्मेलनों की परम्परा थी कि जनता में जोश भरने के लिए वीर रस के कवियों को बुला लिया गया। वीर रस के ज़्यादातर कवि रामायण सीरियल के हनुमान की तरह दिखते थे और कोई बच्चा भी उन्हें देखकर ये बता सकता कि ये अब वीर रस की कविता पढ़ेंगे। वीर रस के कवि बड़ी, नुकीली मूँछों वाले होते या लम्बे-चौड़े पहलवान की क़द-काठी वाले। अक्सर ये आते ही माइक परे कर देते कि जैसे उन्हें इसकी ज़रूरत नहीं और बाद में संचालक के कहने पर ही माइक इस्तेमाल करते। पीएसी ग्राउंड्स के सामने सड़क पार के मोहल्ले में सरस्वतीपुरम मस्जिद थी। ग्राउंड काफ़ी बड़ा था और सड़क के दोनों ओर 'पर्यावरण बचाओ योजना' के तहत हरे पेंट वाले सीखचों में क़ैद पेड़ लगे थे। दूर से मस्जिद के गुम्बद पर लगा झण्डा भर दिखाई देता था। चूँकि वीर रस के कवि पाकिस्तान में नहीं थे सो वो उस मस्जिद को ही पाकिस्तान मान लेते और श्रोताओं को इस बात के लिए ललकारते कि–

"आपकी तालियों से पाकिस्तान हिल जाना चाहिए।"

तालियों के हर शोर में उन्हें लगता कि वो बानबे में कार सेवा में नहीं जा पाने की कसक पूरी कर रहे थे। वीर रस के कवि मंच पर आते रहे और तालियों से लोगों के हाथ गर्माते रहे। वीर रस के रौद्र जी ने समा बाँध रखा था। उनकी विशेषता ये थी कि जब वो मंच पर आते, आते ही कहते–

मैं हूँ भारत का सपूत
और ये है मेरी घोषणा

और श्रोता तुरन्त पाकिस्तान की माँ कहते हुए सपूत और घोषणा शब्दों के तुकान्त शब्द दुहराने लगते। उनकी कविताओं ने पाकिस्तान के परखच्चे उड़ा दिये। उनकी कविता–

हम भारत के बेटे हैं
हमको किसी से बैर नहीं
ग़र देखा तूने कश्मीर की ओर
तो पाकिस्तान अबकी तेरी ख़ैर नहीं है

ने लोगों में जोश भर रखा था। कविता सुनाकर जब रौद्र जी बैठे तो वे पसीना-पसीना

हो गये थे और ताली बजाते-बजाते लोगो के हाथ लाल।

कवि सम्मेलनों की रेसिपी के अनुसार मंच पर एक मुस्लिम कवि का होना ज़रूरी था ताकि हिन्दू साम्प्रदायिकता में चुटकी भर धर्मनिरपेक्षता भी रहे और आयोजन को पूरी तरह साम्प्रदायिक होने से बचा लिया जाये। आमतौर से इन मुस्लिम कवियों से उम्मीद होती थी कि वे मंच पर आयेंगे और प्यार-मुहब्बत के कुछ शेर सुनायेंगे, लम्बी जुल्फों, लाल रुखसारों की तारीफ़ में कुछ कहेंगे जिन्हें अगले दिन सुनने वाले पीपल की सूखी पत्तियों पर लिख किसी और को सौंप सकेंगे। उन दिनों ये मान लिया गया था कि मुसलमान शायर होता है और हिन्दू कवि चाहे वो ग़ज़ल सुनाएँ या कविता। आकाशवाणी में काम करने वाले कवि हबीब रिज़वी इसी समीकरण के नियमों के अनुसार मंच पर बैठे थे।

संचालक त्रिपाठी जी ने इसी सन्तुलन को क़ायम रखने के लिए मंच से कहा–

"अब हमारे बीच आ रहे हैं हमारे ही शहर के अपने कवि रिज़वी साहब। मैं उन्हें आवाज़ देता हूँ कि वे आयें और हमें अपनी कविता से नवाज़ें।"

रिज़वी साहब माइक तक आये और रूमाल से चेहरा साफ़ करते हुए कहा–

आज आपके सामने अपनी एक नयी कविता पढ़ता हूँ–

घर तो एक था हम दोनों का
फिर कौन ये लकीरें खेंचता है
ये किसकी जंग है, कौन लड़ता है
हर जंग में, मेरी माँ का बेटा मरता है

रिज़वी साहब ज्यों ही आख़िरी लाइन पर आये, वीर रस में धुत्त लोग भड़क उठे–

–पाकिस्तानी है सरवा
–मियंडीयन के माई के
–का रे पाकिस्तानी
–केतना भतार है रे तोहरा माई के

वो कहते रहे कि ये कविता कारगिल के युद्ध नायक विक्रम बत्रा को समर्पित है। मेरी माँ भारत माता है पर वीर रस में धुत्त लोग भला क्यों सुनते। रिज़वी साहब चुपचाप जाकर अपनी जगह पर बैठ गये। संचालक त्रिपाठी जी ने स्थिति को समझते हुए यामिनी को इशारा किया और माइक पर आ गये–

"आप लोग बहुत धीरज से सुन रहे हैं। ऐसे ही कविता के पारखियों के लिए, ऐसा ही अच्छा सुनने वालों के लिए प्रस्तुत करता हूँ एकदम नयी, ताज़ी कवयित्री और उनकी कविता। और क्या कहूँ वह तो मंच पर स्वयं ही कविता हैं। तालियाँ बजाकर स्वागत कीजिए कुमारी यामिनी का।"

यामिनी उठी। उसे लगा कि वो हनुमान मन्दिर के सब्ज़ी मार्केट की लौकी है। सुरेन्दर उससे यही तो कहता है, “ले ल बहिनी, एकदम ताज़ा ह, अजुये तुराइल ह।”

वो मंच पर थी। सामने लोगों का समूह, दूर ग्राउंड की बाउंड्री पर चमकती बिजली की झालरें और मुँह के सामने माइक। एक पल के लिए वो कुछ बोल न सकी, वो जम सी गयी थी। वो कभी एक साथ इतने लोगों के सामने खड़ी न हुई थी। स्कूल में या जब भी उसने कोई कविता सुनायी, सुनने वाले उसके दोस्त, जान-पहचान के लोग थे और यहाँ भीड़ का हर चेहरा अपरिचित।

–अरे कुछ सुनाइये

–अरे कविता गाइए

–देखत नाही हौ ई सुने नहीं देखे वाली कविता हौ

गोरा रंग, लम्बे बाल, छरहरी काया वाली यामिनी ने कुछ बोलना शुरू ही किया था कि माइक सीं...सीं...सीं की आवाज़ करने लगा।

–माइकवा सीटी मारत है हौ

भीड़ से एक आवाज़ आयी। माइक वाले ने माइक ठीक किया। त्रिपाठी जी ने मंच से फिर यामिनी की तारीफ़ की और कुमारी यामिनी ने बन्ध पढ़ना शुरू किया

तुम्हारी याद में बाती सी जलती हूँ मैं
तुम हो मेरे श्लोक, मेरी आयत, मेरी ऋचाएँ
तुमको हर रोज़ गीता सी पढ़ती हूँ मैं
विरह ने तोड़ दिये हैं
सुर-ताल-छन्द-बन्ध
तुम्हारा साथ जो हो
कान्हा की बाँसुरी सी बजती हूँ मैं

यामिनी की आवाज़ का असर इतना गहरा था कि एक पल के लिए भीड़ शान्त हो गयी। बन्ध पूरा होते-होते आया तालियों का शोर और शोर के ठीक बाद एक फिकरा–

–बजाना हमको भी आता है, अरे माने बाँसुरी!

और फिर एक अश्लील हँसी।

कार्यक्रम सफल रहा। मंच पर सबसे नवोदित कवि होने के कारण कवि सम्मेलन के मुख्य अतिथि ने माला पहनाकर उसका स्वागत किया। त्रिपाठी जी बेहद प्रसन्न थे कि उनकी ‘खोज’ को सराहा गया। यामिनी की वजह से ये आरोप भी क्षीण हो गया कि वो केवल नये किशोर कवियों को ही मौक़ा देते हैं। लौटते हुए

त्रिपाठी जी ने यामिनी से पूछा–

"ये कविता कब की लिखी है?"

"सर! मंच पर ही कही, आप ही तो कहते हैं कि कविता लिखने नहीं कहने की वस्तु है।" यामिनी ने कहा।

त्रिपाठी जी मुदित होकर बोल उठे–

"सदा ख़ुश रहो! रचनाशक्ति निरन्तर बढ़ती रहे! वीणावादिनी का आशीष तुम पर बना रहे!"

अगले दिन दैनिक जागरण, हिन्दुस्तान, सहारा हर अख़बार में कार्यक्रम की रिपोर्टिंग छायी थी। दैनिक जागरण ने अपनी ख़बर का शीर्षक उसकी कविता की पंक्ति को बनाया था–'विरह ने तोड़ दिये हैं...।' तो दूसरी ओर हिन्दुस्तान ने उसे 'अमरपुर की महादेवी' कहा था।

कहै कबीर सुनो रे सन्तो!

प्रदेश में उन दिनों जगहों के नाम बदलने की प्रतियोगिता चल रही थी, एक सरकार आती तो एक नाम रखती तो दूसरी सरकार दूसरा नाम। शहर के बाशिन्दे जगहों को उनके पुराने नाम से पुकारते रहते, चिट्ठियाँ पुराने नाम वाले पतों पर पहुँचती रहतीं और बस किसी सरकारी विभाग में किसी फ़ाइल के पन्ने बढ़ते रहते। नयी चीज़ें बनाने की फुर्सत किसी सरकार के पास न थी। नाम बदलते रहते और जगहें चुपचाप अपनी जगह बनी रहतीं और कोई विरोध न करतीं। कुछ साल पहले एक बार एक बाबरी मस्जिद नाम की एक जगह ने विरोध किया था कि उसका नाम राम जन्मभूमि नहीं है और उसका नाम न बदला जाये, लोगों के एक बवंडर ने उस जगह को ही समतल कर डाला। जगहें जानती थीं कि बने रहने के लिए अच्छा यही है कि चुपचाप रहा जाये।

इसी सिलसिले में कुछ साल पहले अमरपुर विश्वविद्यालय का नाम बदलकर श्यामा प्रसाद मुखर्जी अमरपुर विश्वविद्यालय कर दिया गया था।

–अमे यार मिश्रा जी! ये बताइये कि श्यामा प्रसाद मुखर्जी बहुत महान आदि थे का?

–गज़ब बौरहा हो यार सुकला! आपको मास्टर कौन बना दिया, अमे श्यामा प्रसाद जी स्वतन्त्रता सेनानी थे, आज़ादी की लड़ाई के सिपाही, उ जम्मू कश्मीर को एक करने में जान दे दिये आ आप पूछ रहे हैं कि श्यामा प्रसाद मुखर्जी कौन थे।

–अमे हम गांधी, पटेल, नेहरू, नेता जी को जानते हैं। ई बताइये इ श्यामा बाबू का गांधी जी से भी बड़े स्वतन्त्रता सेनानी थे का?

–दिखा दिये न कि आप पडरौना के सुकुल हैं! आप जैसों की वजह से ही पडरौना के बउक विश्वविख्यात थे। अमे गांधी मरते दम तक पाकिस्तान को इ दे दो उ दे दो करते रहे, उनका बस चलता तो कश्मीर भी दे देते, आ श्यामा बाबू देश को बचाने में, कश्मीर को भारत में रखने के लिए जान दे दिये।

–वाह मिश्रा जी, आप तो ई चटर्जी पटर्जी को तो अइसा बता रहे हैं कि उ न होते हम लोग अंग्रेजवन का जुत्ता साफ कर रहे होते, माने गांधी आ सुभाष बाबू तो कुछ किये ही ना।

–चटर्जी पटर्जी नहीं मुखर्जी।

–हाँ हाँ वही।

–अच्छा इ बताइये सुकला जी थे तो गाँधी बनिया ही ना, आ चाहे बंगाली ही हों लेकिन श्यामा बाबू थे तो बाभन। अब ई बताइए बनिया बड़ा कि बाभन?

–अमे यार मिसरा जी! आप तो बात का पेंच फँसा दिये महाराज! चलिए इसी बात पर चौरसिया के यहाँ एक 302 क़ीमाम का बीड़ा खिलाइये।

ऐसा नहीं था कि विश्वविद्यालय का नाम बदलने से कुछ बदल गया था, शहर उसे अभी भी इन्वर्सिटी ही कहता था, बाथरूम से बदबू का तेज़ भभका हस्बमामूल वैसे ही उठता था, इमारतों पर अभी भी पीला उदास रंग था पर एक फ़ाइल में एक पन्ना बढ़ गया था। वैसे भी अमरपुर श्यामा प्रसाद मुखर्जी को इतना ही जानता था जितना वो आज़ादी के आन्दोलन के समय स्वदेश पत्रिका निकालने वाले दशरथ द्विवेदी को। बेतियाहाता के किनारे बने पार्क का नाम मुंशी प्रेमचन्द पार्क न होता तो लोग ये भूल चुके थे कि अपनी मृत्यु के बाद हिन्दी का उपन्यास सम्राट कहे जाने वाले ये व्यक्ति कभी अमरपुर में ही पढ़ाते थे। शहर को सिर्फ़ माफियाओं के नाम, उनकी जीवनी, उनके क़िस्से याद थे। शहर को मालूम था कि श्रीप्रकाश शुक्ला यहाँ किस दुकान पर चाय पीने आता था, किस नेता को उसने कहाँ और कैसे मारा था। कैसे वह लखनऊ की एक जींस की दुकान में पहुँच गया था और सेल्समैन के ये पूछने पर कि कौन-सी चाहिए उसने सारी जींसें पैक करा ली थीं और उसके जाने के बाद जब सेल्समैन को मालूम हुआ कि वो श्रीप्रकाश शुक्ला था तो उसे दाँत लग गये थे या वो किस मास्टर के यहाँ लड़कपन में ट्यूशन पढ़ता था और अचानक सालों बाद जब पूरा प्रदेश उसे जानने लगा था, एक दिन गुरुजी के पैर छूने उनके घर पहुँच गया था और गुरु जी की चिर गयी थी। किस माफिया ने किस माफ़िया, किस व्यापारी को किस गली में मारा था, किस बन्दूक़ से मारा था आदि-आदि ये सब क़िस्से शहर को मुँहज़बानी याद थे।

कुमारी यामिनी इन दिनों इसी श्यामा प्रसाद मुखर्जी अमरपुर विश्वविद्यालय की छात्रा थी। विषय थे हिन्दी, अंग्रेज़ी और समाजशास्त्र। हिन्दी वाले ज़्यादातर अध्यापक कवि सम्मेलन की कई रिपोर्टिंग पढ़ चुके थे। एक दिन कक्षा में पढ़ाते हुए अध्यापक मिश्रा जी, जो ख़ुद भी कवि थे और संघर्ष उपनाम से कविताएँ लिखते थे, ने यामिनी से कहा–

"यामिनी! ये महादेवी बनने का समय नहीं है। देश एक भारी उथल-पुथल से गुज़र रहा है, यहाँ लोगों के चूल्हों में अकाल पड़ा है और आपको इस बात की पड़ी है कि आपके छन्द-बन्ध टूट गये हैं।"

मिश्रा जी का इशारा कवि सम्मेलन में पढ़ी गयी उसकी कविता की ओर था। मिश्रा जी स्वयं को प्रगतिशील कवि कहा करते थे और उनकी कविता–

जब तक देश के चूल्हों में अकाल है
सर्वहारा की उम्मीद लाल है लाल है

देश के प्रगतिशील मंचों पर उद्धृत की जाती थी और कई छात्र संगठनों के पोस्टरों पर अपनी जगह बना चुकी थी।

देश के तकरीबन हर हिन्दी विभाग की तरह यहाँ भी हिन्दी के ज़्यादातर अध्यापक अजब-गज़ब क़िस्म के पाड़े, सुकला, तिवारी थे। एक अध्यापक सर्दी-गर्मी-बरसात सिर्फ़ कुरता-पैजामा पहनता था कि उसे लगता था कि यही गांधी का रास्ता है। कोई हिन्दी पढ़ाते हुए अपने बीए के दिनों में पढ़ी अंग्रेज़ी कविता का ज़िक्र लाता था कि छात्र उसकी अंग्रेज़ी का लोहा मान ले क्योंकि वह ख़ुद को उत्तर-आधुनिक मानता था। एक सज्जन ऐसे थे जो सिर्फ़ संस्कृतनिष्ठ हिन्दी बोलते थे क्योंकि उनका मानना था कि जैसे वर्णसंकर सम्बन्ध समाज को दूषित करते हैं वैसे ही वर्णसंकर भाषा व्यक्ति के संस्कार भ्रष्ट कर देती है। भाँति-भाँति के रत्नों से जगमग विभाग में ऐसे ही एक रत्न थे आशुतोष मिश्र 'संघर्ष'।

हिन्दी के अध्यापक आशुतोष मिश्र कोई भी बात कहते हुए अक्सर अपनी कविताओं का ही सन्दर्भ ले आते थे और जब सामने वाला समझ नहीं पाता तो वो उसे अपनी पूरी कविता सुनाते और इस तरह उनकी हर बातचीत कविता पाठ पर ख़त्म होती। मिश्रा जी खाते-पीते घर के थे, गाँव में कई बीघे की जोत थी, शहर में पिता का बनवाया तीन तल्ले का मकान था। गोरा रंग, टमाटर की तरह फूले लाल गाल और हमेशा बुशर्ट पैंट में मुस्तैद। मिश्रा जी का मुख हमेशा पान की लालिमा से रंगा रहता, उनका मानना था कि क्रान्ति का रंग लाल है इसलिए वो हमेशा मुँह लाल किये घूमते रहते। कहते हैं कि उनके तकिये के ग़िलाफ़ से लेकर उनकी वैगनॉर गाड़ी तक का रंग लाल था। लाल रंग संघर्ष जी के जीवन में ऐसा घुला-मिला था कि हर दिन वो लाल रंग का कोई न कोई वस्त्र ज़रूर धारण करते, चाहे वो शर्ट हो, रूमाल हो या भले ही कच्छा। हर दीपावली की रात वह 1008 बार इंटरनेशनले का जाप करते थे। उनका कहना था कि उन्होंने इंटरनेशनले सिद्ध कर लिया है। वो अक्सर गर्व से बताते थे उनकी दोनों बेटियों को उन्होंने लोरी की जगह इंटरनेशनले गा-गा कर सुलाया है। ख़ुद को बेटियों का पिता कहते न अघाने

वाले, बेटियों पर दर्ज़न भर कविताएँ लिखने वाले आशुतोष जी अपना ये अफ़सोस छुपा ले जाते थे कि अगर उनकी पत्नी की भी सरकारी नौकरी लग गयी होती तो वो एक और बच्चा अफ़ोर्ड कर पाते और कौन जाने इस बार मरकस बाबा की कृपा से बेटा ही लह जाता।

मिश्रा जी आधुनिक हिन्दी कविता पढ़ाते थे पर मुक्तिबोध हो या अज्ञेय उनकी बात हमेशा इस बात से शुरू होती कि वो कैसे एक कम्पनी में अच्छी तनख़्वाह पर सुपरवाइज़र थे और वो कविता के मोह में इस नौकरी में चले आये। उसके बाद वो ग़रीबों का सम्मान करने, समाज को समझने जैसा कुछ प्रवचन या हिन्दी पढ़ने वाले शिक्षा की आख़िर पायदान पर है जैसी कुछ हतोत्साहित कर देने वाली उक्तियों से छात्रों में जोश जगाने की कोशिश करते। इन सब में क्लास का समय तक़रीबन ख़त्म हो जाता और वह अन्त में कविता में आये शब्दों का मतलब बता कहते "बाकी पढ़ लेना" और क्लास ख़त्म हो जाती। जैसा कि शहर का चलन था कि असल बात न बतायी जाये। शहर का मुहावरा था "जाओ पूरब बताओ पच्छू"। इसी का अनुसरण करते हुए मिश्रा जी कभी नहीं बताते थे कि उनके पिता हिन्दी के प्रोफ़ेसर थे। जब एक दिन उन्होंने कहा कि प्राइवेट नौकरी में बड़ा काम करना पड़ रहा है तो पिताजी ने किसी विश्वविद्यालय से पी.एच.डी. का इन्तज़ाम किया और उन्हें इस विश्वविद्यालय में लगवा दिया।

मिश्रा जी ने क्रान्ति लाने के तौर-तरीक़ों, साहित्य और समाज जैसे विषयों पर कुछ पुस्तिकाएँ लिख रखी थीं। इन्हीं में से एक उन्होंने यामिनी को देते हुए कहा–

"ये पढ़िए! फिर आप समझेंगी कि समाज में कविता की क्या भूमिका है और कवि का क्या दायित्व है।"

"जी सर" कहते हुए यामिनी ने पुस्तिका ले ली।

अमरपुर में उन दिनों विचारधारा की कई दुकानें खुली थीं जिनके साइनबोर्डों का पता विश्विद्यालय की बाहरी दीवारों पर लिखी इबारतों से चलता था। इन दुकानों में भगवा रंग की सिर्फ़ एक दुकान थी जिसे शहर के कबीर मठ के महन्थ आचार्य योगी अभिनव दास का संरक्षण और आशीर्वाद प्राप्त था। हरा रंग शहर के पुरानो कोनों में ज़रूर था पर विश्वविद्यालय में पानी की टोटियों को ख़ुद में ज़ब्त किये दीवारों पर जमी काई का भी रंग हरा न था। लाल रंग वाली दुकानें कम थीं। इनमें भीतरी कम्पटीशन भी बहुत था कि मेरा लाल तुम्हारे लाल से ज़्यादा गाढ़ा है। हर दुकान अपने लाल को असली बताती था। इन लाल रंग की दुकानों में एक दुकान मिश्रा जी की भी थी जिसे वो क्रान्तिकारी संगठन कहा करते थे। संगठन बताता था कि हमें एक समतामूलक समाज की स्थापना करनी होगी जहाँ साथी एक-दूसरे का ख़याल रखेंगे और हम मिल-

जुल कर ये व्यवस्था चलायेंगे। मिश्रा जी ने संगठन के कुछ छात्रों को अपने घर रहने की जगह भी दी थी जिसे वो गर्व से अपना सामाजिक योगदान घोषित करते थे। चूँकि घर में सब बराबर थे और सभी को काम करना होता था सो छात्र सफ़ाई करते, खाना बनाते, सौदा सुलुफ़ लाते और मिश्रा जी इनको रात के खाने के बाद रूसी क्रान्ति के बारे में बताने का काम करते। कभी-कभी होता कि सिगरेट ख़तम हो जाती और मिश्रा जी किसी छात्र से कहते–

"साथी! ज़रा एक डिब्बा चार्म्स लेते आइए। ये लीजिए पैसे। और हाँ! चौरसिया दुकान बन्द कर दिया होगा, आप स्टेशन चले जाइये वहाँ मद्धेशिया के यहाँ मिल जायेगी।"

और इन कामों के लिए वो कभी अपना स्कूटर नहीं देते थे। शहर का नियम था कि अपनी गाड़ी दूसरे को तब दी जाती है जब वो दूसरा भी गाड़ीवाला हो लिहाज़ा छात्र साथी एटलस साइकिल पर पैडल मारता स्टेशन की ओर बढ़ जाता था।

इस सबके अलावा संगठन के छात्र सदस्य भटनी अमरपुर की लोकल में पर्चे बाँटते, चन्दा इकट्ठा करते, और चन्दे के ताले लगे डिब्बों को मिश्रा जी के सुपुर्द कर देते। इस उम्मीद में कि मिश्रा जी इससे क्रान्ति बस लाने को ही हैं। ट्रेन के मुसाफ़िर इन्हें झिड़कते–

"का हो रोजे आ जाला तू लोगन"

–भीख मंगले के नया तरीका ह ई

–बाप से पैसा काहे नहीं लेता है जी

–स्टूडेंट हो तो पढ़ो लखिो, इ सब में काहे घुसे हो

पर ये छात्र कभी दुखी या निराश नहीं होते। उन्हें क्रान्तिकारियों की कहानियाँ मुँहज़बानी याद थीं कि कैसे क्रान्तिकारियों को दुःख-अपमान झेलने पड़े थे पर वे कभी अपने लक्ष्य से डिगे नहीं। दूसरे ये कि एक सीनियर छात्र साथी जो तीन साल तक चेन मार्केटिंग कम्पनी ऍमवे के उत्पाद बेचने के बाद संगठन में आया था, उसने उन्हें समझाया था कि

"अबे नो का मतलब "नहीं" नहीं होता, इसका मतलब होता है नेक्स्ट अपॉरच्युनिटी।"

मिश्रा जी की कही बातें सोचती हुई यामिनी विश्वविद्यालय के मुख्य द्वार की ओर लौट रही थी। राजनीति विज्ञान और ललित कला विभाग वाले तिराहे पर वो दायें मुड़ने ही वाली थी कि वो उससे टकरा गयी–एक पल में मोड़े हुए हाथों से सीने पर दबायी किताबें, नोट्स ज़मीन पर थे। यामिनी ने नीचे झुककर जब तक किताबें और नोट्स समेटे और खड़ी हुई उसने देखा, हवा से उड़ता दुपट्टा सामने वाले के चेहरे पर छा गया था। जब दुपट्टा हटा और यामिनी ने उसका चेहरा देखा तो जो

पहली चीज़ उसके दिमाग़ में आयी वो कोई कविता नहीं थी। वो थी अज़ीज़ क़ैसी की लिखी और जगजीत चित्रा की गायी ग़ज़ल–

आपको देखकर देखता रह गया
क्या कहूँ और कहने को क्या रह गया

–माफ़ कीजिए, मैंने आपको देखा नहीं, उसने कहा।

–मैंने भी नहीं, यामिनी ने कहा।

–ये हिन्दी विभाग किधर है?

–सीधे चली जाइये, आगे ही है। लेकिन अभी तो वहाँ कोई नहीं मिलेगा। क्लास ख़तम हो गयी।

–अरे मुझे लगा था कि दो बजे से है।

–नहीं-नहीं दो बजे तो क्लास ख़तम होती है।

–मैं यामिनी, बीए की स्टूडेंट हूँ।

–मैं मुग्धा त्रिपाठी, मैं भी।

–आप किस पर मुग्ध हैं? प्रकृति तो आपको देखकर मुग्ध है।

–मतलब? मैं कुछ समझी नहीं।

–अरे आपका नाम मुग्धा है न।

–आँ आँ।

यामिनी को लगा उसकी आवाज़ में अचानक त्रिपाठी जी उतर आये थे। कंचन, कमनीय, कामिनी...

–देखिये न ये अमलतास भी आपको देखकर शरमाकर लाल हो गया है। यामिनी ने जाने क्या सोचकर कहा।

–आपकी ये बातें मुझे समझ में नहीं आतीं। लेकिन थैंक्स।

मुग्धा कला संकाय की ओर मुड़ गयी। यामिनी को आज पहली बार कविता ने धोखा दिया था। उसने जब से लिखना शुरू किया था, चीज़ों को देखते सुनते उसके भीतर कविता घुमड़ने लगती थी, बन्ध फूटने लगते थे और आज पहली चीज़ याद आयी तो जगजीत चित्रा की ग़ज़ल? उसने ख़ुद से पूछा।

यामिनी उस पूरी रात ख़ुद से पूछती रही कि कहाँ है मेरी कविता? वो उस दुपहर को किसी कविता में सँजो रख लेना चाहती थी। वो गयी रात काफ़ी देर तक इस पर एक छन्द लिखने की कोशिश करती रही पर नतीजा शून्य। ख़ुद से जूझने का ये सिलसिला रविवार तक चलता रहा।

सोमवार को जब वह विश्वविद्यालय पहुँची तो उसने मुग्धा को क्लास में देखा।

वह उसके पास गयी और बोल पड़ी–

–"हाय! तुम तो इस क्लास में नहीं हो, मतलब तुमको इस क्लास में कभी नहीं देखा।

–"हाँ मैं सेक्शन सी में थी, इस सेक्शन में ट्रांसफर कराया है

–अच्छा अच्छा।

यामिनी कुछ और कहने को ही थी कि भक्तिकाल पढ़ाने शुक्ला जी क्लास में आ गये।

शुक्ला जी कुर्सी पर बैठे और कबीर का पद पढ़ना शुरू किया–

बालम आवो हमरे गेह रे
तुम बिन दुखिया देह रे
सब कोऊ कहे मोका तुम्हारी नारी
मोको लागे लाज रे
...दिल से जब तक दिल न मिलिहै
तब लग कैसा नेह रे।

सन्त कबीर कहते हैं कि वो परमात्मा की पत्नी हैं। कबीर कहते हैं कि हे परम परमात्मा, चैतन्य हमारे इस मनोगृह में पधारो, मेरी आत्मा में स्वयं को अवस्थित करो। हर कोई कहता है कि कबीर तुम्हारा भक्त है पर जब तक मेरे उर में तुम अवस्थित न हो तब तक मैं कैसा भक्त? जब तक मेरा हृदय तुम्हारे सत चित में समा नहीं जाता तब तक दास कबीर कैसे कहे कि वो तुम्हारा भक्त है?

शुक्ला जी भक्ति की धारा में तकरीबन डूब चुके थे। कबीर पढ़ाते हुए उनकी आँखें मुँद जाती थीं और कभी-कभी उनकी आँखों से आँसू बहने लगते थे। शुक्ला जी ध्यान की उस अवस्था पर पहुँचने ही वाले थे कि क्लास में मुग्धा की आवाज़ गूँजी–

"सर!"

शुक्ला जी चौंक पड़े। उनकी क्लास का नियम था कि कोई उनके व्याख्यान के बीच में कुछ नहीं बोलेगा। उनका ध्यान भंग हो गया था वो ग़ुस्से से बोल पड़े–

"ये बीच में कौन बोला?"

"सर मैं!" कहते हुए मुग्धा खड़ी हो गयी।

"क्या है? तमीज़ नहीं है आपको? बीच में नहीं बोलना चाहिए ये घर में सिखाया नहीं गया? नाम क्या है आपका?"

"सर! मुग्धा मणि त्रिपाठी।"

त्रिपाठी शब्द ने शायद उन पर कुछ असर किया और वो आवाज़ को मुलायम

बनाते हुए बोले–

"हाँ बैठ जाइये मणि जी! बताइये। क्या कहना है आपको।"

"सर! इस पद की आख़िरी पंक्ति आपने शायद ग़लत पढ़ दी है।"

"अच्छा! तो मुझे कबीर का पद याद नहीं और आपको है?" वो फिर बिफर पड़े।

"आप ही बताइये सही क्या है?" उन्होंने ग़ुस्से को सम्हालते हुए कहा–

"सर! मुझे लगता है कि पंक्ति है एकमेक ह्वै सेज न सोये, तब लग कैसा नेह रे!"

"आपने ये कहाँ पढ़ लिया? आपके सेक्शन में यही पढ़ाया जाता था? कुशवाहा हैं न आपके सेक्शन के अध्यापक? कोइरी लोग कबीर पढ़ाई त नाशै करी लोग।"

पूरा विश्वविद्यालय जानता था कि शुक्ला जी ग़ुस्से में भोजपुरी बोलने लगते थे। ये सुनकर लड़के मुँह खोलकर और लड़कियाँ सर नीचे करके हँसने लगीं।

"सर! ये पाठ श्यामसुन्दर दास की कबीर ग्रन्थावली में लिखा है।" मुग्धा ने तिलमिलाते हुए कहा।

"अरे अरे! जय हो! ये लीजिए, कुशवाहा कबीर पढ़ा रहे हैं तो श्यामसुन्दर दास खत्री की किताब से! धन्य हो! खत्री बाबू पता नहीं कहाँ से दो भ्रष्ट पाठों वाली पाण्डुलिपि पा गये और किताब छाप दी। ग्रन्थावली की भाषा भी क्या है? राजस्थानी! जबकि सन्त कबीर ख़ुद ही कह गये हैं–

बोली हमरी पूरबी, हमें लखे नहीं कोय।
हमके तो सोई लखे, धुर पूरब का होय।

सन्त कबीर की भाषा का पता नहीं और आप पता नहीं कौन अवाट बवाट किताब पढ़कर यहाँ बहस कर रही हैं। ख़ैर आपकी भी क्या ग़लती आपको पढ़ाने वाला कुशवाहा हैं और किताब है श्यामसुन्दर वणिक की! ऐसे में क्या समझेंगी आप! सन्त कबीर ने सच ही कहा है–

जाका गुरु भी अधला, चेरा खरा निरंध
अंधै अंधा ठेलिया, दून्यूं कूप पडंत।।

ऐसा है त्रिपाठी जी! सन्तों की वाणी का मर्म समझना हो तो किसी गुणी के पास ही जाना चाहिए। आपने पंडित हजारी प्रसाद द्विवेदी की विख्यात पुस्तक 'कबीर' पढ़ी है? नहीं पढ़ी तो पढ़िए, उसमें इस दोहे का वही पाठ है जो मैं पढ़ा रहा हूँ। हिन्दी साहित्य में पंडित जी जैसा काव्य मर्मज्ञ न हुआ है न होगा, आचार्य शुक्ल से जो काम छूट गया था उसे पंडित जी ने पूरा किया। और रही बात इस दोहे की तो मठ द्वारा प्रमाणित और आचार्य योगी महन्थ अभिनव दास द्वारा सम्पादित बीजक में भी इस

पद का यही पाठ है जो सर्वथा उचित भी है और सन्त कबीर के अनुकूल भी। भला सन्त शिरोमणि कबीर दास सेज पर सोने की बात करेंगे? सन्तों को कहाँ सीकरी सो काम! हृदय से हृदय का मिलन ही प्रेम है और प्रेम का उच्चतम रूप ही भक्ति है।"

शुक्ला जी कुछ और कहने को ही थे कि घंटी बज गयी। वो किताबें समेटते हुए बोले बाक़ी अगली कक्षा में।

जब मुग्धा अपनी जगह पर बैठी थी तो यामिनी उसे मुड़-मुड़ कर देखती रही। मुग्धा के गले की नसें तन गयी थीं और चेहरा लाल हो गया था और कसकर बाँधे बालों की एक लट आज़ाद होकर पंखे की हवा में उसके चेहरे पर घूम रही थी। यामिनी ने फिर से उसकी ओर देखा और अगल-बगल नज़रें बचाकर, आँखें मूँद एक बन्ध सोचने की कोशिश की पर इस बार आये अमीर ख़ुसरो–

गोरी सोवै सेज पर
मुख पर डाले केश
चल ख़ुसरो घर आपने
रैन भई चहुँ देश

उस रात यामिनी फिर से कोई बन्ध कहने की कोशिश कर रही थी पर कविता फिर कुमारी यामिनी की पहुँच से बाहर थी, दिखा तो सिर्फ़ गर्मी में जलता अमलतास, मुग्धा के चेहरे पर घिर आया दुपट्टा और किसी नामालूम गायक की आवाज़ में कबीर का पद–

एकमेक ह्वै सेज न सोये, तब लग कैसा नेह रे!

विश्वविद्यालय दुपहर और काजल की आँच में पिघलता अमलतास

विश्वविद्यालय अपनी गति से चलता रहा। लड़कियाँ सर झुकाये किताबों को सीने से चिपकाकर सीने को बचाती आती-जाती रहीं। कुछ लड़के राजनीति विज्ञान के तिराहे पर खड़े इन आती-जाती लड़कियों का मुआयना करते रहे और अमलतास चुपचाप इसे स्मृति के बहीखाते में दर्ज करता रहा। शरीफ़ से दिखने वाले लड़के विश्वविद्यालय के बाहर पीटे जाते रहे कि पीटने वाले ग़ुस्सा थे कि लड़कियाँ इन लड़कों से बात क्यों कर रही थीं और उनसे क्यों नहीं। हिन्दी विभाग के अध्यापक विभाग की दीवारों के कोने लाल करते रहे। अंग्रेज़ी विभाग में शेक्सपियर की आत्मा तड़पती रही कि 'मर्चेंट ऑफ़ वेनिस' पढ़ाने वाला अध्यापक कहता, "पोर्शिया कहत ह कि दया दबउले नहीं आवत"। हिन्दी का अध्यापक हिन्दी साहित्य अंग्रेज़ी में पढ़ा रहा था, शेक्सपियर भोजपुरी में पढ़ाये जा रहे थे। कहने का अभिप्राय यह कि विश्वविद्यालय में सब कुछ नियत ढंग से चल रहा था।

इस शान्त जीवन में हलचल तब शुरू हुई जब एक दिन अचानक से पीली सफेदी वाले कुरते पहने कुछ लोग विश्वविद्यालय में दिखने लगे। ये लोग कक्षाओं में जाते, कला संकाय के बाहर भाषण देते और अपने भाषणों में ज़ोर शोर से छात्र संघ चुनाव की माँग करते। हुआ यह था कि प्रदेश में सालों से छात्र संघ के चुनाव नहीं हो रहे थे और हर नये सत्र में उम्मीद लगाई जाती थी कि सरकार जल्द ही छात्र संघ चुनाव बहाल करेगी। सो बहुत से लोग जो असल में विश्वविद्यालय के अदृश्य छात्र थे अचानक धरती फोड़कर निकले शिवलिंगों की तरह पूरे कैम्पस में प्रगट होने लगते थे। ये लोग जब कक्षाओं में जाते तो छात्र उनकी बात सुन तो लेते पर वो उसे इतनी ही गम्भीरता से लेते जितनी इस बीए के बाद प्रस्तावित कैम्पस प्लेसमेंट की चर्चा को। इन्हीं अदृश्य छात्रों में से एक थे कुँवर रिपुदमन प्रताप सिंह उर्फ़ रिम्पन भइया। रिम्पन भइया इन दिनों लॉ के छात्र थे। वो इसके पहले हिन्दी एमए के छात्र

रहे थे। एक दिन रिम्पन भइया एक कक्षा में पूरे जोश-ओ-खरोश से छात्रों से छात्र संघ बहाली के लिए सड़क पर उतरने की अपील कर रहे थे कि कक्षा में उठे मुग्धा त्रिपाठी के हाथ ने सबको हैरत में डाल दिया। छात्र आमतौर पर इन भाषणों को चुपचाप सुन लिया करते थे। कोई छात्र इन खद्दरधारियों को टोकता नहीं था। सब हैरत से देख रहे थे, मुग्धा बोली–

–लेकिन हमें छात्र संघ चुनाव आख़िर चाहिए ही क्यों?

–चुनाव आपका लोकतान्त्रिक अधिकार है और हर नागरिक को अपने प्रतिनिधि चुनने का यह मूलभूत अधिकार मिलना ही चाहिए। हमारा विश्वविद्यालय भी एक तरह का राष्ट्र है और छात्र इसके नागरिक हैं अतएव छात्रों को प्रतिनिधि मिले और वो प्रतिनिधि चुनने का अधिकार मिले यह संवैधानिक अधिकार तो होना ही चाहिए।

रिम्पन भइया ने लॉ की शब्दावली प्रयोग की।

–पर हमें ये अधिकार नहीं चाहिए। अभी कुछ सालों से यहाँ चुनाव नहीं हो रहे हैं तो हम कुछ लिख-पढ़ पा रहे हैं। क्लासेज़ चल रही हैं, सेशन टाइम से चल रहे हैं। जब तक इस कैम्पस में चुनाव हो रहे थे, सेशन लेट थे, कैम्पस में गुंडागर्दी आम बात थी। प्राचीन इतिहास की छात्रा को दिनदहाड़े क्लास के बाद वैन में खींच लिया गया, छात्राओं के दुपट्टे खींचे जाते थे। अगर यही आपका लोकतन्त्र है तो हमें दुपट्टा खिंचवाने, सीने पर हाथ लगवाने, पीछे चिकोटी काटे जाने की क़ीमत पर आया ये लोकतन्त्र मंज़ूर नहीं है।

मुग्धा ने जवाब दिया।

–देखिये ऐसा है–

रिम्पन भइया ने संयत स्वर में बोलना शुरू किया।

–कुछ असामाजिक तत्त्वों के कुकृत्यों की वजह से हमें लोकतन्त्र को ख़ारिज नहीं करना चाहिए। कैम्पस में चुनाव इसलिए भी ज़्यादा ज़रूरी है कि छात्रों के चुने हुए प्रतिनिधि छात्रों के सहयोग से प्रशासन पर ये दबाव बना सकें कि वो ऐसे असामाजिक तत्त्वों पर अंकुश लगाये और एक विश्वविद्यालय में एक सौहार्दपूर्ण और मैत्रीपूर्ण वातावरण की स्थापना हो सके।

–या तो आपको मालूम नहीं है या आप जानबूझ कर भोले बन रहे हैं कि आप जिन असामाजिक तत्त्वों की बात कर रहे हैं वे या तो चुने हुए प्रतिनिधि हैं या आपके लोकतन्त्र में भावी प्रत्याशी। प्राचीन इतिहास की छात्रा के अपहरण के प्रयास में जिस असामाजिक तत्त्व को जेल हुई थी वो इसी विश्वविद्यालय के छात्र संघ के भूतपूर्व उपाध्यक्ष रहे थे, और उन्हें सज़ा भी इसिलिए मिल पायी कि उस छात्रा के मामा

सहारनपुर के अपर ज़िला अधिकारी थे। आपका ये लोकतन्त्र लड़कियों की प्रताड़ना के बदले मिला लोकतन्त्र है, तो मुझे ऐसा लोकतन्त्र नहीं चाहिए।

कहकर मुग्धा बैठ गयी थी। उसका चेहरा तमतमा गया था। यामिनी ने सोचा सच ही है मिश्रा जी की कविता, "सर्वहारा की उम्मीद लाल है।"

अन्तर विश्वविद्यालीय युवा महोत्सव होने वाला था और उसके लिए ऑडिशन आयोजित किये जा रहे थे। हर साल भारतीय विश्वविद्यालय संघ इन युवा महोत्सवों का आयोजन करता था। देश भर के विश्वविद्यालयों के विद्यार्थी इन आयोजनों में जुटते और विभिन्न प्रतियोगिताओं में भाग लेते। हर विश्वविद्यालय इन प्रतियोगिताओं के लिए अपने यहाँ प्रतियोगिता आयोजित करता और चुने हुए छात्र युवा महोत्सव की इन प्रतियोगिताओं में विश्वविद्यालय का प्रतिनिधित्व करते।

इसी के ऑडिशन में यामिनी ने कविता प्रतियोगिता का फॉर्म भरा और मुग्धा ने वाद-विवाद का। कविता के लिए स्वरचित कविता जमा करनी थी और बाक़ी इवेंट्स के लिए मंच पर प्रस्तुति देनी थी। ऑडिशन का दिन आया। वाद-विवाद प्रतियोगिता का विषय था–पोटो देश की सुरक्षा के लिए तर्कसंगत है–पक्ष/विपक्ष। पोटो यानी Prevention of Terrorism Ordinance हिन्दी में आतंकवाद निरोधी अध्यादेश। यह अध्यादेश जल्द ही आंतकवाद निरोधी अधिनियम बनने वाला था। सरकारें उन दिनों अपनी बात लोगों तक पहुँचाने के लिए टीवी के अलावा स्कूल और विश्वविद्यालयों में कार्यक्रम आयोजित करती थीं जैसे गांधी जयन्ती पर गांधी के जीवन पर आधारित नाटक प्रतियोगिता, पर जिन चीज़ों पर वो बहस नहीं चाहती थी उन विषयों पर वाद-विवाद नहीं भाषण प्रतियोगिता होती थी जैसे आपातकाल भारत का अनुशासन पर्व है। पोटा क़ानून टाडा क़ानून की जगह लाया गया था चूँकि टाडा का नाम घर-घर पहुँच गया था कि उन दिनों एक फ़िल्म अभिनेता इसी क़ानून के तहत गिरफ़्तार हुआ था। अक्सर जैसे छोटे शहरों में होता है कि कोई पुरानी फ़िल्म नये नाम और नये पोस्टर के साथ दुबारा लगा दी जाती है और लोग जब तक ये सब समझ पायें फ़िल्म एक-दो हफ़्ते चल चुकी होती है। तक़रीबन कुछ ऐसा ही उन दिनों हो रहा था टाडा को नये नाम और थोड़ा झाड़-पोंछ कर नये नाम पोटा के साथ रिलीज़ किये जाने की तैयारी हो रही थी।

ख़ैर विश्वविद्यालय में वाद-विवाद का विषय यही था और मुग्धा ने विपक्ष में बोलने का निश्चय किया। पोटा के समर्थन में बोलने वाले छात्र ने इसे देश की सुरक्षा के लिए ज़रूरी बताया और कहा कि यह क़ानून आतंकियों के हृदय में ऐसा भय उत्पन्न करेगा कि वो माँ भारती के आँचल की ओर देखने के पहले हज़ार बार सोचेंगे। मुग्धा की बारी आयी, वो खड़ी हुई और बोलना शुरू किया–

"कोई व्यक्ति कल क्या करेगा इसका फ़ैसला आज कैसे लिया जा सकता है। क़ानून किये गये अपराध की सज़ा देता है और हमारी न्यायिक व्यवस्था में ऐसे क़ानून हैं जो किसी भी अपराध के लिए न्यायसंगत सज़ा दे सकें। पोटा राज्य को यह शक्ति देता है कि वो सिर्फ़ शक के आधार पर किसी को गिरफ़्तार कर सके। अगर इस देश का क़ानून लोगों को सोचने के लिए गिरफ़्तार करने लगे तो इस देश के नब्बे प्रतिशत मर्द बलात्कार के अपराध में जेल में होंगे। हिटलर ने यही जर्मनी में किया था, अगर यह पोटो पोटा बना तो हम एक तानाशाह, क्रूर और हिंसक समाज में रह रहे होंगे। क्या ये वह समाज है जिसकी कल्पना इस देश के स्वन्त्रत्रता सेनानियों ने की थी? मैं इसका उत्तर आप पर छोड़ती हूँ।"

प्रेक्षागृह में तालियाँ थीं और मुग्धा के चेहरे पर निश्चय की आभा। अगले दिन विश्वविद्यालय की टीम की घोषणा हो गयी। मुग्धा को डिबेट टीम में चुन लिया गया था लेकिन कविता परिणामों में कुमारी यामिनी का नाम कहीं नहीं था। कविता के लिए प्रकाश मणि त्रिपाठी को चुना गया था। प्रकाश मणि त्रिपाठी की कविता 'सुनो शाकुन्तले' उस साल विश्वविद्यालय का प्रतिनिधित्व करने वाली थी। आमतौर पर हिन्दी कविता के चयन की ज़िम्मेदारी हिन्दी विभाग के अध्यापकों पर होती थी और इसे बस संयोग ही कहा जायेगा कि प्रकाश मणि त्रिपाठी के पिता अमरेश मणि त्रिपाठी उन दिनों हिन्दी विभाग के अध्यक्ष थे।

टीम की लिस्ट प्रेक्षागृह के बाहर लगाई गयी थी। यामिनी लिस्ट देखने के बाद भरी आँखें लिए सीढ़ियों पर बैठी थी। मुग्धा ने उसे देखा और रुक गयी–

"आप इतनी निराश क्यों बैठी हैं?" मुग्धा ने पूछा।

"लिस्ट नहीं देखी तुमने? प्रकाश इस विश्वविद्यालय के श्रेष्ठ कवि हो गये हैं।" यामिनी ने तंज़ भरे लहजे में कहा।

"इतना निराश मत होइए! पता है आपकी कविता की शक्ति आप हैं नहीं तो वो काग़ज़ पर लिखी एक इबारत भर है। आपकी आवाज़, आपकी प्रस्तुति उस इबारत को कविता बनाती है, काग़ज़ पर लिखी वो लाइनें नहीं।" मुग्धा ने कहा।

मुग्धा ने पहली बार शायद यामिनी से कोई व्यक्तिगत बात की थी। उनकी दोस्ती सिर्फ़ कक्षा के नोट्स, परीक्षा की तैयारियों की बातचीत तक सीमित रही थी। यामिनी बोली–

"हाँ! लेकिन आज लगा कि शायद मैं कवि नहीं हूँ, सिर्फ़ कवि होने का भ्रम पाले हूँ।"

"कवि वो होता है जिसकी आह से गान उपजता है। आपकी कविता जन-जन

तक पहुँचने वाली, गुनगुनायी जाने वाली, अकेली रातों में साथ देने वाली कविता है। उससे इतना ग़ुस्सा मत होइए। बेस्ट ऑफ़ लक!"

मुग्धा ये कहकर जाने के लिए मुड़ी ही थी कि यामिनी की आवाज़ ने उसे रोक लिया–

"मुग्धा! ये तुम मुझे हमेशा आप-आप क्यों कहती हो? हम एक ही क्लास में हैं।"

मुग्धा रुक गयी और एक गहरी साँस लेकर कहा–

"ये अमरपुर है यामिनी! यहाँ आप से तुम पर उतरते ही लड़की 'चालू' हो जाती है, धूमिल की कविता में कहूँ तो धर्मशाला और अमरपुर की ज़बान में कहूँ तो सिनेमाहाल जहाँ हर किसी को लगता है कि वो एक टिकट ख़रीद कर दाख़िल हो सकता है।"

किसे पता था कि सालों बाद मुग्धा त्रिपाठी की कही लाइन पर मलाइका नाचते हुए कहेगी मैं सिनेमाहाल हुई डार्लिंग तेरे लिए।

अमरपुर विश्वविद्यालय में उन दिनों सीनियर को सर/मैम कहने का चलन नहीं था, उनका नाम लेकर बुलाना तक़रीबन बदतमीज़ी और संस्कारहीनता मानी जाती थी। लोग अपने सीनियर छात्रों को भइया/दीदी कहकर बुलाते। ऐसे अमरपुर में तब ब्वॉयफ्रेंड और गर्लफ्रेंड अश्लील शब्दों की श्रेणी में आते थे। लोग सिर्फ़ ये कहते कि ये मेरा/मेरी दोस्त है और ये कहते हुए उनका लाल होता चेहरा ये बताता कि वे प्रेम में हैं। शहर में सिर्फ़ बात करने के लिए छटाँक भर एकान्त का मतलब था लायब्रेरी का रीडिंग रूम या बक्शीपुर तिराहे पर खुले होटल गंगेज का रेस्त्राँ। लोग यहाँ स्प्रिंग रोल का टुकड़ा कुतरते हुए एक-दूसरे से एकान्त के कुछ क्षण बाँट सकते थे। दिक़्क़त सिर्फ़ ये थी कि उन दिनों स्प्रिंग रोल दो सौ रुपये का आता था और लायब्रेरी के रीडिंग रूम में कोई भी रिम्पन भइया आपसे कभी भी आपका आई कार्ड माँग सकता था और कह सकता था–

"कहाँ रहते हो? पिताजी का नाम क्या है? घर का नम्बर दो। यहाँ पढ़ाई करने आते हो या मजनूँगिरी करने?"

ऐसे शहर में जहाँ एकान्त बियाबान में भी न था युवा महोत्सव न सिर्फ़ प्रतिभा दिखाने का मंच था बल्कि ऐसा ठिकाना भी था जहाँ आप अपने दोस्तों के साथ अकेले रह सकते थे, किसी दूसरे शहर में बिना ये सोचे कि कोई देख लेगा और घर फ़ोन कर देगा, खुली सड़क पर साथ-साथ चल सकते थे। यामिनी निराश थी कि वो मुग्धा के साथ युवा महोत्सव में नहीं जा पायेगी ऐसी निराशा में शम्मी भइया संकट मोचक की तरह आये–

"काहे परेशान हो बालिका! अरे जाने दो कविता प्रतियोगिता, तुम ऐसा करो कि नाटक वाली टीम में आ जाओ।"

"लेकिन शम्मी भइया! हमको नाटक कहाँ आता है!"

"अरे चिन्ता मत करो, एक रोल है जिसमें कोई डायलॉग नहीं है, उसी के लिए तुम्हारा नाम लिख देता हूँ।"

शम्मी भइया उन जीवों में से थे जिन्हें देखकर ये बताना मुश्किल था कि कला संकाय वाला बरगद पहले विश्वविद्यालय में आया था या वो। 'फेकनी के माई' के घर जब फेकनी, इमरती, नुप्पा के बाद चौथी सन्तान और पहला लड़का पैदा हुआ तो घर-परिवार-मोहल्ले में उसे 'ढेला' कहा जाने लगा। 'फेकनी के माई' नहीं चाहती थी कि तमाम मनौतियों के बाद पैदा हुआ इस गोरे चिट्टे लड़के को 'ढेला' या मंगरू प्रसाद कहा जाये तो उन्होंने एक दिन टोले-मोहल्ले के सामने तक़रीबन चीखते हुए ऐलान कर दिया कि "हमार लईकवा फेकल है कि ओका ढेला कहत हवा सब जनि, एकर नाम शम्मी कपूर है सुन ला सब जनि"। 'फेकनी के माई' ने सालों पहले गौना आने के बाद अपने पति के साथ पहली और आख़िरी फ़िल्म देखी थी जिसका हीरो याहू याहू कहते हुए गाना गाया करता था। उन्होंने तभी सोच लिया था कि जब कभी लड़का होगा उसका नाम हीरो के नाम पर शम्मी कपूर रखेंगी।

–करिया बाभन गोर चमार, भूअर छत्री से जग हुशियार

–कहो ई खदेरूए के ह कि उपधिया जी के बीज ह

–केहूके होके लेकिन नामवा देखत हवा–शम्मी कपूर–बाप चमार बेट्टा दिलीप कुमार

–खीं खीं खीं

शम्मी भाई सालों पहले भटनी से इंटर और आगे की पढ़ाई करने अमरपुर आये थे। उनका परिवार पीढ़ियों पहले कबीरपन्थी हो गया था पर उनकी जाति उनसे बरगद के लासे की तरह अभी भी चिपकी थी। उन्होंने मठ में ही रहकर अपनी ज़्यादातर पढ़ाई की थी। जाति का ही लासा था कि उन्हें मठ में सुबह-सुबह प्रातकी गाने, मठ में आयी मूर्तियों के पैर दबाने की सेवा तो मिलती थी पर साहब की आरती करने या प्रसाद परोसने की सेवा कभी नहीं मिलती थी। शम्मी भाई मठ में रहकर बीए तक पढ़े और हिन्दी के अलावा भाषा विज्ञान में डिप्लोमा, अनुवाद में एमए करने, दर्जनों लेख लिखने के बाद इन दिनों हिन्दी में पीएच.डी. कर रहे थे। वो हर साल वेकेंसी आने पर फॉर्म भरते और नौकरी न लगने पर किसी और लेख में लग जाते या अपने अगले नाटक की तैयारियों में। नौकरी पाने में मठ की क़रीबी भी उनके जाति के 'दाग' को धो न पाती। शम्मी भाई सालों पहले थियेटर करने

लगे थे और विश्वविद्यालय की थियेटर टीम के अनकहे गुरु हो गये थे। उन दिनों हिन्दी विभागों में नाटक पढ़ाने वालों की एक जगह आरक्षित हुआ करती थी क्योंकि बीए और एमए में नाटक का भी एक पेपर था। जगह विज्ञापित हुई और शम्मी ने अप्लाई किया। इंटरव्यू के दिन शम्मी भाई नहा-धोकर और दाढ़ी बनाकर पहुँचे। विभागाध्यक्ष ने उन्हें कह रखा था कि इंटरव्यू में सही किये तो जगह पक्की समझो, इंटरव्यू ठीक होता है तो एक्सपर्ट से भी कहने में ठीक लगता है।

–नाम?

–शम्मी गुरु जी!

–पूरा नाम?

–शम्मी कपूर।

–नामे शम्मी कपूर है?

–जी गुरु जी।

–पंजाबी हो?

–नहीं गुरु जी।

गुरु जी ने फॉर्म पर निगाह डाली और पढ़ते हुए पाया कि अनुसूचित जाति वाले कॉलम के आगे टिक लगा है

–यहाँ तो लिखा है कि आप हरिजन हैं?

–जी गुरु जी।

–कपूर तो बनिया में आते हैं तो आप हरिजन? पिताजी का नाम क्या है?

–खदेरू प्रसाद।

–ल्यौ! माने आप हरिजन हैं?

–जी गुरु जी।

–तो नाम इतना फ़िल्मी काहे धरे हो जी?

–जी वो माता जी...

इसके पहले कि शम्मी भाई कुछ कह पाते उनकी बात ओस की तरह एक्सपर्ट शुक्ला जी के घिनाइन लहजे की आँच में पिघल गयी। शुक्ला जी कहते रहे, "दासातन हिरदै नहीं, नाम धरावे दास।" आपके यहाँ सब कलाकारे है त्रिपाठी जी! हमें लगा सहिये में पंजाबी हैं, उनका तो उच्चारण भयंकर भ्रष्ट होता है। पारसाल गये रहे चंडीगढ़ हम, एक मौखिकी परीक्षा के लिए। विश्वविद्यालय के गेस्ट हाउस में ठहरे थे, वहाँ के डीन हमारे आत्मीय हैं आपके यहीं बनकटा के मिसिर हैं, कई साल से वहीं बस गये हैं। सुबह गेस्ट हाउस वाले से कहे कि नाश्ते में पराँठा सब्ज़ी

लगा दो, पहले तो वो परोटा-परोटा कहता रहा पराँठे को फिर बिना सब्ज़ी मक्खन के साथ लाया, कहा कि यहाँ सब्ज़ी नहीं मक्खन के साथ खाया जाता है। बताइए एक तो भ्रष्ट उच्चारण दूसरे कह रहा था कि हम सूखे-सूखे पराँठा खा लें। भाषा भ्रष्ट, भोजन भ्रष्ट, संस्कृति का तो कहिए ही ना, दो दिन रहे वहाँ मजाल है कि किसी छात्रा का दुपट्टा सीने पर हो, या तो था नहीं या गले में फन्दे की तरह अटका था। ऐसा तो प्रदेश है वह! इनको हम देखे तो सोचे कि देह भी गोर गार है, पंजाबी लगते भी है लेकिन उच्चारण इतना शुद्ध! गुरु जी गुरु जी कहकर बात कर रहे हैं! संस्कार भी दिख रहे हैं। वही हम कहे कि मामला क्या है, अब सब स्पष्ट हुआ।"

विभागाध्यक्ष ने एक्स्टर्नल एक्सपर्ट से कहा–

"ई शम्मी अपने ही बालक हैं। नाटक उटक करते रहते हैं। बढ़िया विद्यार्थी हैं।"

"नाटक उटक तो ठीक है, संस्कृत आती है?" एक्सपर्ट ने पूछा।

"जी! थोड़ा बहुत जानता हूँ।" शम्मी भाई ने उस बच्चे की तरह बात काटी जिसे झगड़ते हुए माता-पिता अदृश्य मान लेते हैं।

"लीजिए! थोड़ा-बहुत से कैसा होगा, भरतमुनि का नाट्यशास्त्र कैसे पढ़ाएँगे? उ तो संस्कृते में है। बटुक होते तो होता कि संस्कार में है, वो भी नहीं है। बताइये!! आँ!!!" एक्सपर्ट ने विभागाध्यक्ष की ओर देखकर कहा।

और ये कहकर उन्होंने मुट्ठी भर भुने काजू मुँह में भर लिए जो इस साक्षात्कार के मुख्य देवता की सेवा में अभ्यर्थियों द्वारा अर्पित किये गये थे।

और इस तरह जाति के भाव, गुरुकृपा के अनुभाव और रिश्वत जैसे संचारी भावों के संयोग न होने से उस वर्ष शम्मी भाई के जीवन में नौकरी नामक रस की निष्पत्ति नहीं हुई।

देश में उन दिनों लव ज़िहाद की चर्चा थी। हिन्दुओं की आवाज़ होने का दावा करने वाली एक संस्था अन्तरराष्ट्रीय हिन्दू परिषद बताती थी कि खाड़ी देशों में मुसलमान युवकों को पेट्रो डॉलर मिलते थे कि वो हिन्दू लड़कियों को अपने जाल में फँसा उनका धर्म परिवर्तन कर सकें। मन्दिरों में "आर्य ललनाएँ सावधान!" नाम की पुस्तिकाएँ बिका करती थीं जिसमें सविस्तार बताया जाता था कि कैसे ये युवक हाथ में कलावा बाँधकर, हिन्दू नाम जैसे गुड्डू, पिंटू रखकर गर्ल्स कॉलेज के बाहर लड़कियों को अपने प्रेम जाल में फँसाया करते थे। चूँकि हिन्दू लड़कियाँ सीधी-सादी थीं इसलिए वे अक्सर इस जाल में फँस जाया करती थीं। इस पुस्तिका में देश भर की लड़कियों की आपबीती थी कि कैसे वो इस जाल में फँस गयीं और वो बाक़ी

हिन्दू लड़कियों को आगाह करती थीं कि वो इस जाल में न फँसें। देश में तब तक महापुरुषों के कहे पर सवाल उठाने का रिवाज़ न था जैसे हिन्दी की किताब में लिखा गया था कि कबीर रहस्यवादी कवि थे तो छात्र साल-दर-साल परीक्षा में इस कथन कि पुष्टि करते रहे कि वो रहस्यवादी कवि थे, किसी ने कभी नहीं पूछा कि क्यों, किसने उन्हें रहस्यवादी कहा? वैसे ही चूँकि किताब में लिखा था कि मुसलमान लड़के हिन्दू लड़कियों को फँसाते हैं और इसके लिए उन्हें पेट्रो डॉलर मिलते हैं तो देश ने मान लिया कि ऐसा ही होता होगा–

–कहो तिवारी तू बतावा किताब में झूठे लिखल बा?

अमरपुर में हिन्दू हितों की रक्षा का ये महती पुण्यकार्य मठ के ज़िम्मे था। मठ जिस कबीर नाम के कवि पर बना था वो सालों पहले मठ बनाने वालों को झिड़क गये थे पर जैसा कि देश की परम्परा थी कि बूढ़े लोगों की बात एक कान से सुनकर दूसरे कान से निकाल दी जाय और अगर घर का वह पुरखा गुज़र चुका हो तो कहना ही क्या! फिर उसे साल में एक बार पितरपक्ष में याद किया जाता था। सोलहवीं सदी में बना मठ एक ज़माने में समाज में दबे-कुचले लोगों की आवाज़ था पर अस्सी का दशक आते-आते जो लोग महन्थ बने उनकी दिलचस्पी देश को हिन्दू राष्ट्र बनाने में थी और इसकी शुरुआत मठ से ही की गयी। आचार्य महन्थ योगी अभिनव दास शहर में वर्षों से इस पुनीत कार्य का बीड़ा उठाये थे। सालों पहले उन्होंने शहर की मस्जिदों से लाउडस्पीकर हटाने को लेकर एक आन्दोलन से उन्होंने राजनीति में क़दम रखा था। शहर को उनका दिया भाषण अब तक याद था जिसने शहर को बता दिया था कि अब मठ शहर की राजनीति का दर्शक भर नहीं रहेगा।

"बन्धुओ! इस शहर में सुबह-शाम जो कोलाहल इन मस्जिदों ने मचा रखा है अब समय आ गया है कि उन पर रोक लगाई जाये। अरे चींटी के पग भी नूपुर बाजे तो मालिक सुनता है तो फिर इन लाउडस्पीकरों की क्या आवश्यकता है? साहब ने आदिग्रन्थ में कहा है कंकड़ पत्थर जोड़ के मस्जिद लियो बनाय, ता चढ़ मुल्ला बाँग दे क्या बहिरा भया खुदाय। तो या तो ये लोग मान लें कि इनका ख़ुदा बहरा है फिर हमें कोई आपत्ति नहीं इन लाउडस्पीकरों पर या इन लाउडस्पीकरों को जल्द से जल्द हटा लें अन्यथा इस शहर का हिन्दू अब प्रशासन से गुहार नहीं करेगा बल्कि ख़ुद ही इन लाउडस्पीकरों को हटा देगा। हमने आज कह दिया है कि अगर ये लाउडस्पीकर नहीं हटाये गये तो फिर इन मस्जिदों की *सुरक्शा* का उत्तरदायित्व हमारा नहीं होगा। साहेब बन्दगी!"

और इसके साथ ही मठ शहर की राजनीति का केन्द्र हो गया। उन दिनों ताक़त दिखाने के कई तरीक़े थे–एक था वामपन्थी संगठनों का हड़ताल का तरीक़ा पर

कभी वामपन्थी कहा जाने वाला नेता जिसकी आवाज़ पर मुम्बई बन्द हो जाया करती थी एक दक्षिणपन्थी पार्टी में था और रक्षा मन्त्री होने के बावजूद उसकी अमेरिका में तलाशी ले ली गयी थी। वो आज अमेरिकन अम्बेसी के बाहर वीज़ा के लिए व्हीलचेयर में सुन्न पड़ा था उसकी जगह शिवसेना ने ले ली थी जो कभी भी और कहीं भी तोड़फोड़ कर सकती थी जिसका मुखिया काले कपड़े पहने माइक़ल जैक्सन को अपना बाथरूम दिखा रहा था। ऐसे में पूर्वांचल में मठ ने एक नया तरीक़ा निकाला अपनी ताक़त दिखाने का वो था हिन्दू त्योहारों की तारीख़ बदलना। होता यूँ कि अगर देश भर में होली बारह को होती तो पूर्वांचल में तेरह को मनायी जाती क्योंकि मठ दैनिक प्रगति अख़बार को बताता कि अमुक पत्रा में लिखा है कि बारह तारीख़ को भद्रा है। पूर्वांचल वाले रात के दूरदर्शन समाचार पर सुनते कि राष्ट्रपति/ प्रधानमन्त्री ने देशवासियों को होली की शुभकामनाएँ दी हैं और कहते "जाय द इनकर पत्रा ठीक नाहीं हौ, होली बिहाने ह" और इस तरह जब पूरा देश त्योहार की थकान उतार रहा होता; पूर्वांचल त्योहार मनाना शुरू करता। मठ का प्रभाव इतना था कि एक बार मठ की पसन्दीदा पार्टी ने मठ के आशीर्वाद प्राप्त व्यक्ति जो राजनैतिक था को टिकट नहीं दिया। ये पूर्वांचल में भूचाल था पार्टी मठ के कहे के बाहर गयी थी। मठ ने इतिहास में गुम एक पार्टी को झाड़-पोंछ कर निकाला और शहर के एक बाल चिकित्सक को, जो बच्चों को मीठी गोलियाँ देने के लिए प्रसिद्ध था, उस इतिहास में गुम पार्टी के टिकट पर खड़ा कर दिया। हुआ ये कि वो डॉक्टर रिकॉर्ड मतों से जीता (कुछ मानते हैं कि दो घंटे बिजली का गुल होना बड़ा फ़ैक्टर था) पर इतिहास ये हुआ कि अगली सुबह पूर्वांचल ने एक नया नारा सुना–

"अमरपुर में रहना होगा तो साहब साहब कहना होगा"

शम्मी भाई उन दिनों तक़रीबन बेरोज़गार चल रहे थे और संस्कृत विभाग की तब्बसुम उर्फ़ तब्बू से प्रेम में समय काट रहे थे। आचार्य महन्थ योगी अभिनव दास ने जब इसके बारे में सुना तो शम्मी भाई को बुलवाया। योगी मठ के बरामदे में बैठे थे, प्रशान्त मस्तक, माथे पर सफ़ेद चन्दन का टीका, सफ़ेद शाल में लिपटी देह जिससे चन्दन की महक आ रही थी। शम्मी भाई साहब बन्दगी कह और पैर छूकर बैठ गये। आचार्य महन्थ योगी अभिनव दास ने बोलना शुरू किया–

"साहब ने आदि ग्रन्थ बीजक में कहा है कि फेरे हुए घोड़े को तो कोई काबू कर लेता है पर असल बाग़ी वो है जो अड़ियल घोड़े को क़ाबू कर ले। शम्मी ऐसे ही बाग़ी मूर्ति हैं।"

सु असली तुरंग कहा फेरे, अफरत फेरे सो बाग़ी है

और बरामदे में साधु-साधु की आवाज़ गूँजने लगी और आचार्य महन्थ योगी

अभिनव दास अन्दर चले गये। चूँकि प्रेम 'मियाँइन' की 'ले रहे थे' और इस तरह यवन संस्कृति पर चोट कर रहे थे इसलिए उन्हें मठ की परम्परा अनुसार हांडी भर रसगुल्ले खिलाये गये और सफ़ेद शाल ओढ़ाई गयी।

–मियाँइन सब अंडा मछरी खाती है

–इसीलिए तो हमेशा गरम रहती हैं

–हमेशा एक मरद चाहिए इनको

–एक्के?

–कबीर खेति किसाण का, भ्रगौ खाया खाड़ि। खेत बिचारा क्या करे, जो खसम न करई बाड़ि

–साधु! साधु! साधु!

रसगुल्ले का चिपचिपा रस शाल पर गिरकर कड़ा हो रहा था।

बाद में हुआ सिर्फ़ ये कि थियेटर की तैयारियों का जो काम प्रेम बिना पैसे कर रहे थे उसके लिए उन्हें विश्वविद्यालय से प्रोत्साहन राशि मिलने लगी। यामिनी नाटक की टीम में शामिल हुई। नाटक की रिहर्सल शुरू हो गयी। उन्हीं दिनों देश में गुजरात दंगों की ख़बर थी। इसे क्रिया की प्रतिक्रिया बताने वाला सफ़ेद दाढ़ी वाला शख़्स उभरता हुआ हिन्दू हृदय सम्राट था और गुजरात हिन्दुत्व की प्रयोगशाला। सफ़ेद दाढ़ी वाले ने उस डॉक्टर को बहुत पीछे छोड़ दिया था जो मुसलमान औरतों के बलात्कार को सौ गोदान के बराबर का पुण्य मानता था। इस बार का अन्तर विश्वविद्यालय युवा महोत्सव पश्चिम बंगाल में था जहाँ सीपीएम की सरकार थी। ये देखते हुए एक नया नाटक लिखा गया जो गुजरात दंगों की पृष्ठभूमि पर था। यामिनी उस औरत की भूमिका में थी दंगों में जिसका पेट चीर कर उसके अजन्मे बच्चे को त्रिशूल की नोक पर टाँग दिया गया था। उधर प्रकाश मणि त्रिपाठी ने युवा महोत्सव में पढ़ने के लिए भारत के परमाणु परीक्षणों की प्रस्तुति में लिखी अपनी कविता 'और बुद्ध मुस्कुराये' को बदलकर 'और मार्क्स मुस्कुराये' कर दिया।

विश्वविद्यालय की टीम रोज़ क्लास के बाद मिलती, रिहर्सल करती और बातचीत करने के लिए मुख्य द्वार के सामने के पार्क में चली जाती। लोग यहाँ एक गोल घेरे में बैठते और युवा महोत्सव की तैयारियों के बारे में बातचीत करते। ऐसी ही एक दुपहर ढले जब सब पार्क में एक गोले में बैठे थे, प्रकाश मणि ने यामिनी से कहा–

"यामिनी! एक कविता सुना दो!"

थोड़ी ना-नुकुर और थोड़ी मनुहार के बाद जब मुग्धा ने कहा–

"आप सुना दीजिए न प्लीज़!"

और यामिनी ने बन्ध गाना शुरू किया–

तुम्हारी आँखों में उदासी का जो आलम है
मेरी निगाहों में निगाहें डाल कर देखो
मेरे दृगों का वो काजल है
हवा! छूकर गुज़रती हो जिन बालों को
तुम्हें क्या! मालूम वो मेरे पतझड़ का सावन है

सबकी आँखें यामिनी पर थीं और यामिनी की मुग्धा पर। प्रकाश मणि त्रिपाठी को लगा कि यामिनी उनके लिए ही ये कविता गा रही थी क्योंकि हालिया ही एनएसएस की एक गोष्ठी में उन्होंने लियाक़त अली आसिम की ग़ज़ल 'कहीं ऐसा न हो दामन जला लो' अपने नाम से पढ़ी थी। बस उन्होंने किया ये था कि ग़ज़ल की पहली पंक्ति को 'कहीं ऐसा न हो हमसे दिल लगा लो' से और 'बड़ी रोयी लगती हैं आखें तुम्हारी' को 'बड़ी सूनी लगती हैं आँखें तुम्हारी' से बदलकर इसे अपना बना लिया था। मुग्धा यामिनी की पूरी कविता के दौरान घास के एक तिनके को मसलती रही और थककर दुपट्टे के कोर को अपनी उँगली पर लपेटने लगी। उसे अब समझ में आया था कि अमलतास उसकी तरह लाल क्यों हो रहा था। उसने बाल ठीक किये और अमलतास की छाया में उसकी आँखों का काजल डूबते सूरज की तरह और गहरा हो गया था।

मम् त्वं एक कक्षे च सुप्तम्, च च चाभी लुप्तम्

अमरपुर में उन दिनों सबसे बड़ी सामाजिक समस्या थी कि लड़का-लड़की कहीं एक साथ अकेले न मिल लें, या बात न कर लें। बिलन्दपुर चौराहे पर समोसे के लिए प्रसिद्ध हलवाई की दुकान पर एक बार कुछ लड़के-लड़कियाँ समोसे खाने एक साथ पहुँच गये थे और हलवाई महीनों तक इसका ज़िक्र करता रहा। शहर में इस मामले में ग़ज़ब एकता थी, जहाँ भी कोई किसी लड़के-लड़की को अकेले बैठे देखता उनसे उनके घर का पता पूछने लगता। मठ के मन्दिर के तालाब के पास अगर कोई लड़की-लड़का अकेला होता तो मठ के संन्यासी ही उसे भगा देते। शहर के बाहर बुढ़िया माता का मन्दिर था जहाँ जाया जा सकता था पर वहाँ जाने के लिए एक अदद स्कूटर की ज़रूरत हुआ करती थी और आप अगर कहीं से स्कूटर जुगाड़ भी लें तो इस बात की गारंटी नहीं थी कि वहाँ कोई सिपाही आकर ये नहीं कहेगा कि–चलSS दीवान जी बोलावत हौ!

और इस सबका अन्त जेबें ख़ाली करवाये जाने और/या लड़के के गाल पर एक थप्पड़ से होता। सारा शहर इस बात के लिए मुस्तैद था कि कहीं से भी इन लड़के-लड़कियों को वो एकान्त न मिले और इस एक दिन इस एकान्त के लिए ही वो माँ-बाप की तय की गयी शादी कर लेंगे। इस शहर में निशंक एकान्त का मूल्य था शादी! इस बीच इन लड़के-लड़कियों ने एक-एक शब्द ईजाद किया–कजिन!

–ये कौन है?

–मेरा कजिन है / मेरी कजिन है।

और अक्सर इस एक शब्द की आड़ में वो भीड़ से घिरा पर शहर में दुर्लभ एकान्त ढूँढ़ लेते।

विश्वविद्यालय भी कोई अपवाद नहीं था। हिन्दुस्तान गुरुकुल से चलता-चलता विश्वविद्यालय व्यवस्था में आ गया था पर मूल्य अभी भी गुरुकुल वाले ही थे। गुरु वेतन भोगी अध्यापक हो गया था पर जिसे सिनेमा देखते या शराब, सिगरेट पीते

पाया जाना शहर अनैतिक मानता था। शिष्य अब फ़ीस भरने वाले छात्र हो गये थे पर उनके लिए अभी भी अल्पाहारी, गृहत्यागी और ब्रह्मचर्य जैसी शर्तें पूरा करना ज़रूरी था। देश में विश्वविद्यालय अलग-अलग थे पर दिल्ली से लेकर अमरपुर तक देश के हर विश्वविद्यालय के छात्रावास का मैन्युअल किसी पुराने ऋषि की ऋचाओं से भरे पवित्र ग्रन्थ की तरह सनातन और अपरिवर्तनीय था मसलन–छात्रावास परिसर में मद्यपान, सिगरेट-बीड़ी-तम्बाकू का सेवन निषेध है, लड़कों के छात्रावास में लड़कियों के आने की सख़्त मुमानियत है। गुरुकुल विश्वविद्यालय बन गये थे और विश्वविद्यालय में पहले साल में आने वालों की औसत न्यूनतम उम्र अठारह-उन्नीस साल थी, पर आश्रम व्यवस्था अभी भी चल रही थी–पहले ब्रह्मचर्य अर्थात अध्ययन फिर गृहस्थ अर्थात काम और इन सबके बीच संविधान की दीवार पर लिखी भारतीय क़ानून की इबारत थी जो कहती थी कि पारस्परिक सहमति से यौन सम्बन्ध वनाने की उम्र अठारह साल है और शराब पीने की इक्कीस साल। शहर की हर दीवार पर लिखी इबारत की नियति थी कि उसे पान की पीकों से रंग दिया जाये या अघुताये मर्दों की हाजत दीवारों को नमक से नहला दे और दीवारों की परतें झड़ने लगें। संविधान की अदृश्य दीवार भी शहर में कोई अपवाद नहीं थी।

विश्वविद्यालय में कला संकाय की कक्षाएँ दो इमारतों में चलती थीं जिन्हें ब्वॉयज फैकल्टी और गर्ल्स फैकल्टी कहा जाता था और जैसा कि नाम से ही ज़ाहिर है कि एक ही कोर्स पढ़ने वाले लड़के-लड़कियाँ अलग इमारतों में पढ़ते थे। इस बात का पूरा ध्यान रखा गया था कि गर्ल्स फैकल्टी की इमारत परिसर के कोने में हो ताकि हर रास्ता वहाँ तक जाकर ख़तम हो जाये और किसी रास्ते पर ये इमारत न दिखे। कुछेक छोटे विभाग जैसे संगीत और ललित कला अपवाद थे जहाँ लड़के और लड़कियाँ एक साथ एक क्लास में बैठ सकते थे जिन्हें बाक़ी विषय वाले किसी और दुनिया का समझते थे। भौगोलिक मुहावरे में कहें तो ये विभाग विश्वविद्यालय के अमेरिका, यूरोप थे। गर्ल्स फैकल्टी के बाहर मुच्छड़ गार्ड तैनात रहते थे और लड़कों के प्रवेश निषेध की रेखा पार करने पर ये गार्ड उनकी पिटाई का पुनीत कर्तव्य भी निभाते थे जिसे वहाँ 'मजनूगिरी उतारना' कहा जाता था। दिलचस्प बात थी कि दुनिया के तमाम हिस्सों में प्रेम की अलग-अलग कहानियाँ थीं जैसे लैला-मजनूँ, हीर-राँझा, रोमियो-जूलिएट पर पूर्वांचल की स्मृति में ऐसी कोई कहानी न थी। पूर्वांचल में त्याग की, तपस्या की, बलिदान की कहानियाँ थीं पर प्रेम का न कोई नायक था और न कोई कहानी। इस इलाक़े ने प्रेम को शादी के बाद के लिए मुल्तवी कर रखा था। यहाँ रोमियो, मजनूँ के नाम आते तो पुलिस या समाज की कार्यवाहियों में जहाँ किसी लड़के को किसी लड़की के साथ बैठना असामाजिक

गतिविधि माना जाता था। इस शहर में वो जगह कहीं न थी जहाँ प्रेमी एक साथ बैठ भी सकें। पार्क जैसी जगहों में बैठने पर आपको भगवे झंडे वाले घेर सकते थे या फिर जिला प्रशासन किसी रजिस्टर में आपका और आपके पिता का नाम दर्ज करने लगता जिसे वो गर्व से 'ऑपरेशन मजनूँ' कहा करता था। इलाहाबाद तो एक क़दम आगे था, वहाँ के प्रशासन ने एक ट्रक के पिछले हिस्से में सलाखें लगवा रखी थी। ये गाड़ी शहर भर में घूमती और ऐसे 'असामाजिक तत्त्वों" को इन सलाखों में बन्द करके शहर भर में घुमाती जिसे वो 'मजनूँ पिंजड़ा' कहा करते थे। अमरपुर में एक नये-नये दारोगा आये जिसे शहर 'हेलमेट वाला दारोगा' कहा करता था। कहते थे कि उसकी शक्ल किसी ने नहीं देखी क्योंकि वो हमेशा हेलमेट पहने रखता था। इस हेलमेट को लेकर तरह-तरह की दन्तकथाएँ थीं–कुछ कहते कि सत्यम् शिवम् सुन्दरम् की जीनत अमान की तरह उसका आधा चेहरा जला हुआ था जिसे वो हेलमेट में छिपाये रखता, कुछ कहते कि उसने क़सम खायी है कि जब तक वो शहर से इन असामाजिक गतिविधियों को ख़त्म नहीं कर लेता वो हेलमेट नहीं उतारेगा। हेलमेट वाले दारोगा ने इलाहाबाद से प्रेरणा लेते हुए इस सिलसिले में एक अभिनव प्रयोग शुरू किया था जिसमें लड़की के साथ बैठे पाये जाने वाले लड़के का सर मूँड दिया जाता था और वो भले ही कहता रहे कि उसके बाबा या दादी गुज़र गये हैं पर शहर जानता था कि लड़का मजनूँगिरी में पकड़ा गया था।

मुग्धा और यामिनी के लिए यह बड़ी समस्या न थी। वे आराम से गोलघर के गणेश या बक्शीपुर के सिप एन बाईट में बैठी देर तक स्प्रिंग रोल्स का टुकड़ा कुतर सकती थीं। वे जब चाहे बेतियाहाता के प्रेमचन्द पार्क में एक साथ जा सकती थीं। एक दिन ऐसे ही ऑपरेशन मजनूँ में फँसे रवि पासवान का सर मूँड दिया गया जब वो बालविहार में संस्कृत पढ़ने वाली पूजा के साथ बैठा था। अगले दिन घुटा सर लिए रवि जब विश्वविद्यालय आया तब यामिनी और मुग्धा हिन्दी विभाग के बाहर की सीढ़ियों पर बैठे थे। रवि को कुछ कहने की ज़रूरत न थी सारा शहर जानता था कि घुटे सर का मतलब क्या होता था। यामिनी ने कहा, "जाने दो भाई! होता है ये सब।"

रवि भरे गले से सिर्फ़ ये बोल पाया था, "दीदी! उससे प्यार करते हैं हम। दो लोगों को इस शहर में इतना भी अधिकार नहीं कि वो एक साथ बैठ सकें। क्या पूजा को हर बात के लिए घर वालों का दस्तख़त किया काग़ज़ लेकर चलना होगा।"

"यहाँ लड़कियाँ मवेशियों की तरह बाड़े में रखी जाती हैं, बीए ख़तम होते-होते किसी नौकरी वाले के घर बाँध दी जाती हैं कि वो दिन भर उसका किचन सम्हाले और रात में उसका बिस्तर। किसी मवेशी से कभी नहीं पूछा जाता कि वो क्या चाहती है।"

मुग्धा बोल पड़ी थी–"तुम्हारी ग़लती ये है कि तुम ख़ुद अपनी ज़िन्दगी का फ़ैसला लेना चाहते हो। शादी के पहले प्यार करना चाहते हो। ये अमरपुर है रवि! यहाँ चढ़ने के लिए लड़की और हीरो होंडा दोनों लड़की का बाप शादी में देता है।"

एकान्त को तरसते इस विश्वविद्यालय में कुछेक विभाग ऐसे थे जहाँ लेडीज़ काक्रोच से भी न बात कर पाने वाले लड़के लड़कियों से बात कर पाते थे। वो विभाग थे भूगोल, ललित कला और संगीत जहाँ कक्षा छोटी होने के नाते कक्षाएँ ब्वॉयज और गर्ल्स फैकल्टी में नहीं बल्कि इन विभागों में चलतीं। इन कक्षाओं में लड़के बायीं तरफ़ और लड़कियाँ दायीं तरफ़ की बेंचों पर बैठतीं। भूगोल विषय में बीए पास करने के लिए एक फ़ील्ड ट्रिप करना ज़रूरी होता था। ज़्यादातर लड़के बीए में भूगोल इसलिए भी लेते थे कि शहर के बाहर लड़कियों के साथ फ़ील्ड ट्रिप पर जा सकेंगे। जगन्नाथपुर वाले चौबे जी ने इसी वजह से अपनी बड़ी बेटी को बीए में भूगोल नहीं लेने दिया था जिसने बारहवीं में भूगोल में डिक्टेंशन पायी थी।

"लफंगों के साथ शहर के बाहर फ़ील्ड ट्रिप पर जाओगी? जाने कैसे-कैसे लड़के होंगे वहाँ, कल को कोई ऊँच-नीच हो गयी तो लोग क्या कहेंगे! भूगोल छोड़ो तुम बीए में गृहविज्ञान ले लो, गृहस्थी की भी थोड़ी जानकारी हो जायेगी।"

दूसरा तरीक़ा था युवा महोत्सव जहाँ आप विश्वविद्यालय का प्रतिनिधित्व करने एक बड़ी टीम का छोटा हिस्सा बन अलग शहरों में जाते। युवा महोत्सव में लोग न सिर्फ़ अपने विश्वविद्यालय के लड़के-लड़कियों से मिलते बल्कि कई दूसरे विश्वविद्यालयों के छात्रों से भी। जाने के पहले वीसी का आशीर्वाद लेती टीम, रेलवे प्लेटफॉर्म पर ट्रेन में चढ़ती टीम, महोत्सव से आयी टीम, और महोत्सव में जीते पुरस्कारों का दुबारा वितरण करते वीसी के साथ टीम, इन सारे मौक़ों की तसवीरें अख़बार के अमरपुर परिशिष्ट में छपतीं और अमरपुर देवरिया पैसेंजर को लाइन क्लीयर मिलने से कम समय में आप शहर में ठीकठाक विद्यार्थी मान लिए जाते।

यहीं युवा महोत्सव था जहाँ यामिनी नाटक की टीम में जा रही थी और मुग्धा वाद-विवाद की टीम में। महोत्सव इस बार पश्चिम बंगाल के जादवपुर विश्वविद्यालय में था। उन दिनों महोत्सव की शुरुआत एक मार्च से होती थी जिसमें हर विश्वविद्यालय अपने शहर या प्रदेश की संस्कृति की झाँकी निकालता था। झाँकियों की परम्परा दिल्ली के इंडिया गेट से शुरू हुई थी और धीरे-धीरे हर छोटे-बड़े काम के लिए देश भर में फैल गयी थी। कोई भी काम हो झाँकी निकाल दो–देश के राष्ट्रीय पर्वों के अलावा पोलियो खुराक, मतदान जागरूकता से लेकर लोगों को खुले में शौच न करने को प्रेरित करने के लिए देश में झाँकियाँ थीं। हर झाँकी के लिए देश भर में सरकारी स्कूल के बच्चे और अध्यापक कभी भी बुला

लिए जाते थे। अमरपुर विश्वविद्यालय की झाँकी के लिए दो समस्याएँ थीं–एक तो ये कि इस टीम के पास कोई एक जैसी ड्रेस न थी दूसरे ये कि झाँकी में कौन-सा गाना गाया जाये। विश्वविद्यालय की खेल टीम के पास उनकी जरसी थी पर संस्कृति को चूँकि उस शहर में कोई बड़ा गम्भीर काम नहीं माना जाता था इसलिए उनके लिए कोई टीम ड्रेस होना चाहिए ये बात किसी के दिमाग़ में कभी आयी ही नहीं। अन्त में समस्या का समाधान इस तरह निकाला गया कि लड़के सफ़ेद शर्ट और काली पैंट पहनें (क्योंकि तक़रीबन हर स्कूल की ड्रेस में सफ़ेद शर्ट था इसलिए उधार मिलने में आसानी होती) और लड़कियाँ पीली साड़ी (पीली साड़ी इसलिए कि पूर्वांचल के तक़रीबन हर हिन्दू घर में शादियाँ पीली साड़ी में होती थीं)। ड्रेस की समस्या के बाद ध्यान गया गीत पर, यूँ तो हर विश्वविद्यालय की तरह अमरपुर विश्वविद्यालय का भी अपना एक कुलगीत था पर वो ऐसी संस्कृतनिष्ठ हिन्दी में था कि उसे समझने के लिए एक अदद अनुवादक की आवश्यकता होती। लिहाज़ा ये तय किया गया कि कोई ऐसा गाना चुना जाये जो बंगाल की सरकार की विचारधारा के निकट हो ताकि प्रतियोगिताओं में पदक जीतने की सम्भावना बढ़ जाये। अमरपुर की लोकस्मृति में ऐसे गीत बहुत कम थे, चौरीचौरा काण्ड हुए दशक बीत चुके थे और अब वो सिर्फ़ इस बात के लिए जाना जाता था कि महानगरी बस चौरीचौरा तक जाती थी और जिसमें टिकट के लिए आपको सिर्फ़ बस की छत में लगे रॉड और आपके हाथ के बीच दबी गोल की गयी कॉपी दिखानी होती थी और कहना होता था 'इन्वास्ति' और यह ही आपका टिकट मान लिया जाता। बहुत खोजने के बाद टीम को भोजपुरी में लिखा 'कहब त लग जाई धक् से' मिला जो बंगाल की सरकारी विचारधारा के पास था। गाना सालों से शहर की हवा में था किसी को नहीं पता था इसे किसने लिखा था।

टीम बंगाल पहुँची। पहली शाम सारी टीमें एक बड़े हाल में ठहराई गयी। अगली सुबह हर टीम कल्चरल परेड में शामिल हुई। सबसे आगे थी ग्वालियर विश्वविद्यालय की टीम जो शाही पोशाक में थी और जो अपने साथ गुज़री राजशाही के ज़माने की तुरही, नगाड़े लायी थी। उत्तर-पूर्व की टीमें अपनी परम्परागत पोशाक में थीं। आज़ादी के सालों बीत जाने के बाद भी गणतन्त्र दिवस की झाँकी से लेकर हर झाँकी तक इनके हाथों में बाँस के धनुष और जंग लगे मुरदार लोहे से जड़े तीर थमाये जाते थे। इस झाँकी में भी ये छात्र अपनी लाल-पीली पोशाकों में धनुष-बाण पकड़े थे गोया वे विश्वविद्यालय में पढ़ने वाले छात्र न होकर शाम के भोजन के लिए शिकार पर निकले शिकारी हों। इन सबके बीच अमरपुर विश्वविद्यालय की टीम तक़रीबन वैसी ही लग रही थी जैसे कॉन्वेंट स्कूल के बच्चों के सामने सरकारी स्कूल

वाले लगते हैं। सफ़ेद शर्टों में सफ़ेदी का स्तर अलग-अलग था, हर पीली साड़ी के कपड़े का प्रकार और उस पर हुई ज़रदारी की उपस्थिति/अनुपस्थिति ये बता रही थी कि वो पीली साड़ी पहनने वाली छात्रा के परिवार की आर्थिक हैसियत क्या थी।

परेड के बाद हर टीम निर्धारित होस्टलों में चली गयीं। लड़के और लड़कियाँ अलग होस्टलों में ठहराये गये थे। मुग्धा तबस्सुम के कमरे में थी और यामिनी किसी और कमरे में। सुबह-सुबह जादवपुर विश्वविद्यालय की सुबह झगड़े की आवाज़ों के साथ हुई।

–देखो तब्बू! मेरे पैसे लिए हैं तो चुपचाप वापस कर दो। मुग्धा की चीख़ती आवाज़ आयी।

–मैंने किसी के पैसे वैसे नहीं लिए। तबस्सुम ने जवाब दिया।

–कल रात यहाँ दो सौ रखे थे। कहाँ चले गये?

–मझे क्या पता?

–तुमने ही लिए होंगे।

–सुनो मुग्धा त्रिपाठी! (ज़ोर त्रिपाठी पर था) मुसलमान हूँ चोर नहीं।

पैसे किसने लिए, कहाँ गये ये तो पता नहीं चला हाँ पर उस शाम तबस्सुम और मुग्धा के कमरे बदल दिये गये। यामिनी मुग्धा के कमरे में आ गयी और तबस्सुम को दूसरे कमरे में भेज दिया गया।

दिन भर जादवपुर विश्वविद्यालय की अलग-अलग इमारतों में प्रतियोगिताएँ चलती रहतीं और सब यहाँ से वहाँ भागते रहते।

पहले दिन ही वाद-विवाद प्रतियोगिता थी। मुग्धा और उसकी टीम ने 'सम्यक विकास के लिए समाजवाद' के पक्ष में बहस की और सिल्वर मैडल जीता। टीम बहुत ख़ुश थी कि महोत्सव के पहले ही दिन उन्होंने पदक जीत लिया था। अगले दिन मुख्य प्रतियोगिता थी वेस्टर्न म्यूज़िक की। प्रतियोगिता शुरू हुई। ग्वालियर विश्वविद्यालय की टीम पहली प्रतिभागी थी। गिटार, ड्रम और शॉर्ट्स-टीशर्ट्स पहने लड़के-लड़कियाँ। ग्वालियर विश्वविद्यालय की टीम का हौसला बढ़ाने राजनीति में क़दम रख रहे ग्वालियर राजघराने के राजकुमार ख़ुद आये थे। अमरपुर विश्वविद्यालय की टीम इसलिए उत्साहित थी कि अमरपुर विश्वविद्यालय ने पहली बार वेस्टर्न म्यूज़िक में कोई प्रतिभागी भेजा था। हुआ ये था कि अमरपुर विश्वविद्यालय में नया-नया एमबीए का पाठ्यक्रम शुरू हुआ था। माना ये जाता था कि अमरपुर के बाहर अमरपुर औद्योगिक विकास प्राधिकरण यानी अंग्रेज़ी में एडा में चल रही फैक्ट्रियों को चलाने के लिए मैनेजर यहीं से आयेंगे। इसी एमबीए पाठ्यक्रम का एक लड़का गिटार बजाता था। अमरपुर विश्वविद्यालय के लिए यह

एक युगान्तकारी, ऐतिहासिक घटना थी। उसी गिटार बजाने वाले लड़के को अमरपुर विश्वविद्यालय की तरफ़ से भेजा गया था। साल 98 में आयी टाइटैनिक फ़िल्म का गाना 'माय हार्ट विल गो ऑन' दुनिया के तमाम देशों में बज-बज कर घिस चुका था पर अमरपुर विश्वविद्यालय के अंग्रेज़ी विभाग का हर लड़का, ये जताने को कि वो अंग्रेज़ी पढ़ता है, ये गाना गाते हुए घूम रहा था। 1975 में आयी जूली फ़िल्म के गाने 'माय हार्ट इज़ बीटिंग' के बाद देश के इतिहास में यह पहली घटना थी जब पूर्वांचल वाले कोई अंग्रेज़ी गाना गा रहे थे। डी और ई अंग्रेज़ी वर्णमाला के अक्षर ही नहीं बल्कि गिटार के तारों के नाम भी होते हैं ये न जानने वाले एमबीए वाले लड़के ने 'माय हार्ट विल गो ऑन' गाना शुरू किया। और हुआ ये ही कि जब गाना Near Far से whereever you are तक आया 'व्हेएवर' 'भेयरएवर' में बदल गया।

–अबे ये भइया लोग सेलिन डिऑन की मायवे क्यों कर रहे हैं।

–dude! for gods'sake

–भइया लोगों को जीजा-साली ही गाना चाहिए।

और इस तरह थोड़ी तिलमिला देने वाली हँसी, आदमी को भुनगे में बदल देने वाले ठहाकों और करुणाहीन दया से उपजे च्च च्च!! के साथ वेस्टर्न म्यूज़िक में इनाम जीतने का अमरपुर विश्वविद्यालय का सपना टूट गया।

यूथ फ़ेस्टिवल की आख़िरी रात थी। हर टीम के मेम्बर को किसी दूसरी टीम के मेम्बर से प्यारनुमा कोई चीज़ हो गयी थी। ग्वालियर वाले नये-नये मिले इस प्रेम को व्यक्त करने के लिए कोई अँधेरा कोना ढूँढ़ रहे थे तो दूसरी तरफ़ अमरपुर विश्वविद्यालय वाले अँधेरे कोनों में इस नये-नये प्यार से बिछड़ने के ग़म में रो रहे थे या अपने कमरों में लम्बी चिट्ठियाँ लिख रहे थे कि जाने के पहले उसे उन हाथों के सुपुर्द कर सकें जिनसे उन्हें प्यार जैसा हो गया था। शाम के खाने के वक़्त डाइनिंग हाल में शाहरुख़ खान की 'मोहब्बतें' फ़िल्म का गाना 'आँखें खुली हों या बन्द' बज रहा था। खाने के बाद सब अपनी-अपनी मेज़ों पर बैठे थे। कुछ लोग इस गाने पर बालरूम डांस जैसा कुछ करने की कोशिश कर रहे थे। अमरपुर विश्वविद्यालय के छात्र और गुरु जी कोने में बैठे उन्हें हसरत भरी निगाहों से देख रहे थे। मुग्धा उठी और यामिनी से पूछा–

"नाचें?"

यामिनी ने गुरु जी की ओर देखा, चूँकि पूछने वाली और पूछी जाने वाली दोनों लड़कियाँ थीं और अतएव संस्कृति किसी ख़तरे में नहीं थी गुरु जी ने सर हिलाकर सहमति दे दी। मुग्धा ने यामिनी का हाथ पकड़ा और बालरूम डांस जैसा कुछ करने की कोशिश करने लगी जैसा उसने बॉबी फ़िल्म में देखा था। मुग्धा के हाथों में

यामिनी की हाथ थे और वो एक चक्कर में घूम रहे थे कि अचानक मुग्धा ने यामिनी की कमर में बायीं तरफ़ से हाथ डालकर उसकी कमर को दाहिनी तरफ़ से पकड़ लिया। यामिनी को पहली बार झनझनाना क्रिया का अर्थ समझ में आया। 'झंकृत है वीणा मेरी' उसने सालों पहले किसी कवि सम्मेलन में सुनी थी। उसे पहली बार महसूस हुआ कि वीणा को झंकृत होने पर कैसा लगता होगा। धीरे-धीरे माहौल खुला और बाक़ी लोग भी नाचने लगे। शम्मी भाई ने तबस्सुम का हाथ पकड़ा और उसकी वीणा झंकृत कर दी। इन सब के बीच गुरु जी बैठे रहे और धीरे-धीरे डिनर के साथ मिलने वाले फैंटा के घूँट लेते रहे। तभी नाच रहे छात्रों में से किसी को लगा कि अगर गुरु को जी कटा-कटा हुआ महसूस होगा और उन्हें बुरा लग गया तो वे रिपोर्ट कर देंगे। होगा ये कि अमरपुर पहुँचते-पहुँचते "आपके पाल्य को अनुशासनहीनता के कारण विश्वविद्यालय से निलम्बित किया जाता है" वाली गुलाबी चिट्ठी घर पहुँच जायेगी। छात्रों ने गुरु जी का हाथ पकड़ उन्हें भी सम्मिलित करना चाहा पर गुरु जी नहीं-नहीं करते रहे। थोड़ी देर न-न करने के बाद गुरु जी भी नाच रहे छात्रों के समूह में मिल गये और शुरुआत में तालियाँ बजाने के बाद अपने दोनों हाथ ऊपर किये काल्पनिक कौए उड़ाने लगे।

देर रात सब अपने-अपने कमरों में लौटे। मुग्धा और यामिनी भी अपने कमरे में लौट गये। एकान्त और बारिश का शोर था। ऊषाफ़ोन का मोबाइल तब आया-आया ही था और बहुत कम हाथों में था, लैंडलाइन वाले प्रेम का ज़माना था। 'मोहब्बतें' फ़िल्म का शाहरुख़ बता रहा था कि ज़िन्दगी में हम एक बार जीते हैं, एक बार मरते हैं, शादी भी एक बार होती है और प्यार भी एक बार ही होता है। राज मल्होत्रा को हलुसिनेशन की बीमारी थी जिसमें वो अपनी मरी हुई प्रेमिका को बार देखता रहता था और उससे बातें करता रहता था। बम्बइया सिनेमा उन दिनों उसे ही प्रेम कहा करता था। ये जिस्म प्यार नहीं भूख जानता है बताने वाली बिपाशा बासु की फ़िल्म अभी आयी नहीं थी। प्रेम में भूख की बात करना उन दिनों अमरपुर में अश्लील क्रिया-कलाप की श्रेणी में आता था। प्रेमी अक्सर इस अश्लीलता से बचने के लिए इस बात की शुरुआत इस वाक्य से करते थे "आज ठण्ड बहुत हो रही है"। इस वाक्य की आड़ में वो शरीर के खोहों में उगने वाली कामना को संस्कृति का लिबास पहना पाते। इसी वाक्य का सिरा पकड़कर मुग्धा ने कहा–"आज ठण्ड बहुत हो रही है, नहीं?"

"हाँ ठण्ड तो काफ़ी है" यामिनी ने जवाब दिया।

"एक कम्बल में तो ठण्ड जायेगी नहीं, कम्बल मिलाकर ओढ़ लेते हैं" मुग्धा बोली।

"हाँ ठीक है" यामिनी ने जवाब दिया।

"तुम कम्बल लेकर मेरे ही बेड में आ जाओ।" मुग्धा ने फिर कहा।

दोनों एक ही बेड में थीं। बाहर बारिश हो रही थी और पेड़ों के भीगने की आवाज़ आ रही थी। मुग्धा ने कम्बल के भीतर यामिनी का हाथ पकड़ा और उसका सर अपनी ओर घुमा लिया। बाहर बारिश हो रही थी और खिड़कियों के काँच पर पड़ती पानी की बूँदें उसे दूरदर्शन पर देखे 'जल तरंग' की याद दिला रही थीं। दोनों की आँखें एक-दूसरे पर थीं। मुग्धा यामिनी की आँखों में देखती रही और यामिनी को याद आयी अशोक वाजपेयी की कविता–

वह कैसे कहेगी–हाँ!
हाँ कहेंगे
उसके अनुरक्त नेत्र
उसके उदग्र-उत्सुक कुचाग्र
उसकी देह की चकित धूप
उसके आर्द्र अधर
कहेंगे–हाँ
वह कैसे कहेगी–हाँ?

अधरों का रसपान करती रीतिकालीन कविता का बवंडर कमरे में घूम रहा था। खुली कैंचियों की तरह एक-दूसरे में उलझी देहें...मुग्धा ने उसके शरीर के कोनों-अंतरों से पहचान क़ायम की...यामिनी ने जाना कि कैसे उसके कानों की लौ पर मुग्धा के जीभ के स्पर्श से उसकी देह कमान की तरह तन जाती है। कुमारी यामिनी को पहली बार कहीं सुने और शायद भर्तृहरि का कहे जाने वाले श्लोक–

"संसार में सुखी पुरुष वो है जो पूर्ण ज्ञान प्राप्त कर चुका हो या दूसरा वो जिसके हाथों में सुन्दरी के पुष्ट स्तन हों" का अर्थ समझ में आया। भर्तृहरि को व्यक्ति लिखना था पुरुष नहीं उसने सोचा। पंचम सुर पर बजता शरीर का सितार जब सम पर आया पसीने में लथपथ दो देहें एक-दूसरे से लिपटी पड़ी थीं। छत पर लगा पंखा मन्थर गति से चल रहा था और बाहर बारिश खिड़की पर सर पटक रही थी। रीतिकाल में भटकती कविता कबीर पर आ गयी थी–

एकमेक ह्वे सेज न सोये तब लग कैसा नेह रे!!!

हिन्दी के कथाकार उदय प्रकाश की शैली का सहारा लेकर कहें तो आप आज भी अलहदादपुर में नांगलिया अस्पताल के पास रहने वाली प्रियंका वर्मा के घर जायें जो अब अपने पति और बच्चों के साथ अमेरिका में रहती है और उस यूथ फ़ेस्टिवल की एल्बम देखें तो आप पायेंगे कि उस एल्बम में अगले दिन की एक ग्रुप फोटो है।

उस ग्रुप फ़ोटो को ध्यान से देखने पर आप देख सकेंगे कि यामिनी और मुग्धा दोनों एक-दूसरे की ओर देख रही हैं और उनके चेहरों पर एक खिलन्दड़ मुस्कराहट है।

अगली सुबह सब नाश्ते के लिए डाइनिंग हाल में थे और उन दोनों के चेहरे पर एक मुस्कराहट थी, संस्कृत विभाग की पूजा के प्रेम में पड़ा रवि उन दिनों संस्कृत से राब्ता बढ़ाने के लिए हिन्दी फ़िल्मी गानों का संस्कृत अनुवाद किया करता था। रवि ने दोनों को देखा और बॉबी फ़िल्म के गाने का हिन्दी अनुवाद सुनाता हुआ यामिनी से बोल पड़ा–

का दीदी! मम् त्वं एक कक्षे च सुप्तम्, च च चाभी लुप्तम्

यामिनी और मुग्धा ये सुनकर ठठाकर हँस दी थी और जादवपुर विश्वविद्यालय की इमारतों का रंग थोड़ा और सुर्ख़ हो गया था।

विषविद्यालय और एक पाव लोकतन्त्र

टीम विश्वविद्यालय लौट चुकी थी। उन दिनों आर्चिज गैलरी में एक फ़ोन डायरी जैसी चीज़ मिला करती थी जिसे स्लैम बुक कहा जाता था। इस स्लैम बुक में नाम पता फ़ोन नम्बर के अलावा और भी चीज़ों की जगह थी मसलन हम पहली बार कहाँ मिले, सबसे अच्छे दोस्त, आप मेरे बारे में क्या सोचते हैं आदि आदि। अब ट्रेन के स्लीपर क्लास में मिले नये-नये लोगों से "देखिये कब मुलाक़ात होती है" कहने की कोई ज़रूरत नहीं थी बस ये कहना होता था कि मेरी स्लैम बुक भर देंगे प्लीज़! और सामने वाला तक़रीबन ऑटोग्राफ़ देने के भाव के साथ अपनी ज़िन्दगी के छोटे-छोटे हिस्से इस स्लैम बुक के पन्नों में भरने लगता था।

अमरपुर विश्वविद्यालय की टीम जादवपुर से लौटते हुए अपने साथ स्लैम बुक के पन्नों में महोत्सव में मिले लोगों के नाम पते फ़ोन नम्बर या पीपी नम्बर ले आयी थी। पीपी नम्बर याने पास-पड़ोस नम्बर मतलब ऐसे लोग जिनके घरों में फ़ोन नहीं था पर पड़ोसी के घर था। पड़ोसी के घर जहाँ फ़ोन करने पर ये कहना होता था कि सिन्हा जी के यहाँ से अमृता को बुला दीजिए, अमृता को बुलाया जाय इस बात की अनिवार्य शर्त ये थी कि फ़ोन करने वाली कोई सुधा हो नहीं तो अक्सर फ़ोन रख दिये जाते या कह दिया जाता कि हम किसी त्रिपाठी जी को नहीं जानते। युवा महोत्सव से लौटी टीम अब नये मिले लोगों को फ़ोन करने में लगे थे। कई बार फ़ोन रख दिया गया, कई बार रांग नम्बर कहा गया और इन सबके बीच तबला वाले अश्विनी को कान्हा मुर्मू यूनिवर्सिटी की सोनाली से प्यार हो गया था। पूरे युवा महोत्सव में किसी को कोई ख़बर न थी पर आख़िरी दिन जब अश्विनी फूट-फूट कर रोने लगा तो लोगों को लगा कि मामला सचमुच गम्भीर है। टीम के साथ गये गुरु जी ने यह सब देखकर अश्विनी से कहा कि या तो तुम्हारा रिटर्निंग टिकट कैंसिल करा दिया जाय या उसको ले चलो और एक टिकट बढ़ा लिया जाये। प्रेम को परिणति तक पँहुचाने के प्रश्न पर पूर्वांचल अभी भी मध्ययुग में था जहाँ पृथ्वीराज संयोगिता को

मन्दिर से उठा लाते थे। हिन्दी फ़िल्मों के गाने अभी भी इस बात की ही तस्दीक कर रहे थे। कोई नायक नायिका को डोली में उठा ले जाने की बात करता था, तो कोई सीधा-सीधा कह देता था कि तुम हाँ करो न करो हम तुमको उठा कर ले जायेंगे कहीं बाराती नायक कहता कि शैम्पू साबुन के 1 प्लस 1 ऑफर की तरह वो दुल्हन की सहेली को भी अपने साथ ले जायेंगे और इस बात से नायिकाएँ फूली न समाते हुए नायक के चारों ओर मुदित भाव से नाचती रहतीं। हिन्दी फ़िल्मों में नायिका के साथ छेड़खानी, जिसे कायदन यौन उत्पीड़न कहा जाना चाहिए, को ही प्रेम का पहला क़दम माना जाता था। सीधे-सादे चरित्र नायिकाओं की शादी में काली शेरवानी पहन सैड सांग गाने के लिए रखे जाते थे।

अश्विनी रोज़ सोनाली को फ़ोन करता।

कैसी हो मीटर 2.20
ठीक हूँ मीटर 2.80
सन्नाटा मीटर 3.20
तुम कैसे हो मीटर 3.80
ठीक हूँ मीटर 4.20
सन्नाटा मीटर 4.80

ये प्रेम का वो समय था कुछ कह न पाने, सिर्फ़ साँसें सुनने का मतलब लाल मीटर का बढ़ता पल्स था। शुक्र था कि मीटर की रफ़्तार दिल की रफ़्तार के साथ नहीं बढ़ती थी नहीं तो उस रफ़्तार के साथ कोई मीटर न चल पाता। शहर के ज़्यादातर पीसीओ इन्हीं बढ़ते मीटरों के भरोसे अभी तक ज़िन्दा थे।

यामिनी हॉस्टल में शिफ्ट हो गयी थी। उसने एप्लीकेशन काफ़ी समय से दे रखी थी पर अभी तक कमरा अलाट नहीं हुआ था। रोज़ पैसेंजर पकड़कर अमरपुर आना और शाम को जाने में काफ़ी समय लग रहा था और जब वो किसी काम के लिए शाम तक विश्वविद्यालय में रुकती तो अक्सर पौने सात वाली पैसेंजर छूट जाती थी। उसने रिज़वाना से पूछा और उसके हाँ कहने पर बिना अलाटमेंट रिज़वाना के कमरे में शिफ्ट हो गयी थी। हॉस्टल में शिफ्ट हो जाने से घर से अमरपुर की भागादौड़ी थोड़ी कम हो गयी थी। मुग्धा की दुपहरें भी अब उस कमरे में ही बीतती थीं। रिज़वाना पीएच.डी. में थी तो उसे अलग कमरा मिला हुआ था। रिज़वाना ने उस कमरे की एक चाभी दे रखी थी, वो जब दुपहर कमरे पर लौटती और अगर कमरे का दरवाज़ा अन्दर से बन्द दिखता तो वो चुपचाप लाइब्रेरी की ओर बढ़ जाती।

चौखम्भा सुरभारती से छपी कामसूत्रम्, जिसके कवर पर शिव-पार्वती की तस्वीर थी, पढ़ते हुए एक दिन मुग्धा ने यामिनी से कहा–

"पता है? तुम चित्रणी हो।"

"मुझे ये सब नहीं पता कि मैं चित्रणी हूँ, शंखिनी हूँ या पद्मिनी पर मैं ये जानती हूँ कि ये सब मैं किसी पुरुष के लिए हूँ स्त्री की नज़र में दूसरी स्त्री कैसी है ये बताने वाली कोई किताब अब तक लिखी नहीं गयी।" यामिनी ने कहा।

तुम्हें किताब की क्या ज़रूरत! तुम तो ख़ुद ही परिभाषा हो।"

मुग्धा ने उसकी चिबुक पकड़कर कहा।

सूबे की सरकार बदल चुकी थी। नयी सरकार किसी ज़माने में समाजवाद का ककहरा पढ़ती थी पर समय के साथ उसने राजशाही की शक्ल अख़्तियार कर ली थी। इस पार्टी के संस्थापक नेता जी पार्टी के महाराज थे और उनके छोटे बेटे पार्टी के युवराज। घिसते-घिसते समाजवाद पार्टी में सिर्फ़ टोपियों के रंग में सिकुड़ गया था। नयी सरकार ने आते ही दो काम किये एक तो ये कि प्रदेश की स्कूल बोर्ड की परीक्षाओं के लिए स्वकेन्द्र की व्यवस्था यानी अब स्कूल के छात्रों को बोर्ड की परीक्षा के लिए दूसरे स्कूल जाने की अनिवार्यता समाप्त हो गयी थी और वो अपने स्कूल में ही बोर्ड की परीक्षाएँ दे सकते थे। इससे हुआ ये कि दूसरे स्कूलों में परीक्षा कराये जाने पर नक़ल करने के लिए छात्रों को मेज़ पार चाकू गाड़ कर परीक्षा देने की जो असुविधा होती थी वो समाप्त हो गयी और नक़ल करने के पुनीत कार्य को गुरुजनों ने अपने हाथों में ले लिया, चपरासी मेज़ तक ही किताब पहुँचा देते और अगर छात्र फिर भी उत्तर न ढूँढ़ पाता तो गुरु जी स्वयं ही किताब से उत्तर बोलकर लिखवाने लगते। नयी सरकार का दूसरा काम था–प्रदेश के सभी विश्वविद्यालयों में छात्र संघ चुनाव पर सालों से लगे प्रतिबन्ध हटाये जाने और विश्वविद्यालयों में छात्र संघ चुनाव कराये जाने की घोषणा।

अमरपुर विश्वविद्यालय में इसका असर ये हुआ कि कैम्पस में अचानक हर जगह कुरते दिखाई देने लगे। सफ़ेदी के हर शेड वाले कुरते, कुछ कुरते गमछों के साथ थे तो कुछ बिना, कुछ कुरते पैदल थे तो कुछ बुलेट पर। पाँच साल पहले इस कैम्पस में चुनावबन्दी की घोषणा और नये कुलपति रमाकान्त मिश्र का पदभार सम्हालना एक साथ हुए थे। चुनाव बन्द हुए थे पर होस्टलों में कमरे वैसे ही कब्ज़ा हो रहे थे, धुआँ उड़ाती और डरावनी आवाज़ करती बुलटें वैसे ही कैम्पस में घूम रही थीं। नये कुलपति ने सबसे पहला काम यही किया कि सालों से हॉस्टल के कमरों पर कब्ज़ा जमाये कुरतों को पीएसी बुलाकर बाहर खदेड़ा। अक्सर रातों को पीएसी के ट्रक हॉस्टल के बाहर आकर खड़े होते, पीएसी के जवान हर कमरें में जाते और कहते कि अपना सामान बाँध लीजिए और आधे घंटे में हॉस्टल ख़ाली कर दीजिए। आधे घंटे बाद जो लोग कमरों में जमे रहते उन्हें सामान के साथ उठाकर बाहर

रख दिया जाता और कमरों पर सरकारी ताले लगा दिये जाते। जब तक लखनऊ में फ़ोन खड़के तब तक यह सारी प्रक्रिया पूरी हो चुकी होती थी। कैम्पस के नये आये सिक्यूरिटी गार्ड विश्वविद्यालय वालों के गेट पर कुरते वालों का आई कार्ड चेक करते और ज़्यादा कहासुनी करने पर उनके कुरते फाड़ने या उन्हें पीटने से कोई परहेज न करते। गेट पर बना साइकिल/मोटर साइकिल स्टैंड अब भरा-भरा रहने लगा था। हर गाड़ी जिस पर विश्वविद्यालय के अध्यापक/कर्मचारियों को दिया जाने वाला स्टीकर न होता गेट पर जमा होती और सबको कैम्पस में पैदल ही जाना होता। गेट से कला संकाय तक की दूरी अचानक बढ़ गयी थी। राजनीति विज्ञान और ललित कला विभाग के तिराहे पर आती-जाती लड़कियों का मुआयना करने खड़े रहने वालों की जगह गार्डों ने ले ली थी। रविदास हॉस्टल के कमरे प्रवेश परीक्षा की मेरिट के आधार पर दुबारा अलाट किये गये। कुलपति रमाकान्त मिश्र उन दिनों कहते रहते थे, "ये विश्वविद्यालय विषविद्यालय बन चुका है, इसे पुन: विश्वविद्यालय बनाना होगा।"

नयी सरकार की नयी घोषणा के बाद विश्वविद्यालय फिर से खद्दर की चपेट में था। नये-पुराने छात्र नेता कैम्पस में घूमने लगे थे। उनके कुरते सालों से बक्से में पड़े-पड़े सुस्ता रहे थे, इस घोषणा ने अचानक इन कुर्तो को आज़ाद कर दिया था। सालों से बक्से में बन्द रहने के कारण उनके कपड़ों से वैसी ही 'बक्साइन' गन्ध आती थी जैसी कबीर जयन्ती के मेले में नौतनवाँ, सलेमपुर से आयी स्त्रियों की साड़ियों से आती थी। विश्वविद्यालय में खद्दर का मेला लगा था। रिपुदमन सिंह उर्फ़ रिम्पन भइया इस बार चुनाव लड़ने के मूड में थे। उनका विश्वविद्यालय में आख़िरी साल था। वो तक़रीबन विश्वविद्यालय के छात्र संघ का चुनाव लड़ने का इरादा छोड़ चुके थे कि अचानक चुनाव की घोषणा हो गयी थी। उनके लॉ का आख़िरी साल था इस साल भी चुनाव नहीं होते तो अगले साल वो बाहर हो जाते। हिन्दी, समाजशास्त्र, राजनीतिशास्त्र याने पॉलिटिक्स समेत कला संकाय का कोई ऐसा विभाग नहीं था जहाँ से उन्होंने एमए न कर रखा हो। एक एमए ख़तम होता तो वे दूसरा करने लगते, पढ़ने की इस इलाहाबादी विधि से वे सालों से कैम्पस में बने हुए थे। एलएलएम की एंट्रेंस परीक्षा वे पास न कर पाते और विश्वविद्यालय का कोई विभाग उन्हें पीएच.डी. कराने के लिए बहुत उत्सुक न था कि पीएच.डी. कराने वाला अध्यापक जानता था कि अन्तत: उनकी पीएच.डी. उसे ही लिखनी पड़ेगी। ऐसे में रिम्पन भइया ने विश्वविद्यालय में लोकतन्त्र की स्थापना का बीड़ा उठाया। सूबे के चुनावों के पहले से वो घूम-घूमकर माहौल बनाने में लगे थे और अब तो छात्र संघ के चुनाव भी होने को थे। वो और उनके चेले अक्सर कक्षाओं में

जाते और अन्दर आकर कहते "गुरु जी! आ जायें?"

कबीर की कविता में अनभै साँचा समझा रहे गुरु जी के पास ना कहने का कोई विकल्प न होता। गुरु जी अनभै से भय तक दूरी सेकंडों में तय कर लेते और अपना लेक्चर बन्द कर देते। उसके बाद रिम्पन भइया अपना लेक्चर शुरू करते जो कभी दस-पन्द्रह मिनट तो कभी आधे घंटे चलता। इन लेक्चरों में लोकतन्त्र के मौलिक अधिकार होने, इसकी सूखती बेल पर चिन्ता जैसी वही सब बातें होतीं जो अक्सर हर दूसरी सभा में कही जाती हैं जिन्हें सुनता कोई नहीं पर वो पीढ़ियों से ऐसे ही कही जा रही हैं। रिम्पन भइया को सहूलियत उन कक्षाओं में होती जहाँ उनके सजातीय अध्यापक पढ़ा रहे होते। रिम्पन भइया इन अध्यापकों के विरोधी अध्यापकों को गेट के बाहर 'देख लिया' करते थे और बदले में वे हर परीक्षा पास होते रहते। अगर कभी इन अध्यापकों को विभागाध्यक्ष या प्रशासन से देर से आने या बिना छुट्टी ग़ायब हो जाने का कोई नोटिस मिलता तो रिम्पन भइया बीस-तीस छात्रों के साथ प्रशासन या विभागाध्यक्ष के ख़िलाफ़ प्रदर्शन करने में कोई देर न करते। हिन्दी विभाग के एक अध्यापक जो कभी हिन्दी में कोई अरबी-फ़ारसी शब्द न आने देते थे और उनकी विशेषता ही यह थी कि वे धारा प्रवाह संस्कृतनिष्ठ हिन्दी बोलते थे, वो अक्सर गर्व से इस बात का उल्लेख किया करते थे कि जब एक बार विभागाध्यक्ष ने उन्हें नोटिस दिया था तो छात्रों ने उनके समर्थन में जुलूस निकाला था। रिम्पन भइया जब भी इन सजातीय अध्यापकों की कक्षाओं में जाते, अध्यापक खिलकर 'आइये आइये' कहते। वे रिम्पन भइया का परिचय छात्रों से करवाते जिनमें रिम्पन भइया के मेधावी होने का उल्लेख होता और सजातीय अध्यापकों की कृपा से हर परीक्षा प्रथम श्रेणी में पास होने की गुरुकृपा वाली बात गुरुजी अक्सर छिपा ले जाते जैसे रिम्पन भइया कभी उनके विरोधी अध्यापकों को देख लेने का।

विश्वविद्यालय में सालों से चुनाव नहीं हुए थे और इस बीच विश्वविद्यालय में छात्रों की एक पूरी नयी पीढ़ी आ चुकी थी जिसने विश्वविद्यालय के चुनाव न देखे थे हाँ सुनी थीं तो चुनावी गुण्डागर्दियों की कहानियाँ कि कब कैसे किसको पीट दिया गया, किस चुनाव में किस छात्रनेता को गोलघर में गोली मार दी गयी, किसका अपहरण हो गया कि वो चुनाव न लड़ सके। ये छात्र पुराने छात्रनेताओं को जानते-पहचानते भी न थे और रिम्पन भइया को इन्हीं नये लड़के-लड़कियों में पहचान बनानी थी। रिम्पन भइया का पूरा ज़ोर बीए के इन छात्र-छात्राओं में पैठ बनाने और इनके वोट हासिल करने पर था। इसी के चलते आजकल रिम्पन भइया रोज़ कला संकाय की कक्षाओं में जाते रहते। सम्पर्क अभियान के इस दौर में एक दिन रिम्पन भइया महिला संकाय पहुँचे। गेट पर तैनात गार्डों ने थोड़ी बहस के बाद

उन्हें तो भीतर जाने दिया लेकिन उनके साथ चल रही उनकी मण्डली को गेट पर ही रोक लिया। उन्होंने एक कक्षा के भीतर आकर "गुरुजी आ जायें" पुकारा। भीतर आते-आते उनकी नज़र पढ़ा रहे अध्यापक पर ही थी, भीतर आकर जब उन्होंने नज़र क्लास की ओर घुमाई तो उन्हें क्लास की आख़िरी बेंच तक बैठी लड़कियाँ ही लड़कियाँ दिखाई दीं और अचानक उन्हें लगा कि सिर्फ़ लड़कियों के सामने बोलना मुश्किल काम है। उन्होंने थूक निगलते हुए माथे पर चुचुहाया पसीना पोंछा। उन्होंने ज़िन्दगी में अपनी पत्नी के अलावा किसी और लड़की से ज़्यादा बात न की थी। सालों पहले जब वे अपना आख़िरी चुनाव लड़े थे तब भी उन्हें लड़कियों से "ए दीदी! अपने भाई के भूलहिया मत!" से ज़्यादा कहने की ज़रूरत न पड़ी थी। घर में भी पत्नी से उनकी ज़्यादातर बातचीत रात को ही होती थी जब वे कमरे में अकेले होते और वहाँ भी "सो गयी का जी?" कहना होता और उनकी पत्नी "हं ...हं" कहकर अपनी साड़ी घुटनों तक सरका लेती। बेटी के पैदा होने के बाद ये बातचीत भी कम होती गयी थी।

रिम्पन भइया ने कमरे की आख़िरी दीवार की ओर देखकर बोलना शुरू किया। सालों पहले राजनीति के उनके गुरु अरुणोदय सिंह ने उन्हें समझाया था कि अगर कभी लोगों को सम्बोधित करने में डर लगे या घबराहट हो तो दीवार में आँखें गड़ाकर बोलना शुरू करो; डर भाग जायेगा और फिर नीचे बैठे लोगों को बीच-बीच में यूँ देखो जैसे वो छोटे बच्चे हों। रिम्पन भइया ने इसी मन्त्र को अपनाते हुए बोलना शुरू किया, "भाइयो और बहनो! माफ़ कीजिए सिर्फ़ बहनो! हमारा नाम रिपुदमन सिंह है आप में से बहुत से लोग मुझे रिम्पन के नाम से जानते हैं। मैं आज आपके बीच कुछ बातें बाँटने आया हूँ। आज ये विश्वविद्यालय उथल-पुथल से गुज़र रहा है। गत वर्षों में यहाँ लोकतन्त्र की हत्या हुई है, छात्रों को उनके मौलिक अधिकारों से वंचित रखा गया है। इस विषविद्यालय में लोकतन्त्र की बेल सूख रही थी; पर ये अँधेरा जल्द ही छँटेगा, यहाँ लोकतन्त्र की नयी कोपलें फूटेंगी, इस प्रशासन की दमनकारी नीतियों का अन्त अब होने को ही है। इस विश्वविद्यालय की मातृशक्ति से मैं अनुरोध करता हूँ उनका आह्वान करता हूँ कि वो उठें और इतिहास के इस निर्णायक क्षण में अपनी भागीदारी सुनिश्चित करें और लोकतन्त्र के इस यज्ञ में अपनी आहुति समर्पित करें।"

यज्ञ तक आते-आते रिपुदमन सिंह का य ज में बदल चुका था। पसीने माथे पर था और चेहरा लाल हो गया था, उन्होंने नारा लगाया 'छात्रहितों का हनन हुआ तो' जिसके जवाब में श्रोता छात्रों द्वारा पुकारी जाने वाली पंक्ति थी 'ख़ून बहेगा सड़कों पर' पर पूरी क्लास शान्त थी। रिम्पन भइया के नारे का जोश गैस बन्द कर देने पर

दूध के उबाल की तरह बैठ गया था। थोड़ी देर की शान्ति के बाद माहौल के भारीपन के काँच को तोड़ती मुग्धा की आवाज़ गूँजी–

"देखिये रिपुदमन जी! अव्वल बात तो ये है कि हम मातृशक्ति हैं नहीं, इस क्लास में ज़्यादातर छात्राओं की अभी शादी भी नहीं हुई है माता वाता तो बहुत दूर की बात है। यह सुनते ही लड़कियाँ खीं-खीं कर हँसने लगीं। मुग्धा ने बोलना जारी रखा–स्त्री को माँ, बहन, बेटी, स्त्री से परे एक व्यक्ति की तरह भी देखने की कोशिश कीजिए कभी। हम इस लोकतन्त्र की नागरिक हैं हमें बस वही रहने दीजिए। आपके इस लोकतन्त्र को कहिये कि पहले हमें बतौर नागरिक देखना शुरू करे। कभी ख़ुद से पूछियेगा कि दुनिया का सबसे सुन्दर शब्द लोकतन्त्र हमारी आपकी भाषा में पुल्लिंग ही क्यों है?"

रिम्पन भइया अचकचा गये थे। आमतौर पर जब वो भाषण ख़त्म करते थे तो तालियों की गूँज होती और हवा में भीड़ के "रिम्पन भइया ज़िन्दाबाद!! ज़िन्दाबाद! ज़िन्दाबाद!" के नारे होते थे; और रिम्पना भइया दोनों हाथ नमस्कार की मुद्रा में उठाकर छात्रों के हुजूम का अभिवादन स्वीकार करते थे। होता ये सब था और हो ये रहा था कि यहाँ बीए की एक लड़की उनकी आँखों में आँखें डालकर सवाल पूछ रही थी। रिम्पन भइया ने ख़ुद को सम्हाला और बोलना शुरू किया–

"बहन! ये लोकतन्त्र आपका भी उतना ही है जितना किसी और का। आपका स्वागत है इस लोकतन्त्र में। आइये और नागरिक ही नहीं आप चाहें तो इस लोकतन्त्र में प्रत्याशी की भूमिका निभाइए। आइये और चुनाव लड़िये। यह समय स्त्रीशक्ति (उन्होंने ख़ुद को मातृशक्ति कहते-कहते मुश्किल से रोका) के आगे आने का है।"

वो बोलना जारी रखते कि मुग्धा ने उन्हें बीच में टोकते हुए कहा–

"मैं आपके मुक़ाबले इसी चुनाव में खड़ी हो जाऊँ तो भी आप यही कहेंगे?"

"स्वागत है आपका!" रिम्पन भइया सिर्फ़ यही कह पाये थे और वे क्लास से बाहर निकल गये।

क्लास में पढ़ा रहे गुरु जी ने घड़ी की ओर निगाह डाली, क्लास ख़तम होने में पाँच मिनट बचे थे। उन्हें लगा कि टॉपिक पाँच मिनट में ख़तम करना सम्भव नहीं हो पायेगा; ये कहते हुए कि इस टॉपिक को कल ख़तम करते हैं वो भी क्लास से निकल गये। काग़ज़ समेटने की सरसराहट और दुपट्टे ठीक करने की आवाज़ों की ओट लिए लड़कियों का एक झुण्ड भी बाहर निकला। नीचे जाने वाली सीढ़ियाँ जो ऊपर भी जाती थीं उसी के पास यामिनी ने मुग्धा की कोहनी पकड़कर उसे रोक लिया और तक़रीबन झिड़कते हुए कहा, "पागल हो गयी हो क्या? क्या है ये सब? तुम क्यों ये सब चुनाव वुनाव के चक्कर में पड़ रही हो?"

"सुनो यामिनी! चुनाव तो अब मैं लड़ूँगी यार! जीतना तो है नहीं पर ये बताना बहुत ज़रूरी है कि इस विश्वविद्यालय में चुनाव सिर्फ़ रिम्पन भइया, शब्बीर भाई या पिंटू मिश्रा ही नहीं लड़ सकते बल्कि ये मुग्धा त्रिपाठी भी इनके सामने खड़ी हो सकती है। इनको ये बताना बहुत ज़रूरी है कि ये विश्वविद्यालय सिर्फ़ इनका नहीं है।"

क्लास ख़तम हो चुकी थी और छात्र धीरे-धीरे छोटे-छोटे झुंडों में विश्वविद्यालय के गेट से बाहर निकलने लगे थे। गेट के बाहर चाय वाले ने समोसों का एक नया ताज़ा ढेर बना रखा था और इन छात्रों का स्वागत करती चाय कोयले की अँगीठी पर एक मटमैले पतीले में उबल-उबलकर बाहर गिर रही थी और जलते कोयलों पर गिरते हुए झन्न की आवाज़ से भाप में बदल रही थी। रिक्शे वाले जो थोड़ी देर पहले तक खैनी बना रहे थे अचानक मुस्तैद होकर आइये-आइये की आवाज़ लगा रहे थे। मुग्धा और यामिनी धीरे-धीरे चलते हुए यामिनी के छात्रावास आ गये थे। दुपहर ढल रही थी और सूरज खिड़की के काँच पर लगे सस्ते हरे पेंट पर चमक रहा था; एक जगह जहाँ पेंट उखड़ा था वहाँ से धूप की एक लकीर अन्दर आ रही थी। धूप का एक वृत्त मुग्धा के चेहरे पर था उसकी गोद में सर रखे लेटी यामिनी ने कहा–

"सुनो! मैं शहर से निकलना चाहती हूँ। मेरा दम घुटता है इस शहर में। मैं सोच रही हूँ कि एमए के लिए जेएनयू में अप्लाई कर दूँ। मैं सड़कों पर तुम्हारा हाथ पकड़ कर चलना चाहती हूँ, बिना शर्मिन्दा हुए दुनिया को अपने बारे में बताना चाहती हूँ। किसी ऐसी जगह रहना पढ़ना चाहती हूँ जहाँ अपने होने के लिए किसी को कोई सफ़ाई न देनी पड़े। जेएनयू शायद ऐसी एकलौती जगह है। राजवन्त सर भी वहीं के पढ़े हैं, वो अक्सर उस कैंपस के बारे में बताते रहते हैं। तुम भी अप्लाई कर दो, हम निकलते हैं इस शहर से, बहुत हो गया अब और यहाँ रहा नहीं जाता।"

मुग्धा चुपचाप सुनती रही और यामिनी के सर पर हाथ फेरती रही। फिर कुछ सोचकर कहा–

"चलते हैं यामिनी! अप्लाई करते हैं। बस ये चुनाव बीत जाये। सुनो! हम वो आज़ादी यहीं इसी शहर में लेंगे; लड़ के लेंगे; छीन के लेंगे! तुम जहाँ हो वही मेरा शहर है वही मेरा जेएनयू है।"

सूरज ढल चुका था और धूसर आसमान में रंगों का ज्वालामुखी फूट रहा था।

नन्दिता दास की फायर, रामगढ़ ताल और पनीर पसन्दा

सावन बीत रहा था। शिवरात्रि में जल चढ़ाने गये बम भोले वाले काँवर यात्री धीरे-धीरे देवघर से लौटना शुरू हो गये थे। कबीर जयन्ती का मेला बीते भी महीने गुज़र चुके थे। शादी-ब्याह के लग्न का मौसम भी ढलान पर था। गाँवों के प्राइमरी स्कूलों में ठहरी बारात द्वारा उखाड़ी क्यारियों की मरम्मत हो रही थी और गिना जा रहा था स्कूल के कितने बैडमिंटन बारात जाने के बाद साबुत बचे हैं। बच्चे गर्मी की छुट्टियों के बाद घर की बोरियत दूर करने स्कूल जाने लगे थे। शहर में लगने वाला खिचड़ी मेला अभी दूर था और साथ ही दूर थीं मेले में लगने वाली दुकानें, झूले, वीडिओ पार्लर में पुआल पर बिठाकर दिखायी जाने वाली मिथुन चक्रवर्ती और राम्या की फ़िल्में और दस रुपये में तीन गानों के नाच का रंगारंग कार्यक्रम भी। शहर के पास करने को जो चीज़ें थीं उनकी मियाद तेज़ी से ख़तम हो रही थी ऐसे में अमरपुर के लोग ऊबकर समाज-देश आदि की चिन्ता न करने लगे ये देखते हुए शहर की ऊब को मिटाने के लिए विश्वविद्यालय के छात्र संघ चुनाव की तारीख़ की घोषणा हो गयी। चुनावों की तारीख़ की अधिसूचना जारी होते ही विश्वविद्यालय को खद्दर की टिड्डियों ने छाप लिया। विश्वविद्यालय के गेट से लेकर कला संकाय की इमारत तक, विश्वविद्यालय के सामने के पार्क से लेकर चाय के ठेलों तक हर जगह खद्दर ही खद्दर दिखने लगा।

इन खद्दरधारियों को मोटे तौर पर तीन भागों में बाँटा जा सकता था। पहले वे थे जिनके लिए छात्र राजनीति पूर्णकालिक व्यवसाय थी। वे साल-दर-साल चुनाव लड़ते रहते; एक विभाग से दूसरे विभाग में एडमिशन लेकर छात्र बने रहते और एक दिन या तो नगरपालिका की राजनीति में उतर जाते या प्रदेश में उनकी पार्टी की सरकार आने पर किसी सहकारी संघ या किसी और सरकारी संघ/समिति के अध्यक्ष बन जाते। जो ज़्यादा बड़ा कर पाते वो लखनऊ चले जाते, जो कुछ न कर

पाते वो किसी सांसद/विधायक जी के साथ लग जाते और "भइया जी का अनुरोध है" वाक्य के सहारे स्थानीय थाने या किसी और दफ़्तर में 'समाज सेवा' करते और महीने भर के राशन का प्रबन्ध कर लेते। रिपुदमन सिंह इस पहले प्रकार के छात्र नेता थे। उनकी बेटी कार्मल स्कूल में बारहवीं में पढ़ रही थी और अगले साल वो भी विश्वविद्यालय की वोटर बन जाती लिहाज़ा वो इसे आख़िरी चुनाव मानकर लड़ना चाहते और प्रयास में थे कि इसके बाद निवर्तमान अध्यक्ष के तौर पर पार्षद का चुनाव लड़ जायें। रिपुदमन सिंह के मुख्य विपक्षी थे परशुराम मिश्रा उर्फ़ पिंटू भइया। पिंटू भइया सालों से विश्वविद्यालय के छात्र थे और किसी भी पार्टी के युवा शाखा के प्रदेश अध्यक्ष बनने को तैयार थे। उनका सालों का सपना था कि वो लखनऊ से जब सन्त कबीर एक्सप्रेस पकड़कर अमरपुर जंक्शन पर उतरे तो सैकड़ों लोग उनके स्वागत में स्टेशन पर हों, गले में गेंदे के फूलों की मालाएँ पहनाई जायें और स्टेशन पिंटू भइया ज़िन्दाबाद के नारों से गूँज जाये। अमरपुर विश्वविद्यालय की राजनीति शहर की राजनीति की ही तरह दो ध्रुवों में सीमित थी–ब्राह्मण वोट ठाकुर वोट। मुसलमान इस राजनीति में सिर्फ़ दंगों में मारे जाने या अपना घर जलवाने के लिए थे और फिर भी अगर बेहया की तरह बच गये तो वोट देने के लिए। दंगे जिसे शहर के अख़बार साम्प्रदायिक तनाव कहा करते थे। यदाकदा कभी कोई दलित उमीदवार खड़ा हो जाता जिसे ग़लतफ़हमी हो जाती कि प्रदेश की राजनीति की तरह विश्वविद्यालय की राजनीति में भी दलित उमीदवार होने चहिए, तो उसे समझा-बुझाकर बैठा दिया जाता। समझाने-बुझाने की इस प्रक्रिया के लिए कभी एकाध थप्पड़ तो कभी-कभी कट्टा उपयोगी होता।

दूसरे तरह के खद्दरधारी वे थे जो चुनाव आते ही परचा भरते, कक्षाओं में प्रचार करते, विश्वविद्यालय के गेट पर भाषण देते और शहर में घूम-घूम कर जनसम्पर्क करते। छात्र इनकी बातें सुनते, इनके नाम लिखे पर्चे पाते जिनमें इन्हें अपना अमूल्य मत देने की अपील होती और ये सब हो ही रहा होता कि चुनाव के कुछ दिन के पहले प्रेमचन्द के पात्रों की तरह इनका हृदय परिवर्तन हो जाता। हृदय परिवर्तित होते ही ये चुनाव से अपना नाम वापस ले लेते और चुनाव के पहले किसी और प्रत्याशी का समर्थन कर देते और अपील करते उन्हें दिया जाना वाला वोट अमुक प्रत्याशी को दे दिया जाये चूँकि अमुक प्रत्याशी उनके बड़े या छोटे भाई जैसा है और उन्हें विश्वास है कि वो विश्वविद्यालय को सही दिशा और दशा में ले जायेगा। इनका कौशल इस बात में था कि ये माहौल अच्छा बनाते, लोगों को लगता कि सीरियस कैंडिडेट है और हो सकता है कि इस बार जीत ही जाये। जो बात लोग नहीं जान पाते वो ये थी कि चुनाव के पहले किसी रात अमुक प्रत्याशी द्वारा 'अरेंज'

की गयी कोई सुन्दरी उन्हें बबीना होटल में रॉयल स्टैग पिलाती और रात भर की सेवा-शुश्रूषा और जेब में रखी गयी गड्डी उनका हृदय परिवर्तित कर देती। शब्बीर भाई सालों से विश्वविद्यालय के एकलौते मुसलमान प्रत्याशी थे और सालों से उनका हृदय ऐसे ही परिवर्तित हो रहा था। गांधी के हृदय परिवर्तन की अवधारणा के वो ऐसे मूर्त रूप थे कि गांधी के आदर्शों पर चलने का दावा करने वाली पार्टी उन्हें पार्टी का ज़िला अध्यक्ष बनाने का सोच रही थी।

तीसरे वो थे जो साल-दर-साल परचा भरते रहते। हर कोई जानता था कि चुनाव इन्हें हारना ही है, ज़मानत ज़ब्त होनी ही है पर ये बेपरवाह हर चुनाव में खड़े होते। ये ओलम्पिक खेलों के संस्थापक पियरे डी कौबर्टिन के उस कथन के भक्त थे कि ओलम्पिक खेलों को जीतना महत्त्वपूर्ण नहीं है, महत्त्वपूर्ण है खेलना; इस सूक्ति का अनुसरण करते हुए ये हर चुनाव सिर्फ़ चुनाव लड़ने के लिए लड़ते। ये पूरे साल कर्ण के कवच की तरह खद्दर को शरीर से चिपकाये रहते कोई कुछ कहे खद्दर इनके तन से कभी अलग न होता। ये सच्चे अर्थों में निष्काम योगी थे, ये अकेले प्रचार करते, साल-दर-साल हारते पर इन्हें सन्तोष इस बात का रहता कि छात्रों से लेकर अध्यापक और विश्वविद्यालय के कर्मचारी तक इन्हें नेता जी कहते और विश्वविद्यालय के दफ़्तरों में इन्हें बैठने के लिए हमेशा कुर्सी दी जाती। विश्वविद्यालय गेट के बाहर का चाय वाला इनसे दिन के दो चाय के पैसे नहीं लेता, बाक़ी की चायों के लिए इनके साथ कोई न कोई होता जो कह देता नेता जी आप रहने दीजिए हम देते हैं जब ये जेब में हाथ डाले दस का नोट ढूँढ़ रहे होते; ये छात्रों की स्कॉलरशिप विश्वविद्यालय प्रशासनिक भवन से रिलीज करवाते, परीक्षा में फेल होने की आशंका से घिरे छात्रों को पास करवाने के लिए गुरु जी और परीक्षार्थी के बीच सेतु का काम करते, और इस तरह शाम के पौवे और मुर्गे का जुगाड़ कर लेते। प्रदेश की राजनीति में अभी अमर सिंहों का प्रादुर्भाव नहीं हुआ था और मानव नृविज्ञान की शब्दावली में इन्हें अमर सिंहों की प्रजाति के पूर्वजों के तौर पर समझा जा सकता था।

इस छात्र संघ चुनाव में मुख्य मुक़ाबला रिपुदमन सिंह उर्फ़ रिम्पन भइया और परशुराम मिश्रा उर्फ़ पिंटू भइया में था। तय माना जा रहा था कि असल सीरियस कैंडिडेट यही दो हैं और मुक़ाबला दिलचस्प होगा पर धीरे-धीरे मुग्धा त्रिपाठी का नाम भी यहाँ-वहाँ तैरने लगा था। भरी क्लास में रिम्पन भइया ने जब उसे कहा था कि चुनाव लड़ने के लिए स्वागत है उन्होंने सोचा था कि ये बात सिर्फ़ बात के लिए हो रही है, पर अब मुग्धा त्रिपाठी के चुनाव लड़ने की अफ़वाह धीरे-धीरे ख़बर की शक्ल ले रही थी। युवा महोत्सव में भाग लेने और सांस्कृतिक टीम का हिस्सा होने के

नाते उसे विश्वविद्यालय के छात्र जानते-पहचानते थे। रिम्पन भइया मन-ही-मन ख़ुश थे कि मुग्धा का नाम हवा में था। उनके लिए मुग्धा की गिनती सीरियस कैंडिडेट में नहीं थी, दूसरे वो यह सोच रहे थे कि जो थोड़ा बहुत वोट उसे मिलेगा भी वो पिंटू मिश्रा का ब्राह्मण वोट ही होगा और उनकी जीत की राह आसान होगी। उधर पिंटू भइया भी चुनाव का गणित समझ रहे थे और वोटों का गुणा-भाग कर रहे थे। एक शाम उन्होंने रिम्पन भइया को तरंग टाकीज के पास के कृष्णा पैलेस डीलक्स बार में मिलने का सन्देसा भिजवा दिया। बार एक होटल में था और ये होटल मुख्य शहर के काफ़ी बाहर था। बार ज़ीरो वाट के लाल-नीले बल्बों में सजा अँधेरे और रौशनी की दहलीज़ पर चालीस साला मर्द की तरह खड़ा था, अँधेरा इतना था कि एक मेज़ से ये देख पाना मुश्किल था कि अगली मेज़ पर कौन बैठा है और रोशनी इतनी थी चलते वक़्त कोई मेज़ से टकरा न जाये और काउंटर के पीछे खड़े यादव जी आपका उठा हाथ देखकर लड़के को ऑर्डर लेने भेज दें। शहर का चलन था कि शराब तक़रीबन अँधेरे में पी जानी चाहिए और शराब पीते वक़्त ग़ज़ल ही सुनी जानी चाहिए, शहर के चलन से चाल बिठाते हुए बार में ग़ुलाम अली चुपके-चुपके पुकार रहे थे; मेज़ों के ऊपर सिगरेट के धुएँ के बादल थे, हर दूसरी मेज़ से "जानत हौ मिसरा! का बताई एकरा माई के!" या "ले ल भकचोनर" जैसी आवाज़ें धुएँ के बादलों को चीरती हवा में गूँज रही थीं। ऐसी ही एक मेज़ पर पिंटू भइया और रिम्पन भइया आमने-सामने बैठे। नेवी कट के डिब्बे से एक सिगरेट निकालकर पहले तो उसे पिंटू भइया ने उसे डिब्बे पर धीरे-धीरे ठोंकना शुरू किया, और हाथ से यादव जी को इशारा कर उन्होंने हाथ की ओट में जलती तीली से सिगरेट सुलगाते हुए बात शुरू की, "देखौ रिम्पन! बात यह है कि आ रहा है चुनाव और क्या नाम है उस त्रिपाठी लड़की का; उसके चुनाव लड़ने की चर्चा है गरम, जाने तुमको का पड़ी थी कि भरी सभा में बोल दिये कि आओ हमरे मूड़ पर चढ़ जाओ और चुनाव लड़ो। मामला सीरियस हो रहा है और इससे पहले कि मामला हाथ से निकल जाये इसको सम्हालना ज़रूरी है। मुकाबला हम्मै तुम्मै हो कोई बात नहीं, चाहे तू जीतिहौ चाहे हम लेकिन एक बार इ कॉमन स्टूडेंट को चुनाव लड़ने का चस्का लग गया और ख़ुदा न खास्ता ई तिऊराइन कहीं जीत-उत गयी तो हम तुम कहीं चुनाव लड़ने लायक न रहेंगे और ई न समझौ कि मामला विश्वविद्यालय के चुनाव तक ख़तम हो जायेगा, एक बार ई आग लग गयी तो कल पार्षदी के चुनाव तक पहुँचेगी फिर करते रहना कीर्तन!"

पिंटू मिश्रा के बोलने तक रिम्पन भइया चुपचाप ओल्ड मोंक सुड़कते रहे, जब उनका बोलना बन्द हुआ उन्होंने हाथ के इशारे से लड़के को एक और पेग बनाने

को कहा। पेग बनने के बाद उन्होंने सिगरेट का लम्बा काश लेते हुए दार्शनिक राजनेताओं वाली मुद्रा में बोलना शुरू किया, "अरे लोकतन्त्र है पिंटू भाई! लड़की लड़ना चाहती है लड़ने दीजिए। इसी बहाने अपना भी मन मनसाइन रहेगा; जीतना-उतना उसको है नहीं, चार दिन का शौक़ है पूरा कर लेने दीजिए। लोकतन्त्र में कन्याओं की भागीदारी भी तो आवश्यक है।"

उन्होंने सिगरेट एक गिलास में पड़े पानी में छन्न से बुझाकर ओल्ड मोंक के गिलास पर अपनी उँगलियाँ लपेट दीं।

"देखौ सरऊ! ई बकलोली प्रचार में करिहौ। लोकतन्त्र की माँ का..." कहते-कहते उन्होंने उसी पानी वाले गिलास में मुँह के कोने में दबाया गुटखा उगल दिया। अरे! कन्या है कन्या की तरह रहे। देखौ भइया! ऐसा है कि कन्या जो हैं जाँघों के नीचे दबी ही शोभा देती है, मूड़ पर चढ़ी नहीं और ग़र तुम जो है इस बात के लिए ख़ुश हो रहे हो कि उसको बाभन वोट मिलेगा और वो हमारा ही वोट काटेगी और तुम जो है बाज़ी मार ले जाओगे तो बड़के लड़बहेर हो! उसको वोट मिलेगा लड़कियों का, ई नये स्टूडेंटों का जो अब तक सोच रहे हैं कि वोट तुमको दें कि हमको एक बार ई मामला सीरियस हो गया तो ये वोट गया उसको, और तुम सही सोच रहे हो कुछ वोट तो उसको बाभनों का भी मिलेगा। पर गणित कर लो लड़कियों का और नये स्टूडेंटों का वोट उसको गिरा तो रामगढ़ ताल में मुँह धोने लायक न रहोगे ई चुनाव और पार्षदी का टिकट तो दूर की बात है।"

यह सुनकर रिम्पन भइया को लगा कि ओल्ड मोंक बर्बाद हो गयी। सोच के आये थे कि पिंटूवा के पैसे से पीया जायेगा और बातचीत करके लौट लेंगे पर पिंटू मिश्रा की बातें सुनकर उनको समझ में आ गया कि मामला उतना आसान नहीं है जितना वो समझ रहे हैं, लड़कियों और नये स्टूडेंट वाली बात से उनके कान खड़े हो गये थे और उन्हें पार्षदी का टिकट भी ख़तरे में लग रहा था। उन्होंने सोच रखा था कि अगले साल वो नगरपालिका के चुनाव में उतर जायेंगे और बेटी को विश्वविद्यालय में पुस्तकालय मन्त्री का चुनाव लड़ाकर विश्वविद्यालय की राजनीति में भी हाथ डाले रहेंगे पर अब लग रहा था कि मामले को सम्हालना ज़रूरी हो गया है। देर रात बार बन्द होने और ओल्ड मोंक की बोतल ख़तम होने तक रिपुदमन सिंह और परशुराम मिश्रा ने तय किया कि मुग्धा त्रिपाठी का चुनाव में खड़ा रहना ख़तरनाक होगा इसलिए पहला काम ये किया जाय कि उसको चुनाव से हटाया जाये। मुग्धा त्रिपाठी को देखने का ज़िम्मा लिया पिंटू मिश्रा ने, पिंटू मिश्रा सजातीय भी थे लिहाज़ा उनकी नैतिक ज़िम्मेदारी भी बनती थी समाज की लड़की को राजनीति के गन्दे दलदल से दूर रखा जाय।

चुनाव की तारीख़ पास आ रही थी। एक शाम चेतना तिराहे की पंडिज्जी की दुकान से 302 क़िमाम का बीड़ा लगवाकर पिंटू मिश्रा मुग्धा त्रिपाठी के घर जाने का हिसाब-किताब समझने लगे। शास्त्रों में कहा गया था कि अविवाहित स्त्री को पिता के अधीन रहना चाहिए, विवाहित स्त्री को पति के अधीन रहना चाहिए और वृद्ध स्त्री को पुत्र के अधीन रहना चाहिए। इस शास्त्रोक्त नियम के अनुसार मुग्धा त्रिपाठी पिता के अधीन आती थी इसलिए पिंटू भइया ने सोचा कि मुग्धा से सीधे बात करने की कोई आवश्यकता नहीं है, उत्तम यही रहेगा कि उसके पिता त्रिपाठी जी से बात कर ली जाय। प्रदेश के पूर्वांचल इलाक़े में सारे ब्राह्मण जनेऊ के अदृश्य धागे से बँधे थे, बाहर से देखने में वे अलग-अलग नज़र आते; कोई सरयूपारीण था, कोई कान्यकुब्ज, कोई पंक्तिपावन, कोई किसी गोत्र का था कोई किसी गोत्र का पर जनेऊ का धागा उन्हें अन्दर-अन्दर बाँधे रखता। हर ब्राह्मण दूर से या पास से दूसरे ब्राह्मण का रिश्तेदार था, या किसी रिश्तेदार का रिश्तेदार था। कोई किसी के साढ़ू के बहनोई का मामा था तो किसी की दादी तीन पीढ़ी पहले किसी की पट्टीदारी में ब्याही गयी थी, तो किसी के फुफ्फा के मामा के लड़के किसी के घर ब्याहे थे। रिश्तेदारी का पूरा जाल फैला था, ये लोग भले ही रोज़ न मिलते हो शादी-ब्याह में मुलाक़ात हो ही जाती थी और न भी हो तो सामने पड़ने पर या परिचय देने पर कोई न कोई रिश्तेदारी निकल ही आती थी। पिंटू मिश्रा ने मुँह में पान घुलाते हुए पान की दुकान के बग़ल के पीसीओ से तीन-चार फ़ोन लगाये और प्रणाम से शुरू कर बात प्रणाम पर ही ख़तम की। पन्द्रह-बीस मिनट और पाँच-छह लोकल एसटीडी कॉल्स के बाद उन्हें मालूम हुआ कि मुग्धा त्रिपाठी के बाबा की चचेरी बहन उनकी पट्टीदारी में ब्याही गयी थी।

पट्टीदारी के नाम के सहारे पिंटू भइया उस मोहल्ले की ओर बढ़ चले जिधर मुग्धा का घर था। संयोग की बात थी कि उस दिन मंगलवार था, तो वो सबसे पहले बेतियाहाता के हनुमान मन्दिर पहुँचे और वहाँ मन्दिर के बाहर मुन्ना की दुकान से 'जयराम भइया' उठाने और चप्पलें मुन्ना के सुपुर्द करने के बाद लड्डुओं का एक़ डिब्बा उठाये वो मन्दिर में घुस गये। मन्दिर में दर्शन और तीन परिक्रमा के बाद जब वो बाहर आये तो डिब्बे के ऊपर और उनके बालों के नीचे माथे पर सिन्दूर तेल का टीका था, डिब्बे में तीन लड्डू कम हो गये थे और पाँच तुलसी के पत्ते बढ़ गये थे। बाहर आकर उन्होंने मुन्ना के यहाँ चप्पलें पहनीं और जेब में पड़े पान के बीड़े को मुँह के कोने में जमा कर वे अपनी यामाहा आर एक्स 100 के कान उमेठते मुग्धा के घर की ओर निकल पड़े। दिन मंगलवार न होता, गुरुवार होता तो वे प्रेमचन्द पार्क के पास बाबा तबारक खान की मज़ार चले जाते; वहाँ चादर चढ़ाते और रामदाने

का पैकेट हाथ में लिए बाहर निकलते। सोमवार होता तो वे कूड़ाघाट के झारखण्डी महादेव मन्दिर चले गये होते और शिव के चरणों में माथा टेक रहे होते और सिन्दूर तेल की जगह भभूत का टीका लगाये होते। अमरपुर शहर में भगवानों की कोई कमी न थी और हर दिन किसी न किसी मन्दिर, मज़ार के नाम तय हो रखा था। कभी-कभी लगता था कि सारे दिन देवी-देवताओं ने ले रखे थे और आदमी के लिए समय की परिक्रमा में कोई ओट न थी।

पिंटू भइया मुग्धा त्रिपाठी के घर की गली में पहुँचे। घर एक चौड़ी सड़क से फूटती एक सँकरी गली में था। गली में घरों के लानों में लगे फूलों की महक थी और हर घर से समृद्धि की सुगन्ध फूट रही थी। घर के गेट को सम्हाले दोनों खम्भों पर लैम्प लगे थे। पिंटू भइया ने यामाहा की चाभी घुमाकर घरघराते इंजन को बन्द किया और गाड़ी को सिंगल स्टैंड जिसे वहाँ लँगड़ी स्टैंड कहा जाता था, पर खड़ा कर दिया। उन्होंने घर के बाहर लैम्प की रौशनी में चमक रहे अक्षरों वाले खम्भे में जड़े नेमप्लेट को ध्यान से पढ़ा–शिव सदन, चन्द्रभान त्रिपाठी, अधिशासी अभियन्ता। उन्होंने मुँह में सुस्ता रहे पान के बीड़े को धीरे-से नाली में थूका और इसके पहले कि किनारे पर बैठे मेंढक टर्राने लगें उन्होंने घर की घंटी बजा दी और घर के भीतर से घंटी के गायत्री मन्त्र की घुटी आवाज़ बाहर आने लगी। घर का गेट खुला और घर के नौकर के कुछ पूछने के पहले ही पिंटू भइया बोल उठे, "चाचा जी हैं?" और इस तरह पिंटू भइया घर के बाहरी बरामदे में बेंत की कुर्सियों पर बैठा दिये गये। दो-चार मिनट बाद कलफ लगे सफ़ेद कुरते-पैजामे में त्रिपाठी जी बाहर निकले और उन्हें देखते ही पिंटू भइया उनके पैरों में झुक गये और खड़े होकर बोले, "चाचा जी प्रणाम!" चाचा जी के चेहरे पर अपरिचय की झाईं देखकर उन्होंने आगे जोड़ा, "हम परशुराम मिश्रा। अरे पिंटू! सुरदापार से आ रहे हैं!" त्रिपाठी जी थोड़ा अचकचाये और सोच में पड़ गये कि सुरदापार में रिश्तेदारी तो है पर सामने खड़ा यह आदमी किसके घर का है, पर मेज़बानी के लिहाज़ के नाते पिंटू भइया के साथ बैठ गये। स्टील के जग में पानी और तश्तरी में पेठे आने तक पिंटू मिश्रा पाण्डेय जी से अपनी रिश्तेदारी साबित कर चुके थे। पानी पीने के बाद घर का बाहर वाला कमरा खुल गया जिसे हिन्दी में बैठक और शहर में अंग्रेज़ी में ड्राइंग रूम कहा जाता था; शहर का नियम था कि मेहमान तीन तरह के होते हैं एक वो जिन्हें गेट से ही काम पूछ कर नमस्ते कर दिया जाये, दूसरे वो जिन्हें बरामदे की कुर्सियों पर बैठाया जाय और तीसरे वो जिन्हें घर के अन्दर बैठक वाले कमरे तक ले आया जाय। पिंटू भइया थोड़ी ही देर में मेहमानों की तीसरी श्रेणी में पहुँच चुके थे। वे त्रिपाठी जी से हँस-हँस कर बात कर रहे थे; त्रिपाठी जी के उस रिश्तेदार की बुराई कर रहे थे जो त्रिपाठी

जी को फूटी आँख न सुहाता था। पिंटू भइया कह रहे थे, सुन रहे थे और त्रिपाठी जी "एक बात बतायें आपको" कह-कह कर बातों का चरखा चलाये हुए थे। अचानक त्रिपाठी जी को याद आया कि पिंटू मिश्रा चूँकि घर के ड्राइंग रूम में बैठे हैं इसलिए उन्हें चाय ज़रूर पिलायी जानी चाहिए। "अरे सुनो! बेटा! ज़रा चाय बनवाओ मिश्रा जी के लिए।" त्रिपाठी जी ने घर के भीतरी आँगन में खुलने वाले दरवाज़े की ओर मुँह करके कहा। अमरपुर में मेहमानों का नाम बताने की यह परिपाटी सालों से चली आ रही थी, इससे होता ये था कि घर वालों को पता होता था कि चाय स्टील के गिलास में ले जानी है, शीशे के कप में ले जानी है या फिर किचन के पीछे वाले स्टोर रूम में बारजे पर रखे बॉन चाइना का नया टी-सेट निकालना है।

थोड़ी देर बाद मुग्धा एक ट्रे में स्टील के छोटे गिलासों में चाय और स्टील की तश्तरी में भुनी हुई मूँगफली लेकर आयी और ट्रे को मेज़ पर रख दिया। त्रिपाठी जी ने एक अच्छे मेज़बान की तरह कहा, "लीजिए लीजिए! अरे फलाहारी है सब, सेंधा नमक और देसी घी का बना है, आज मंगलवार है ना, आपका भी व्रत होगा।" मुग्धा ने नमस्ते कहा और पिंटू भइया ने तक़रीबन अनजान बनते हुए उसका कुशल-क्षेम पूछा; और "किस दर्ज़ा में पढ़ती हो बहिनी" के जवाब में ये जानने पर कि वो विश्वविद्यालय की छात्रा है ऐसे ही आश्चर्यचकित हुए जैसे महाभारत में सरोवर के किनारे पानी पीने को झुके युधिष्ठिर यक्ष की आवाज़ सुनकर हुए थे। "कोई समस्या हो तो बताना बहिनी" कहकर वो मूँगफली को चम्मच से उठाकर अपनी हथेली पर रखने लगे। ग्यारहवीं कक्षा की गृह विज्ञान की किताब में वर्णित शिष्टाचार के सामान्य नियमों का अनुसरण करते हुए मुग्धा अन्दर चली गयी। इसके बाद पिंटू मिश्रा ने कुछ इधर-उधर की बातें की और ब्राह्मण समाज के कान के कच्चे होने और "बाह्मन कुता हाथी, जात का नहीं साथी" मुहावरे की भूमिका के बाद गम्भीर और महीन आवाज़ में बोलना शुरू किया, "चाचा जी! आप तो जानते ही हैं समाज को, अब आपसे कुछ छुपा तो है नहीं। अब देखिये चकियावाँ के मिश्रा जी का लड़का दिल्ली विश्वविद्यालय में पढ़ रहा था, हमारे तो रिश्तेदारी की ही बात है उसका समाज में हल्ला हो गया कि वो दिल्ली में किसी पंजाबन को रख लिया है, वो उसी के साथ रहती है जबकि मामला ऐसा कुछ था नहीं लेकिन हल्ला हो गया तो समाज किसी की सुनता है! विशुनपुरा के त्रिपाठी जी, अरे विशुनपुरा इस्टेट वाले त्रिपाठी जी, अपनी लड़की की शादी करना चाह रहे थे लेकिन ये सब सुने तो पैर पीछे खींच लिए। मिश्रा जी कहते रहे कि आप लोग ख़ुद ही दिल्ली जाकर देख आइये लेकिन अब समाज को जानते ही हैं। लड़का था कम्प्यूटर इंजीनियर बन गया था लेकिन दस साल कहीं शादी तय न हुई। मिश्रा जी तो कहने लगे थे कि नेपाल

से पतोह लानी पड़ेगी। हमारे ही पटीदारी के चाचा बीच में पड़े तो भिरवाँ गाँव के दुबे जी की बेटी से तय हुआ; बेटी भी उनकी तीसा पार थी, ऊपर से दुबे जी तेरह वाले थे। ख़ैर कइसौ लड़के की शादी हुई तो मिश्रा जी तरे। आप तो हमारे चाचा हुए, हमारे लिए तो आप घर के बड़े हैं और कोई हमारे घर की लड़की के बारे में कुछ उलटा-सीधा कहेगा तो मार जूत्ता मुँह सीधा कर देंगे ससुर का। मन्त्री दुर्गा बाबू हमारे मौसा की पटीदारी में आते हैं और आपके आशीर्वाद से हमको सगे भतीजे से कम नहीं समझते हैं। समाज की सेवा में तो हम जेल तक जाने को तैयार बैठे हैं यहाँ तो फिर भी मामला हमारे घर दुआर का है। लेकिन यह भी तो है कि एक बार बात निकल गयी तो किस-किस का मुँह बन्द करेंगे हम या आप; अभी तो बात सिर्फ़ विश्वविद्यालय में है तो हम कहने आ गये। बहिनी की ग़लती नहीं है पर जानते ही हैं काजल की संगति में एक लीक काजल की तो लगेगी ही और न भी लगे तो समाज मानेगा कहाँ। अब देखिये बहिनी विश्वविद्यालय में क्लास ख़तम होने के बाद लड़कियों के हॉस्टल चली जाती है, आप जानते हैं, हम जानते हैं कि बहिनी पढ़ने, लिखने, अपना कोर्स डिस्कस करने जाती हैं लेकिन समाज का मुँह कैसे रोक लिया जाय। बहिनी की दोस्त है यामिनी, जिसके कमरे पर बहिनी पढ़ती-लिखती हैं; वैसे तो ठीक लड़की है, कविता वविता भी गाती है, पढ़ने में भी ठीक है लेकिन क्या बतायें, कहते हुए ज़बान ख़राब हो रही है, उ यामिनी को फायर फ़िल्म वाला शौक़ है। उसका तो शादी-ब्याह होगा, न होगा पर बहिनी उसकी संगति में रही तो कल को बहिनी के शादी-ब्याह में समस्या न हो जाये।"

उन दिनों अमरपुर में यह आम धारणा थी कि हॉस्टल में रहने वाली लड़कियाँ हिन्दी में चालू और संस्कृतनिष्ठ हिन्दी में चरित्रहीन होती हैं पर समस्या ये थी कि ये चालू लडकियाँ पिंटू भइया सरीखों के साथ चालू नहीं हो रही थी इसलिए ये मान लिया गया था कि ये बड़े मन्त्रियों, विधायकों, ठेकेदारों, डीएम, एसड़ीएम साहब जैसे लोगों के साथ चालू होती थीं और इन्हें लेने के लिए रात में हॉस्टल में लाल, नीली बत्तियों वाली गाड़ियाँ आती थीं। चूँकि बात सिर्फ़ मानने की थी इसलिए इसे भी ऐसे ही मान लिया गया था जैसे कुछ साल पहले ये मान लिया गया था कि गणेश जी की मूर्ति दूध पी रही थी या शहर में कोई मुँहनोचवा घूम रहा था। मानने वाले बातें मान लिया करते थे और इसलिए सच में क्या होता है क्या नहीं होता इसकी तसदीक करने की फुर्सत शहर के पास नहीं थी क्योंकि शहर के बूढ़े पार्क में सुबह-सुबह कृत्रिम हँसी के ठहाकों से, नाख़ून पर नाख़ून रगड़कर, उलटे उस्तरे से दाढ़ी मुड़वाकर जवानी वापस लाने में लगे थे और शहर के जवान आईएएस पीसीएस की तैयारी में कि वो भी डीएम, एसडीएम बनकर इन चालू लड़कियों के साथ चालू हो

सकें। अमरपुर शहर में हर साल इस बात का हल्ला होता कि जल्द ही शहर में ऐसा सैलून खुलने वाला है जहाँ लड़कियाँ मर्दों के दाढ़ी बाल बनाएँगी, मर्द इस बात का ज़िक्र हमेशा शर्मा सैलून के स्टार नाई बबलू से किया करते कि बबलू! बस अब ये आख़िरी दाढ़ी है अगली बार तो नये सैलून में लड़की के हाथ से ही बनवाया जायेगा और ये कहते-कहते वो अपनी शर्ट पैन्ट से खींचकर ऊपर तक चढ़ा दिया करते कि बबूल नाई उनकी दाढ़ी बनाने के बाद उसी ब्लेड से उनके बग़ल के बाल भी साफ़ कर दे। जब तक शहर में ऐसा सैलून शुरू नहीं हो जाता था बबलू ही उनका नाई बना रहता और तब तक के लिए हॉस्टल की लड़कियों को चालू और शहर के ब्यूटी पार्लरों को ही चकला मान लिया गया था।

बहरहाल घंटे-दो घंटे बाद जब पिंटू मिश्रा त्रिपाठी जी के घर से निकले तो उनके चेहरे पर वैसे ही मुस्कराहट थी जैसी जुबली टाकिज में 'मोहब्बतें' फ़िल्म के फर्स्ट डे फर्स्ट शो का टिकट पा जाने वाले लड़कों के मुँह पर हुआ करती थी। त्रिपाठी जी ने उनके जाने के बाद घर का दरवाज़ा बन्द किया और गहरी साँस लेकर अस्फुट स्वर में हे प्रभो भर कहा। त्रिपाठी जी उन पिताओं में से थे जो समय, मौक़ा और बच्चे का लिंग देखकर आधुनिकता और रूढ़िवादिता में आवाजाही किया करते थे। मसलन उनके बेटे के लिए ये सहज ही था कि वो शाम ढले बाज़ार घूमने निकल जाये और घंटे-दो घंटे बाद लौटे, बेटी के लिए ये बाहर का मतलब छत था जहाँ सूखे कपड़े उतारने के बाद वो आधा घंटा बैठ सकती थी। उन्होंने बेटी को पढ़ाने से कभी गुरेज़ नहीं किया था और आधुनिक पिता की तरह उसे नौकरी करने को प्रेरित करते थे पर ये नौकरी सिर्फ़ अध्यापिका बनने तक थी, वैसे ही उन्हें एमए तक पढ़ाने में तो कोई समस्या नहीं थी (शहर का चलन था कि बीए ख़तम होते-होते लड़की की शादी ढूँढ़ी जाये और एमए ख़तम होते-होते गौना कर लड़की को विदा कर दिया जाय) पर पीएच.डी. उनके लिए वर्ज्य विषय था। वो मानते थे कि पीएच. डी. करने वाली लड़कियाँ बूढ़ी हो जाती हैं और उनकी शादी नहीं हो पाती। पिंटू मिश्रा उनके घुटने छूकर और प्रणाम कहकर बाहर निकले और यामाहा पर बैठे उन्हें आख़िरी प्रणाम कहा और मोटरसाइकिल बढ़ा दी। जब यामाहा की आवाज़ गली के बाहर चली गयी तो वे घर के भीतर आये। त्रिपाठी जी सौम्य स्वभाव के व्यक्ति थे सो उन्होंने घर में कोई बखेड़ा खड़ा करना ठीक न समझा। वो आँगन में आये और "सुनती हो!" की टेर लगाकर पत्नी को बुलाया और उनसे सिर्फ़ ये कहा कि मुग्धा बड़ी हो गयी है और उसका शादी-ब्याह ठीक कर दिया जाये, शादी-ब्याह का मामला है तो ठीक यही रहेगा कि शादी-ब्याह तय होने तक वो घर पर ही रहे और क्लास करने यूनिवर्सिटी न जाये। "जुग ज़माना ख़राब चल रहा है। मुग्धा को समझा

दो और सुनो! फलाहार में बकला का दाल न बनाना, गैस बन रही है।" कहकर वो न्यूज़ देखने टीवी वाले कमरे में चले गये। सुबह होने पर मुग्धा की माँ ने मुग्धा से कह दिया कि वो अब खाना-वाना बनाना सीखे और थोड़ा घर-गृहस्थी का काम और सीख ले और उसे अब यूनिवर्सिटी जाने की ज़रूरत नहीं, इम्तिहान देना होगा तो गुड्डू साथ ले जायेंगे ले आयेंगे। मुग्धा के लिए ये अप्रत्याशित था पिंटू मिश्रा को घर में उसे देखकर लगा तो था कि ये यहाँ कैसे पर इसका पटाक्षेप इस तरह होगा ये उसने न सोचा था। मुग्धा ने माँ से कहा कि वो घर-गृहस्थी का काम और क्लास दोनों कर सकती है और उसके ये पूछने कि इस सबकी अचानक ज़रूरत क्या है? उसे वही जवाब मिला जो शहर सालों से स्कूल जाना छुड़ा दी जाने वाली लड़कियों को दे रहा था। उसकी माँ ने वही जवाब पल्लू कमर में खोंसते हुए दुहरा दिया, "देखौ! बहस तो हमसे करौ जिन, ओ जौन कहत जात हौ चुपाई मार वहिये करौ।" और इस तरह बिना किसी बहस, तर्क-वितर्क के मुग्धा त्रिपाठी घर बिठा दी गयी और उन्हें सुबह की पाली में पनीर पसन्दा बनाना सिखाने सुषमा बहन जी और शाम की पाली में ब्लाउज, बाबा सूट, पाजामा की कटिंग और सिलाई सिखाने हेमलता बहन जी घर आने लगीं।

भूनते मसालों की गन्ध से भरी एक दुपहर मुग्धा ने यामिनी को उसको पीपी नम्बर पर फ़ोन किया जब सुषमा बहन जी की रेसिपी कड़ाही में थी और कटे हुए पेटीकोट की सिलाई में पूरी दुपहर बाक़ी थी। यामिनी के फ़ोन पर आने पर मुग्धा ने बोलना शुरू किया–

"हाँ यामिनी! सुनो जी! ज़्यादा लम्बा नहीं बात कर पायेंगे, मसाला भून रहे हैं। सुनो ऐसा है कि परचा दाख़िला का दिन पास आ रहा है और हम अभी घर से निकल नहीं पा रहे हैं, इसके लिए पिंटू मिश्रा को धन्यवाद देना चाहिए जो कुछ दिन पहले घर आये थे। ख़ैर तुम ऐसा करो कि सेफ़ साइड परचा तुम भी भर दो, बाक़ी हम कुछ करते हैं, और तुम कैसी हो?"

"सुनो मुग्धा! देखो जी हम कविता जानते हैं राजनीति नहीं," यामिनी की परेशान आवाज़ दूसरे छोर से आयी।

मुग्धा ने फ़ोन रिसीवर के निचले सिरे पर अपनी उँगलियों की पकड़ मज़बूत करते हुए कहा–

"तुम परचा भरो! बाक़ी देखा जायेगा। अब तक मैं भी श्योर नहीं थी कि मुझे चुनाव लड़ना है पर अब रिम्पन भइया और पिंटू मिश्रा की आँखों में आँखें डालकर बता देने का समय आ गया है कि हम उनकी जाँघों के नीचे दबी योनियाँ भर नहीं हैं।"

ए चिंटूआ के दीदी तानि प्यार करे दा

विश्वविद्यालय की छात्र राजनीति ने प्रदेश की राजनीति के सारे तौर-तरीक़ों को अपना रखा था और इसे प्रदेश की राजनीति की छोटी सीढ़ी ही माना जाता था। जेपी आन्दोलन और नक्सलबाड़ी को गुज़रे ज़माना हो चुका था और आम छात्र किसी तरह के परिवर्तन में भागीदारी को इतिहास का हिस्सा मान चुके थे। देश भर में जेपी आन्दोलन से निकली पीढ़ी राजनीति में थी पर अमरपुर की राजनीति में कोई ऐसा नेता न था जो ये कह सके कि वो आन्दोलन से निकला नेता था। शहर का हर नेता इसलिए नेता था कि वो विश्वविद्यालय की नर्सरी से निकला था या उसके पिता, मामा, फूफा नेता थे। देश के दूसरे विश्वविद्यालयों की तरह ही अमरपुर विश्वविद्यालय में छात्र संघ के चुनाव में परचा दाख़िला एक बड़ी घटना हुआ करती थी। पज़ेरो गाड़ी का ज़माना तब तक आया नहीं था, अघोषित नियम यह था कि छात्र नेता खुली जीप में होता था उसके पीछे हाथी या कभी-कभी ऊँट भी होते थे, और उनके पीछे मोटरसाइकिलों पर सवार लड़के, हवा में उड़ता गुलाल, नारे और कभी-कभार इनके साथ ब्रास बैंड। जिन छात्र नेताओं को खुली हंटर जीप नहीं मिल पाती थी वो कचहरी चौराहे के जीप स्टैंड से कोई कमांडर जीप 'उधार' ले आते थे और उसके पिछले हिस्सों में लगी कैनवस के परदे को उधेड़ उस पर दो पटरे बाँध सिंहासननुमा चीज़ बना लेते थे। शहर की भाषा में इस 'उधार' को स्टैंड से जीप खींच लेना कहते थे। जिस प्रत्याशी के जुलूस में खींची हुई गाड़ियाँ, हाथी-घोड़े, मोटरसाइकिल सवार, बैंड गुलाल नहीं होता उसे परचा दाख़िले के ही दिन रेस से बाहर मान लिया जाता और माना जाता कि उसे वोट देना वोट ख़राब करना होगा। देश की सरकारें सालों से टीवी रेडिओ पर कह रही थीं कि मत का मतलब है उसको वोट देना जिसे आप पसन्द करते हो पर पूर्वांचल इसे घोड़े की रेस की तरह देखता था और वोट उसी पर लगाता था जो जीत रहा हो।

बाद के दिनों में वही हुआ जो ययाति के पुत्र पुरु के साथ हुआ था। पुरु ने अपना यौवन अपने पिता को दे दिया कि ययाति अपनी रानियों के साथ भोग कर

सके। मुग्धा पुरु नहीं थी सो उसे चुनाव लड़ने का इरादा छोड़ना पड़ा कि समाज में पिता की नाक ऊँची रह सके। मुग्धा को माँ के सल्फ़ास न खाने और चुनाव में एक चुनना था सो उसने माँ के सल्फ़ास न खाने को चुना। पर अपनी बात पर क़ायम रहने के लिए हुआ ये कि उसकी जगह यामिनी पर्चा भरेगी और चुनाव लड़ेगी और यामिनी रिम्पन भइया और पिंटू मिश्रा की आँखों में आँखें डालकर बतायेगी कि लड़कियाँ उनकी जाँघों के नीचे दबी योनियाँ भर नहीं हैं।

कुमारी यामिनी के लिए पहली सीढ़ी ये परचा दाख़िला ही थी। मुग्धा के कहने पर उसने चुनाव की तैयारी शुरू कर दी थी। हॉस्टल की लड़कियाँ उसके साथ थीं, रवि और उसके दोस्त, कवयित्री के रूप में उसे जानने-पहचानने वाले, उसका सम्मान करने वाले छात्र-छात्राएँ सब उसके साथ थे। उसे लगता था कि वो उतनी अकेली नहीं जितना वो सोचती है। यामिनी हॉस्टल-हॉस्टल, घर-घर गयी और उसका प्रचार सिर्फ़ एक बात का था कि "मैं कोई पेशेवर नेता नहीं हूँ, आपके जैसी सामान्य छात्रा हूँ, आइये और इस कॉमन स्टूडेंट की आवाज़ में अपनी आवाज़ मिलाइए। मेरी कोई महत्त्वाकांक्षा नहीं है, मुझे सिर्फ़ इस विश्वविद्यालय को बेहतर बनाना है।"

रिम्पन भइया चूँकि ठाकुर थे इसलिए मठ का आशीर्वाद और संसाधन उनके साथ थे, पिंटू भइया के सर पर राज्यमन्त्री दुर्गा बाबू का हाथ था। यामिनी निर्दलीय और बिना किसी बाहरी सहारे के ये चुनाव लड़ रही थी। ऐसे में अपना संगठन चलाने वाली हिन्दी के अध्यापक मिश्रा जी ने एक दिन उससे कहा–

"यामिनी! तुम ये लड़ाई बिना पार्टी के अकेले क्यों लड़ रही हो। किसी भी बड़ी लड़ाई के लिए संगठन की ज़रूरत होती है। तुम हमारे संगठन में आ जाओ। तुम हमारे संगठन के लाल परचम तले लड़ो! लाल झंडे को थाम लो इसमें बड़ी शक्ति है।"

मिश्रा जी बहुत दिनों से यामिनी को संगठन में लाना चाह रहे थे, दूरदर्शन के साथ ज़ी टीवी लोगों के घरों में पहुँच रहा था और साथ ही उनके चन्दा माँगने वालों की संख्या दिन-ब-दिन घटती चली जा रही थी। उनका विचार था कि यामिनी अगर संगठन में आ गयी तो महीने भर का चन्दा यामिनी के कविता पाठ के बाद चादर फैलाकर बटोरा जा सकता था। मिश्रा जी के बार-बार के इसरार और तक़रीबन बीसेक बार लाल झंडे का माहात्म्य सुनने के बाद यामिनी ने उनसे साफ़-साफ़ कह ही दिया–

"देखिये गुरु जी! अव्वल तो मुझे राजनीति का कोई शौक़ है नहीं, ये चुनाव भी मैं किसी कारण से लड़ रही हूँ। मुझे इसके बाद पार्षद, विधायक नहीं बनना है,

मुझे आगे पढ़ना-लिखना है। और रही बात आपके संगठन की तो उसमें किसी का दो वोट भी नहीं है, मुझे फ़िलहाल समाज देश बदलने की कोई जल्दी नहीं है, मैं अपना जीवन बदल सकूँ यही बहुत है। कहना तो नहीं चाहिए लेकिन आप ये बार-बार लाल झंडे में बड़ी शक्ति है ये सब मत कहा कीजिए लगता है कि आप लाल झंडे की नहीं बेतियाहाता वाले हनुमान मन्दिर के हनुमान जी के लाल लँगोटे की बात कर रहे हैं। वहाँ के पुजारी जी भी अक्सर यही कहते हैं हनुमान जी के लाल लँगोटे में बड़ी शक्ति है।"

और फिर विश्वविद्यालय की रीति थी कि लड़कियाँ झुक कर प्रणाम नहीं करतीं और दोनों हाथ जोड़कर सिर्फ़ प्रणाम कहती हैं सो रीति का पालन करते हुए यामिनी प्रणाम कहकर चली गयी।

यामिनी को अन्दाज़ा नहीं था कि विश्वविद्यालय में बग़ैर किसी पार्टी, बिना किसी मठ/मन्त्री के आशीर्वाद के चुनाव लड़ना रात की लोकल में घर जाने जैसा होगा। कोई ये मानने को तैयार न था कि वो विश्वविद्यालय के चुनाव के बाद पढ़ना-लिखना चाहती थी और आगे राजनीति नहीं करना चाहती थी। शहर इस मामले में मानता था कि जैसे व्यक्ति की जाति जन्म से ही निर्धारित हो जाती है वैसे ही एक बार चुनाव लड़ने के बाद व्यक्ति पढ़ता-लिखता नहीं उसका राजनीति में ही जाना निर्धारित हो जाता है। बहुत बाद में उसने जाना कि दिल्ली के जवाहरलाल नेहरू विश्वविद्यालय में जहाँ पार्टी ही सब कुछ थी वहाँ चन्द्रशेखर जैसे धुआँधार नेता के चुनाव में होने के बावजूद रविन्दर नाम की लड़की ने बतौर फ्री थिंकर चुनाव लड़ा था और जीता भी था, फ्री थिंकर माने वो जो किसी पार्टी में न हो। चुनाव जीतने के बाद भी वो राजनीति में नहीं गयी थी बल्कि पीएच.डी. करने लगी थी और बाद में डेनमार्क के एक विश्वविद्यालय में प्रोफ़ेसर हो गयी थी।

फिर हुआ ये कि परचा दाख़िले के हफ़्ते भर पहले कई घटनाएँ घटीं। पहले तो ये हुआ कि शहर के किसी कमरे में यामिनी समर्थक छात्रों की एक लिस्ट बनी। इस लिस्ट में छात्रों के नाम मोहल्लेवार या होस्टलवार लिखे गये। फिर होता ये कि पिंटू भइया और रिम्पन भइया के कारकुन मोहल्लेवार इन छात्रों के घर जाते, घर की घंटी बजाते और अगर छात्र के पिता दरवाज़ा खोलते या बाहर आते तो ये उनके पैर छूकर कहते–

"प्रणाम चाचा जी। हम लॉ के छात्र हैं, विश्वविद्यालय में बाबू के सीनियर हैं। बाबू आजकल विश्वविद्यालय की राजनीति में दिलचस्पी ले रहे हैं, बहुत अच्छी बात है पर बाबू पढ़ने में इतना ठीक हैं त काहे ई सब में अपना समय बर्बाद करत हैं,

अरे उनका चाही कि गोल्ड मैडल लावें, आगे पढ़े-लिखें, दिल्ली जायें, कम्पटीशन का तैयारी करें। ई सब राजनीति में का रखा है।"

पिताजी तुरन्त समझ जाते कि बाबू को कुछ दिन के लिए उनके मामा के घर भेज दिया जाय पढ़ने-लिखने या उनसे कहा जाय कि फ़ालतू चक्कर में समय बर्बाद न करें। चूँकि अमरपुर संस्कारी शहर था लिहाज़ा वहाँ किसी को धमकाने की जरूरत नहीं होती थी, वहाँ धमकियों को समझाइश कहा जाता था और ज़्यादातर लोग ये समझाइश फ़ौरन मान लेते थे। इन सब समझाइशों की प्रक्रिया में अगर दरवाज़ा छात्र खोलता या बाहर आता तो उसे बस यही कहना होता था–

"का बेट्टा! राजनीती करिबै! उखरे के झांट नाही आ नाम बरियार सिंह" अगर छात्र इस मुहावरे को समझ नहीं पाता तो उसके लिए और भी मुहावरे थे मसलन "बाप पदही न जाने आ पूत शंख बजावे"। अक्सर छात्र द्रुत गति से इस समझाइश को समझ लेते और अगर कभी कोई एकाध छात्र प्रतिवाद में कुछ कहने-सुनने की कोशिश करता तो घर के दरवाज़े पर खड़े उसे एक थप्पड़ भर लगाना होता था, थप्पड़ जिसे वहाँ की भाषा में लप्पड़ कहा जाता था और लप्पड़ के उत्प्रेरक प्रभाव में वो भी तुरन्त ही समझ जाता।

दूसरे समर्थक छात्र वो थे जो अमरपुर के न थे बल्कि आसपास के शहरों, गाँवों के थे और अलग होस्टलों में रहते थे। उन्हें भी यही समझाइश दी गयी। अन्तर सिर्फ़ ये होता था कि हॉस्टल के कमरे का दरवाज़ा खोलने पर दो लोग भीतर आकर बैठ जाते और दरवाज़ा बन्द करके यह समझाइश देते। कभी-कभी इस समझाइश की तीव्रता और प्रभाव बढ़ाने के लिए मेज़ पर एक कट्टा रख दिया जाता। कम समझदारी वाले छात्र भी कट्टे के आलोक में तुरन्त यह समझ लेते कि राजनीति समय बर्बाद करना है और उस छात्र को तो पढ़-लिख के आईएएस, पीसीएस बनना है जो गाँव में रह रहे उसके परिवार का सपना है।

तीसरे वो छात्र थे जो अगल-बग़ल के शहरों जैसे देवरिया, सीवान, मगहर से रोज़ सुबह लोकल पकड़कर आते, दिन भर क्लास करते और शाम वाली लोकल से घर लौट जाते। इनमें से ज़्यादातर छात्र यामिनी समर्थक थे क्योंकि यामिनी की ही तरह वो भी अमरपुर में 'बाहरी' थे। ये छात्र अक्सर समूहों में आते-जाते थे इसलिए इन्हें अकेला पाकर समझाइश देना थोड़ा मुश्किल काम था। ऐसे में इन्हें सम्हालने के लिए बग़ल के शहर गोरखपुर का पुराना गोरखपुरी नुस्खा निकाला गया। होता ये कि जब ये छात्र छोटे-छोटे दो-चार के समूहों में ट्रेन के इन्तज़ार में प्लेटफॉर्म पर

टहल रहे होते, या व्हीलर किताबों की दुकान में किताबों के टाइटल देख रहे होते कि अचानक कुछ लोग आकर इन्हें पीटने लगते। पीटने के लिए हाथ, कुहनी, लात, थप्पड़ या प्लेटफॉर्म तीन पर पूरियाँ तलने वाले बड़े छनौटे का प्रयोग हो ये पिटने वालों की प्रतिरोधक क्षमता पर निर्भर करता। पीटने वाले पीटते-पीटते चिल्लाते जाते, "लड़की छेड़ते हो! यही संस्कार है? घर में माँ-बहन नहीं हैं?"

और ऐसा कहते ही मामला पिटाई का न रहकर सामाजिक न्याय का बन जाता और पीटने वाले समाज रक्षक की श्रेणी में आ जाते। प्लेटफॉर्म पर खड़ी भीड़ भी इसे सामाजिक न्याय का मामला समझकर इसमें कोई दख़ल न देती। भीड़ की दिलचस्पी कथित रूप से छिड़ी हुई लड़की को देखने में होती और ये तय करने में कि वह वास्तव में छेड़नीय है या नहीं। अगल-बग़ल निगाहें दौड़ाने पर जब उन्हें कोई लड़की नज़र न आती तो कोई साथ वाले से पूछ बैठता–

"का मिसरा जी! के छेड़ा गईल।"

"पता नाही हो! हमहू नाही देख पइनी, जबले अइनी तबले चिड़िया फ़ुर्र" और ये कहकर मिसरा जी मुँह में भरे हुए पान को प्लेटफॉर्म पर लगे स्टील के बड़े कूड़ेदानों में ख़ाली कर देते।

बाद में इन सारे छात्रों को सलाह दी जाती कि वे अपनी जाति की सहूलियत से पिंटू भइया या रिम्पन भइया का समर्थन कर दें और यामिनी से दूर ही रहें। होते-होते हुआ ये कि पर्चा दाख़िला के कुछ दिन पहले तक यामिनी के साथ वही दस-पाँच छात्र बचे जो लप्पड़, बाप की डाँट और कट्टों के ताप को सह सके थे। वो अक्सर शाम किसी कोने-अँतरे में लपड़िया दिये जाते पर सुबह फिर यामिनी के साथ दिखते। अन्त में इन्हें थेथर और लतखोर समझकर इनके हाल पर छोड़ दिया गया था।

उधर समाज में इस बात को लेकर हल्ला न हो जाये कि मुग्धा का अचानक यूनिवर्सिटी जाना क्यों छुड़ा दिया गया और लोग इसके अपने-अपने कारण न बताने लगें इसलिए मुग्धा को फिर से यूनिवर्सिटी भेजना शुरू कर दिया गया था। उसका भाई अपनी मोटरसाइकिल से उसे विश्वविद्यालय के मेन गेट पर छोड़ता और क्लास ख़त्म होने के पहले उसे लेने के लिए विश्वविद्यालय के मेन गेट पर खड़ा रहता। मुग्धा की यामिनी से बात क्लास के ब्रेक के दौरान ही हो पाती। ऐसे ही एक ब्रेक में मुग्धा ने कहा कि वो क्यों न विश्वविद्यालय के हिन्दी विभाग वाले छोटे गेट से बाहर हॉस्टल चले जायें और क्लास ख़त्म होने तक लौट आयेंगे। यामिनी महीनों से मुग्धा से एकान्त में न मिली थी न कुछ कह पायी थी। अगली क्लास शुरू हों इससे पहले वे हॉस्टल के कमरे में थीं। यामिनी का सर मुग्धा की जाँघों पर था और उसकी अनावृत नाभि से खेलते हुए उसने मुग्धा से पूछा–

"हम कुछ ग़लत तो नहीं कर रहे? हमारा रिश्ता समाज के लिए समस्या है, लोग इसे अप्राकृतिक कहते हैं। क्या हम अप्राकृतिक हैं? और हम ऐसे क्यूँ हैं?"

"सुनो यामिनी! हम कुछ ग़लत नहीं कर रहे। इस दुनिया की आधी समस्याएँ इसलिए हैं कि मर्द का खड़ा नहीं होता, और वो मर्द है ये साबित करने के लिए औरतों पर हुक्म चलाता है, घूँघट कितना बड़ा होगा इसकी माप बताता है, साप्ताहिक तौर पर धारावाहिक ढंग से उन्हें पीटकर सन्तुष्ट होता है, और वो ख़ुदा न खास्ता अगर कहीं किसी देश का प्रधान हुआ तो युद्ध छेड़ता है।

बाक़ी आधी समस्याएँ इसलिए हैं कि मर्द का गिर नहीं रहा, दुनिया के सारे स्ट्रिप क्लब, चकले, पॉर्न, कैमरे पर कपड़े उतारती औरतें, वेश्याएँ, ह्यूमन ट्रैफ़िकिंग इसलिए है कि मर्द जो तना लिंग लिए घूम रहा है वो शान्त हो जाये!

दुनिया हमें अप्राकृतिक कहती है क्योंकि ये दुनिया मर्दों ने बनायी है!"

मुग्धा ने उसके हाथों को अपने हाथों में दबाते हुए कहा। उधर मुग्धा के दिमाग़ में बहुत कुछ चल रहा था पर वो यामिनी को सब बताकर परेशान नहीं करना चाहती थी। वो उसे नहीं बताना चाहती थी कि कैसे उसके घरवाले उसकी शादी के लिए युद्ध स्तर पर लड़का ढूँढ़ रहे हैं। दुनिया भर में शादी का जो भी मतलब हो उत्तर भारत के इस इलाक़े में यह अक्सर लड़कियों को क़ाबू में रखने का तरीक़ा था। लड़की ज़्यादा पढ़ना चाहती है? शादी कर दो! लड़की 'बिगड़' रही है? शादी कर दो! लड़कियाँ यहाँ कोहड़े की बेल की तरह सम्हाली जातीं और 'फ़सल' तैयार होने पर किसी के सुपुर्द कर दी जातीं। लड़कों के सिलसिले में शहर की मान्यता यह थी कि लड़का शराबी हो, नालायक हो, कुछ करता-धरता न हो, लड़का ग़लत रास्ते पर चला गया हो तो किसी नेक लड़की से शादी कर दो कि वो इसे सही रास्ते पर लायेगी। लड़का अपने रास्ते चलता रहता और लड़की शादी के तीन-चार महीने बाद उभरा पेट लिए पहली डिलीवरी के लिए मायके चली आती। शादी इन सारी समस्याओं का रामबाण इलाज थी।

मुग्धा यामिनी को ये सब बताना नहीं चाहती थी तो उसने बात बदलने के लिए कहा, "ये सब छोड़ो! तुम्हारी परचा दाख़िला की तैयारी कैसी है? परसों ही हैं न?"

"हाँ तुमसे उस बारे में भी बात करनी थी। देखो ऐसा है कि साथ में बहुत लोग हैं नहीं तो परचा भरने का कोई मतलब नहीं है। वैसे भी हमारी इन सब में कोई दिलचस्पी नहीं है तो क्यों इन सब में पड़ना। तुम वो जेएनयू के एंट्रेस और फॉर्म का पता करो जो तुम बता रही थी। चलते हैं यहाँ से।"

यामिनी ने एकटक पंखे की ओर देखते हुए कहा।

मुग्धा ने कुछ पल सोचा और कहा–

"देखो! तुम उस सबकी चिन्ता मत करो! परचा दाख़िला दस बजे शुरू होगा न, तुम नौ बजे बस बाल विहार पहुँच जाना! हम करते हैं कुछ। बस तुम परेशान मत हो। हम अभी निकलते हैं भाई आने वाला होगा तुम दस मिनट बाद निकलना।"

यह कहकर वो कमरे में बिखरे अपने कपड़े ढूँढ़ने लगी और सलवार में पैर डालते हुए उसने कहा–

"लेकिन सोच रहे हैं कि जाने के पहले तुम्हारी गर्दन पर तुमको एक लव बाइट दे दें। लव बाइट जानती हो?"

यामिनी की सिकुड़ती आँखों को देखकर उसने आगे जोड़ा, "अरे मेरी महादेवी वर्मा! लव बाइट माने...अरे संस्कृत में कहें तो दन्तक्षत।"

वह खिलखिलाकर हँस दी थी और यामिनी के कानों की लौ गरम हो गयी थी और मुग्धा ने अपने बाल कसकर बाँध लिए थे।

परचा दाख़िला का दिन आ पहुँचा था। सूरज के प्रशासनिक भवन के ऊपर चढ़ते ही प्रत्याशियों के जुलूस निकलने शुरू हुए। पिंटू भइया खुली हंटर जीप में थे तो रिम्पन भइया हाथी पर सवार थे, उनके पीछे यह देश है वीर जवानों का की धुन बजाते बैंड वाले और उनके पीछे छात्रों का हुजूम। हवा में पतझड़ में गिरे पीले पत्ते उड़ रहे थे और प्रत्याशियों के नारों की गूँज उन्हें संगत दे रही थी।

अपना कैंडिडेट सबसे बढ़िया
पिंटू भइया पिंटू भइया

धरती बोले, बोले गगन
रिपुदमन रिपुदमन

इस शोर के पीछे था यामिनी का जुलूस। शान्त, कोई नारे नहीं, कोई बैंड नहीं, कोई हाथी-घोड़ा नहीं बस तक़रीबन दौ सौ लड़कियाँ अपनी स्कूटी पर और उन सबके आगे-आगे यामिनी। लगता था कि किसी ने शहर भर की स्कूटियों को इस ज़ुलूस में भेज दिया था। इन लड़कियों के पास नारे नहीं थे सिर्फ़ क्रिकेट वर्ल्ड कप में सचिन सचिन की तरह लयबद्ध आवाज़ में गूँजता यामिनी! यामिनी! यामिनी के साथ दो दिन पहले तक कुल पाँच-सात छात्र थे पर मुग्धा ने किया ये था कि उसने परचा दाख़िले के एक दिन पहले अपनी सभी दोस्तों को फ़ोन किया। इनमें से ज़्यादातर मुग्धा के साथ कार्मल स्कूल में पढ़ी थीं और उनके पिता शहर में या तो ऊँची नौकरियों में थे या बड़े डॉक्टर, व्यापारी। उनमें से कुछेक तो यूनिवर्सिटी में पढ़ती भी नहीं थीं पर मुग्धा के कहने पर वो सब बाल विहार आ गयी थीं। आप आज भी बाल विहार तिराहे पर चौरसिया पान भण्डार, जहाँ का मीठा पान शहर भर

में मशहूर है, के प्रोपराइटर रामबरन चौरसिया से पूछें तो वो आपको उस दिन का क़िस्सा यूँ सुनाते हैं जैसे कल की ही बात हो।

"बाबू! का बताई ओह दिन त गजबे भईल भर भर स्कूटी आवत रहे। ई पार्किंग वाला दुबे कहत रहे कि पार्किंग में खड़ा कइ दा लेकिन बहिनी लोग रोडवे पर रहल, पूरा राही जाम रहे। यामिनी बहिनी पैदले अईली उनके लग्गे स्कूटी ना रहे। तब एसपी साहब के बेटी शालिनी बहिनी उनके आपन स्कूटी देली, आ बाबू तब लोग इहाँ से चलल, पन्द्रह बीस मिनट लाग गइल सब स्कूटी के पार भईले में!"

अमरपुर के इतिहास में ये वो घटना थी जिसे सालों तक याद रखा गया। शहर भर की लड़कियाँ बाहर थीं और जुलूस में थीं। लड़कियाँ स्कूटी पर थीं और राजनीति में आ रहीं थी। ये वो शहर था जहाँ लड़कियाँ घरों में रहती थीं, और सार्वजनिक जीवन के नाम पर कभी-कभी पल्स पोलियो के जुलूस या पौहारी महराज की शोभायात्रा में जाया करती थीं। ये वो शहर था जहाँ नगर निगम तक के चुनाव में औरतें न थीं, मर्द थे, हिजड़े थे पर औरतें न थीं, कभी कभार वो राजनीति में होतीं भी तो इसलिए कि उनके पति चुनाव लड़ नहीं सकते थे क्योंकि वो या तो जेल में थे या सीट महिला सुरक्षित हो गयी थी। बात मठ तक भी पहुँची कि मठ की सम्मति के बिना शहर में विश्वविद्यालय की राजनीति में कुछ नया हो रहा है। सुबह प्रताकी और प्रार्थना के बाद महन्थ जी ने रोज़ की तरह अपना प्रवचन दिया और एक भक्त आकर उन्हें कान में इस जुलूस की सूचना दे गया था। प्रवचन के अन्त में इस घटना की ओर इशारा करते हुए बस यह कहा–

"कलियुग है! साहब ने कलियुग के बारे में कहा है–

कबीर कलियुग कठिन है, साधु न माने कोय।
कामी क्रोधी मस्खरा, तिन्ह का आदर होय ॥

यहाँ तो कलियुग के साथ नारी का परकोप भी है। 'नारी की झांई परत, अन्धा होत भुजंग। कहे कबीर तिन कौन गति, जो नित नारी संग'। नारी की परछाईं मात्र से भुजंग तक अन्धे हो जाते हैं तो जो जीव नित नारी के साथ है उनकी क्या गति होगी। यही कलियुग है जिसके बारे में साहब चेता गये हैं और इस कलियुग में कोई बिरला ही है जो नारी की बाग पकड़ उसे क़ाबू कर सकता है और जीव मात्र को इससे बचा सकता है। 'नारी कुंड नरक का, बिरला थंभै बाग। कोई साधू जन ऊबरै, सब जग मूवा लाग'। क्योंकि इसे क़ाबू न किया जाय तो जग नाश कर देगी। ख़ैर... जैसी साहेब इच्छा!"

मठ के लोग जानते थे कि साहेब इच्छा का अर्थ है कि महन्थ जी जो चाहते हैं वो सीधे-सीधे न कहेंगे पर उनकी इच्छा मठ को समझ में आ गयी थी–इस नारी

की बाग पकड़ना! उधर मन्त्री दुर्गाबाबू भी परेशान थे, उनका ज़्यादातर समय अब लखनऊ में ही गुज़रता था और शहर की ज़मीनी राजनीति को वो रिम्पन भइया सरीखों से ही क़ाबू में रखते थे। शहर की राजनीति में यह ही लोग उनकी आँख-कान थे और शहर पर उनकी पकड़ बनाये रखते थे। इस व्यवस्था का सीधा सरल मॉडल था–पढ़े-लिखे मध्यम वर्ग को राजनीति से दूर रखो, उन्हें घर-गृहस्थी में उलझाये रखो, उनसे वोट तो लो पर उन्हें राजनीति को गन्दा, दूर का, पहुँच से बाहर समझने दो। उन्हें डर था कि ये पढ़ा-लिखा मध्यम वर्ग अगर एक बार सक्रिय राजनीति में आ गया तो राजनीति के सवाल बदल जायेंगे और वो नहीं चाहते थे कि जिस सिलेबस को उन्होंने सालों मेहनत से रट कर तैयार किया है जब इसका फल चखने की बारी आये तो कोई यह सिलेबस ही बदल दे।

उस दिन अमरपुर और लखनऊ तक कई फ़ोन खड़के। कई पुराने शिकवे दूर किये गये और कई नये समीकरण बने और कुछेक घंटों सरकार के कुछ विभागों में एसटीडी फ़ोन बिल में बढ़ोतरी के बाद ये तय किया गया कि ये प्रत्याशी–कुमारी यामिनी हारेगी। विरोधी का परचा ख़ारिज करा देने वाली प्राविधि अब तक अमरपुर में बहुत लोकप्रिय न हुई थी और दूसरे इसमें ये भी ख़तरा था कि इस तरह प्रत्याशी को 'शहीद' मान लिया जाता और अगले किसी चुनाव की वो ज़मीन तैयार हो जाती जहाँ प्रत्याशी इस शहादत को वोटों में तब्दील कर सकता था।

रिम्पन भइया और पिंटू भइया को दुर्गा बाबू और मठ से बार-बार झिड़की मिल रही थी कि उनके रहते ये चूक हो कैसे गयी और ये नया बखेड़ा कैसे खड़ा हो गया। रिम्पन भइया और पिंटू भइया ने सिर्फ़ मुग्धा त्रिपाठी के बारे में सोचा था और उसका उपाय भी कर दिया था पर यामिनी भी प्रत्याशी हो सकती है इसकी ओर उनका ध्यान भी न गया था। उन्हें लगता था कि यामिनी के समर्थक छात्रों को दी गयी समझाइश के बाद उसकी जमानत ज़ब्त होना तय है पर इस जुलूस ने यामिनी को सीरियस कैंडिडेट बना दिया था।

सूरज प्रशासनिक भवन से सरकता हुआ सामने के लॉन में आ पसरा था जहाँ छात्रवृत्ति के लिए धरना देने वाले, सुबह की पाली में काम करने के बाद सुस्ता रहे मज़दूरों, कुछ कबूतरों के सिवा कोई न था। सूरज के इसी आलस भरे क्षण में यामिनी की बारी आयी और वो हिन्दी विभाग में बने चुनावसमिति के दफ़्तर के भीतर गयी, फॉर्म लिया और उसे भरकर मुख्य चुनाव अधिकारी तिवारी जी को सौंप दिया।

–नाम–चिंटू कुमारी

–पिता का नाम–कोदई मुसहर

–कक्षा–स्नातक तृतीय वर्ष

–स्थायी पता–मुसहर टोला, बनचरा, उत्तर प्रदेश

–केटेगरी–सामान्य अनुसूचित जाति ✓ अनुसूचित जनजाति अन्य पिछड़ा वर्ग

परचा देखकर प्रोफ़ेसर तिवारी हँस पड़े। वो बोल उठे–

"अरे यामिनी ये किसी और कैंडिडेट का परचा आ गया है। ये किसी चिंटू कुमारी का है।"

"जी गुरु जी! ये मेरा ही परचा है। मेरा ही नाम चिंटू कुमारी है।" यामिनी ने जवाब दिया।

"लेकिन तुम्हारा नाम तो यामिनी है?" तिवारी जी अभी भी संशय में थे।

"यामिनी मेरा मंच का नाम है। घर वालों का दिया और सरकारी नाम चिंटू कुमारी है।" यामिनी ने परचा फिर आगे बढ़ाया।

"अच्छा अच्छा!" कहते हुए तिवारी जी ने परचा ले लिया पर वह बुरी तरह अचकचा गये थे।

असल में अमरपुर विश्वविद्यालय में छात्रों की हाज़िरी ली नहीं जाती थी, परीक्षा में नाम नहीं अनुक्रमांक लिखना होता था इसलिए आमतौर पर कभी किसी प्रोफ़ेसर को किसी छात्र/छात्रा का आई कार्ड देखने की ज़रूरत नहीं पड़ती थी। विद्यार्थी अध्यापकों को शक्ल से याद रहते थे या उन नामों से जो उन्हें बताया जाता था, कभी किसी ने किसी नाम को आई कार्ड से जाँचने की ज़रूरत न समझी थी।

घंटे भर में पूरे विश्वविद्यालय को मालूम हो गया था कि कुमारी यामिनी असल में यामिनी नहीं चिंटू कुमारी है और बनचरा की मुसहर है। अमरपुर ने तब तक यही मान रखा था कि कवि, लेखक, प्रखर मेधा के लोग सब ऊँची जातियों से ही होते हैं और बड़े कवि जैसे बच्चन भले ही अपनी जाति न लिखते तो क्या हुआ वो मुसहर, चमार थोड़े ही हो जाते हैं।

–अरे प्रेमचन्दो तो कायस्थे थे।

–कबीर बाबा भी विधवा ब्राह्मणी के गर्भ से जन्मे थे।

–शिवानी का भी असली नाम तो गौरा पन्त है।

–ई पन्त किसमें आते हैं?

–पहाड़ी ब्राह्मण होते हैं।

–हाँ इसीलिए तो बस्ती वाले शुक्ल जी ने अपने इतिहास में हर कवि लेखक के कुल का परिचय दिया है।

उस दिन जब सूरज विश्वविद्यालय के पीछे के गोल्फ कोर्स में डूबा और शाम गहराने पर जब गोलघर की बत्तियाँ जलीं और बाल विहार में गोलगप्पे सजाये गये

तब तक यामिनी पूरे शहर के लिए कुमारी यामिनी से चिंटू कुमारी और रात गहराने और गोलगप्पे का ठेला ख़ाली होने तक 'चमइनिया' भर रह गयी थी। इधर रिम्पन भइया और पिंटू भइया के समर्थकों ने साल दो हज़ार एक में आये एक भोजपुरी गाने की ओट लेते हुए यामिनी समर्थक लड़कियों के लिए एक नया नारा ईज़ाद कर लिया था–ए चिंटूआ के दीदी तानि प्यार करे दा! ये गाना उस अलबम का था जिसमें गायक जो ख़ुद को रंगीला कहा करता था अपनी नायिका से 'हउ' चाहता था। इस अलबम ने भोजपुरी संगीत की सड़ाँध में एक नया इजाफ़ा किया था, अब हर गाने के पहले एक बूढ़ी आवाज़ किसी जवान लड़की की आवाज़ के साथ वो सब कुछ भी कह देती थी जो द्विअर्थी गाने में भी नहीं कहा गया था। इसी अलबम का गाना था ये जिसमें गायक एक कारुणिक आवाज़ में टेर लगाता था कि चिंटू की दीदी सुनो! और इस कारुणिक टेर के अगले ही क्षण उसकी आवाज़ एक लकड़बग्घे में बदल जाती थी और वो चीख़ने लगता था कि उसे प्यार करने दिया जाये। रिम्पन और पिंटू भइया के समर्थक भी ऐसी ही कारुणिक टेर में इन लड़कियों को पुकारते थे और अगले ही क्षण उनका कोरस लकड़बग्घों के झुण्ड में बदल जाता था जो अपनी आवाज़ के चाबुक इन लड़कियों पर बरसाने लगता था–ए चिंटूआ के दीदी तानि प्यार करे दा! जब लकड़बग्घों की आवाज़ें थकने लगतीं तो कोई और लकड़बग्घा एक और पंक्ति उछाल देता–

अरे सारे! जानत नाही हवे! चिंटू दीदी के उहे चाही जोन तोका चाही और इस तरह जो बात ये भोजपुरी गीत नहीं कह पाता था उसे सीधे-सीधे गद्य की पंक्ति कह देती थी और इस तरह संस्कृत की उक्ति कि गद्यानाम कवि निकषं की लाज बची रह जाती थी उधर लकड़बग्घों का एक झुण्ड गाता, हँसता चला जाता था–

लाख जूता चप्पल चाहे सैंडल कुछो मारअ
चाहे बीच बज़ार में हमरो इज्जत तू उतारअ
बाकी झाड़ जन सजनिया, अंखियाँ चार करे दा
ए चिंटूआ के दीदी सुनअ
ए चिंटूआ के दीदी तानि प्यार करे दा

लोकतन्त्र की दीवार और भेड़ियाधसान

कहते हैं कि पूर्वांचल में लोग जितना बोलते हैं वहाँ की दीवारें भी उससे ज़्यादा नहीं तो कम भी नहीं बोलतीं। कई बार लोगों का कहा-सुना दीवार पर होता है तो कई बार दीवार की इबारत लोगों की बतकही का हिस्सा, लोगों और दीवारों में ये लेनदेन चलता रहता है। लोगों और दीवारों के बीच का क़रार ये है कि लोग जो बात खुले आम, साफ़-साफ़ न कह सकें, उन्हें शहर के बाहर की दीवारों पर लिखा जाय और जो बातें लोग कह सके सुन सकें उन्हें शहर की भीतर की दीवारों पर लिखा जाय। प्यार-व्यार की बातें चूँकि शहर करता नहीं था इसलिए किसी प्रेमी का प्रणय निवेदन किसी दीवार पर न था और शहर में कोई ऐतिहासिक इमारत थी नहीं कि उसकी बूढ़ी दीवारों पर खुरचकर दो नामों के बीच दिल का तिकोना बना दिया जाय। ख़ैर लोगों और दीवारों के इस क़रारनामे के चलते हकीम रहमानी और नवजीवन क्लिनिक के विज्ञापन, मर्दाना ताक़त बढ़ाने के नुस्ख़े शहर के बाहर रेलवे की पटरियों के किनारों की दीवारों पर लिखे जाते थे और शहर के भीतर की दीवारें सलोनी साड़ी केन्द्र, रुंगटा इलेक्ट्रॉनिक्स के विज्ञापन, और होली-दिवाली-ईद की मुबारकबाद वाले शुभकामना सन्देशों से रँगी रहतीं।

शहर में कोई नया नेता पैदा हुआ है या कोई नेता बनने की राह पर है इस बात की पहली सूचना इन दीवारों से ही मिलती। नेता बनने का पहला चरण यही होता कि आप त्योहारों के पहले शहर भर की दीवारों को शुभकामना सन्देश से रंग दें। इनके सन्देश बहुत स्पष्ट होते थे। अगले दो-तीन महीनों में आने वाले सारे त्योहारों की शुभकामना एक साथ दे दी जाती ताकि लोग अपने हिसाब से वो शुभकमनाएँ चुन लें, दूसरे इन इबारतों को कोने में नेतातुर व्यक्ति की मंग़ल स्टूडियो में खिंचाई दोनों हाथ जोड़े तस्वीर होती। शहर के छात्रनेता भी इसी परिपाटी का अनुसरण करते हुए विश्वविद्यालय और आसपास की दीवारों पर "नूतन सत्र में हार्दिक अभिनन्दन" लिखकर शुरू करते और धीरे-धीरे "अपना अमूल्य मत टोलू पांडेय को दें, निवेदक–समस्त छात्र एवं छात्राएँ" तक का सफ़र तय करते। गणित के विद्यार्थी

इससे उलझन में रहते कि अगर समस्त छात्र एवं छात्राएँ वोट देने का निवेदन कर रहे हैं तो बाक़ी बचा कौन जिससे ये निवेदन किया जा रहा है, पर चूँकि छात्रनेता जानते थे कि चुनाव का गणित सिलेबस की गणित से बहुत अलग होता है लिहाज़ा इस उलझन को दूर करने में उनकी कोई दिलचस्पी न थी। यामिनी अचानक ही चुनाव लड़ने आ गयी थी सो उसे राजनीति के इन नियमों की बहुत जानकारी न थी। अब जैसे अमरपुर से बनारस जाने के दो तरीक़े हैं। (पहला ये कि आप रिज़र्वेशन करायें, या स्लीपर का टिकट लेकर ट्रेन में बैठ लें और बनारस उतर जायें, दूसरा है बनकटा मिश्र वाला तरीक़ा कि आप किसी भी बर्थ पर अजगर की तरह लेट जायें और टीटी के आने पर उसे दस-बीस पकड़ा दें या अगर आप चार-पाँच के समूह में हुए तो किसी कूपे को कब्जिया लें और बस ये बात करते रहें कि टीटी के आने पर उसको बाथरूम में घुसकर उसकी टीटीगिरी निकाल देनी है, या वो अगर ज़्यादा टीटी की पूँछ बने तो गेट पर ले जाकर हल्का धक्का दे देना है और टीटी टिकट चेक करते हुए ये बातें सुनकर चुपचाप आपके कूपे को छोड़ आगे बढ़ जायेगा और उसके बाद आप जॉर्ज बुश से लेकर किसी बॉलीवुड हेरोइन की देहयष्टि की चर्चा में तल्लीन हो सकते हैं।) वैसे ही अमरपुर की राजनीति में घुसने के दो तरीक़े थे–पहला यह कि आप शहर की दीवारों को होली-दिवाली-बकरीद की शुभकामनाओं से रंगते रंगते, किसी बड़े नेता के पीछे हो लें, और शहर आपको नेता जी का आदमी मान ले और इसी तरह दो-चार-दस साल की मेहनत के बाद आपको चुनाव का टिकट मिल जायेगा और दूसरा तरीक़ा यह था कि आप किसी सांसद/विधायक/छात्र संघ अध्यक्ष के भाई, भतीजे हों और अठारह की उमर आते-आते पारिवारिक बिज़नेस सम्हालने की तैयारी में लग जायें।

कुमारी यामिनी का इस तरह चुनाव में आना अप्रत्याशित था, ऐसा नहीं था कि कोई आम छात्र कभी चुनावों में उतरता नहीं था, कभी-कभी होता कि विश्वविद्यालय में नये-नये खुले मैनेजमेंट विभाग के छात्र अति उत्साह में आकर चुनाव में परचा वरचा भर देते, मैनेजमेंट विभाग मुख्य परिसर के बाहर था भी तो विश्वविद्यालय को पता भी नहीं चलता कि ये भी कोई प्रत्याशी हैं। ये छात्र दस-बारह दिन प्रचार करते, शाम को थकान उतारने के लिए पार्टी करते और अन्त में अपनी ज़मानत ज़ब्त करा बैठते। बस उनकी सीवी में लीडरशिप क्वालिटी का एक गुण बढ़ जाता जिस पर वो हर प्लेसमेंट इंटरव्यू में अगराते रहते। यहाँ यामिनी न सिर्फ़ चुनाव में खड़ी थी बल्कि सीरियस कैंडिडेट भी हो गयी थी।

विश्वविद्यालय में उन दिनों हर विषय को पढ़ाई के लिए अलग-अलग विभाग थे, सभा, संगोष्ठी, लगन में शादी-ब्याह के लिए सभागार थे, गायों-साँड़ों के आराम

करने को, लड़कियाँ छेड़ने को चौराहे थे, पान की पीक को गले लगा उसके रंग में रंग जाने को सीढ़ियों के कोने थे पर लोकतन्त्र की अभिव्यक्ति भाषण देने को कोई नियत जगह न थी। रिम्पन भइया और पिंटू भइया कभी भी किसी क्लास में जा सकते थे और छात्रों को लोकतन्त्र का मतलब समझा सकते थे, सभागार में चल रहे किसी भी कार्यक्रम में बिना बताये बुलाये जा सकते थे, चूँकि उनके आने की कोई नियत तिथि न थी इसलिए उन्हें इन कार्यक्रमों में अक्सर अतिथि कहा जाता था। यामिनी के लिए ये सारे दरवाज़े बन्द थे–क्लास में "अन्दर आ जायें गुरु जी?" कहने पर जवाब मिलता था कि अभी क्लास चल रही है क्लास के बाद आइयेगा और क्लास या तो बाहर निकलते छात्रों की भीड़ में ख़तम होती या अगली कक्षा के गुरु जी के आगमन में। सभागारों के बाहर "बिना वैध प्रयोजन प्रवेश वर्जित है।" वाला लकड़ी का बना बोर्ड उसका रास्ता रोके खड़ा था। यह वही सभागार था जहाँ वो सालों से कविता पढ़ती आयी थी, वो सभागार जहाँ कार्यक्रम हो न हो वहाँ के दरवाज़े उसके लिए हमेशा खुले रहते थे वो सभागार भी उसकी पहुँच की परिधि के बाहर था। लाइब्रेरी के बाहर छात्रों से बातचीत की कोशिश रोकने को विश्वविद्यालय के गार्ड मुस्तैद थे। लड़कों के हॉस्टल में जाने की अनुमति थी नहीं और लड़कियों के हॉस्टल जाने पर उसे यह कहकर रोक दिया गया कि इस छात्रावास के अन्त:वासियों के अतिरिक्त बाहरी छात्राओं का प्रवेश वर्जित है। जब सब रास्ते बन्द थे उसे निराला की 'राम की शक्तिपूजा' याद आयी–

यह नहीं रहा नर वानर का राक्षस से रण,
उतरी पा महाशक्ति रावण से आमन्त्रण,
अन्याय जिधर, हैं उधर शक्ति।

और निराला के राम की तरह उसने अपने दृगजल को समेटा और कुछ सोचकर विश्वविद्यालय के मेन गेट की ओर बढ़ गयी।

विश्वविद्यालय के मुख्य द्वार के बायीं तरफ़ रिक्शेवाले क्लास छूटने के बाद मिलने वाली सवारियों के इन्तज़ार में ऊँघ रहे होते थे तो दायीं ओर पुरानी किताबों के ठेले थे जहाँ विश्वविद्यालय में पढ़ाये जाने वाले हर विषय के पाठ्यक्रम की कुंजियाँ, विश्वविद्यालय के प्रोफ़ेसरों द्वारा लिखी बीए के पेपरों की गाइडें, परीक्षा में पास कराने की गारंटी लेने वाली श्योरशॉट क्वेश्चन बैंक के गुटके और सेकेंड हैंड किताबें बिका करती थीं। यामिनी और रवि कुशवाहा जी के ठेले पर पहुँचे। कुशवाहा यामिनी को पहचानता था, वह यामिनी के लिए अक्सर कविताओं की सेकेंड हैंड किताबें लाता रहता था जो शहर के बड़े लोगों के ड्राइंग रूम में सजे-सजे थक जाती थीं। चौरसिया उसे देखते ही बोल पड़ा, "कइसन हौ बहिनी? कहाँ रहलू, बड़ा दिन हो गइल। उ दुष्यन्त कुमार वाली किताबिया आ गइल हौ।"

"कुशवाहा जी, आज किताब नहीं थोड़ी देर के लिए आपका स्टूल चाहिए।" यामिनी ने रुँधे गले से कहा।

"स्टूल! का होइहे स्टूल ए बहिनी।" कुशवाहा अचरज में पड़ गया था। लकड़ी का स्टूल ठेले के नीचे बुनी रस्सियों के जाल पर औंधा पड़ा था और बैठने के लिए उसका इस्तेमाल कम ही होता था। जैसा कि शहर का चलन था ये दुकानदार दिन भर ठेले के पास खड़े रहते, बैठे रहने पर ख़तरा था कि सामने से गुज़रता कोई भी धीमी चाल से चलता आता और जब तक दुकानदार स्टूल से खड़ा हो एक-दो किताबें, कुंजियाँ उठाकर दौड़ते हुए छात्र संघ चौराहा पार कर लेता। सबसे सस्ती कुंजी और बजरंग भोजनालय में दो रोटी एक सब्ज़ी का दाम उन दिनों एक ही था–दस रुपये। दिन भर खड़े रहने का इनाम था एक वक़्त के खाने को चोरी होने से बचा लेना।

यामिनी ने जवाब दिया, "भाषण देना है।"

"इहाँ? ठीक ह बहिनी ले जा ई स्टूल, तोहर कम होई जाय त दै दिहा" कुशवाहा अभी तक आश्चर्य से बाहर नहीं आ पाया था। छात्र नेता अमूनन उसकी दुकान पर कभी नहीं आते थे, कभी उसकी दुकान के सामने से गुज़रते तो उसका काम था कि "नेता जी प्रणाम!" कहकर उनका अभिनन्दन करे। यह प्रणाम उसकी दुकान को उसकी जगह बनाये रखता था, कुशवाहा को याद था कि कैसे एक बार एक दुकानदार किताब बेचने में मशगूल था और किसी नेता को प्रणाम कहना भूल गया और शाम होते-होते उसका ठेला तोड़ दिया गया था। छात्र नेता कभी भूले-भटके उसकी दुकान पर आते भी तो परीक्षाओं के मौसम में, वो इसलिए कि जो 'गेसवा' उन्हें गुरु जी से मिला था कुशवाहा उसके उत्तरों की कुंजी उन्हें सादर सप्रेम भेंट कर सके। वो अभी भी ये स्वीकार नहीं कर पाया था कि यामिनी जैसी पढ़ने-लिखने वाली लड़की चुनाव में खड़ी हो गयी थी और छात्र नेता बन गयी थी।

यामिनी ने स्टूल लिया और विश्वविद्यालय के मेन गेट के बाहर की सड़क किनारे उसे खड़ा किया। क्लास ख़तम होने का समय हो रहा था और छात्र आम के बौर की तरह छोटे-छोटे झुंडों में बाहर आ रहे थे, कुछ साइकिल स्टैंड से अपनी साइकिल निकालने की जद्दोजहद में थे तो कुछ रिक्शेवाले से भाड़े को लेकर मोल भाव कर रहे थे।

–चिलमापुर के दस रुपया होला, रोज के काम हौ।

–हमरो रोज के इहे काम ह, उहाँ के पन्द्रह लागी, दस रुपया त खाली बन्धवे तक के होला

–अरे भइया ये किसकी साइकिल है, निकालिए भाई, रास्ता जाम है।

रवि स्टूल पकड़े रहा और यामिनी स्टूल पर खड़ी हो गयी और उसने बोलना शुरू किया–

"दोस्तों! (अमरपुर विश्वविद्यालय के लिए यह एक नयी भाषा थी क्योंकि ऐसे मौक़ों पर प्रचलित सम्बोधन था भाइयो और बहनो! विश्वविद्यालय में लोग अपने से एक साल भी सीनियर छात्रों/छात्राओं को भइया-दीदी कहते थे और उन्हें नाम लेकर बुलाना बदतमीज़ी कहलाता था, न लड़कियों के सेक्शन में लड़के थे न लड़कों के सेक्शन में लड़कियाँ तो ये सवाल था ही नहीं कि क्लासमेट्स को क्या कहकर बुलाये।) आज मैं आपके बीच जो कहने आयी हूँ उसकी शुरुआत मैं कवि अंशुल त्रिपाठी की एक कविता से करती हूँ–

अपने बाँझपन के इलाज में व्यस्त रानियाँ थीं
गर्भ सँभाले टहलती हुई दासियाँ थीं
आखेट पर जाकर न लौटने वाली राजकुमारियाँ थीं
शहंशाहों के मकबरों पर रोने को थीं वेश्याएँ

इतिहास में स्त्रियाँ कहाँ थीं?

मैं आज आपके सामने खड़ी हूँ लोकतन्त्र के इस महाकुम्भ में। आपमें से कई मुझे कवि के रूप में जानते हैं, मेरी कविताओं पर दाद दी है, तालियाँ बजायी हैं, मुझे कवि के रूप में नेह-स्नेह दिया है। आज समय आ गया है कि कवि शब्दों के ही भरोसे न रहे बल्कि जिन हालातों की बात वो कविताओं में करता आया है उसे बदलने के लिए आगे बढ़कर समाज के साथ क़दमताल करें, समाज के परिवर्तनों का सहचर बनें। (यामिनी धीरे-धीरे बोलती जा रही थी। उसका बोलना सुन पहले सड़क पार सोये कुत्ते जागे और फिर कुछ राहगीर ठिठककर रुकने लगे और धीरे-धीरे घर जाते कुछ छात्र उसके इर्दगिर्द रुकने लगे थे।)

इस विश्वविद्यालय के लोकतन्त्र में हमेशा ही पुरुष रहे हैं, विश्वविद्यालय के इस लोकतन्त्र की परिधि में कभी भी लड़कियों के लिए कोई जगह नहीं रही, मैं आज इसी वर्चस्व को चुनौती देने आयी हूँ, इस लोकतन्त्र में लड़कियों की जगह माँगने आयी हूँ। छात्रों के प्रतिनिधित्व को विश्वविद्यालय में पेशा मान लिया गया है। साल-दर-साल वही छात्रनेता उन्हीं समस्यायों का समाधान करते चले आ रहे हैं। साल बदले छात्र बदले पर समस्याएँ जस की तस हैं। आज भी इस विश्वविद्यालय में छात्रों के लिए कोई कैंटीन नहीं है और ये तब है जब इस विश्वविद्यालय के बहुत सारे छात्र अलग-अलग शहरों से हर सुबह यहाँ आते हैं और शाम को क्लास ख़तम

होने के बाद जाते हैं, विश्वविद्यालय के अस्पताल में कोई लेडी डाक्टर नहीं है कि कोई छात्रा अपनी परेशानी उसे दिखा सके, सेशन लेट हैं, इतने सालों में यहाँ कुछ बदला है तो वो है इन छात्रनेताओं की गाड़ियों के मॉडल। जो साइकिल पर थे स्कूटर पर आ गये, स्कूटर वाले मोटरसाइकिल पर आ गये पर समस्याएँ आज भी किसी समाधान के इन्तज़ार में हैं। पूरे कला संकाय में कहीं चुल्लू भर भी साफ़ पानी नहीं है कि वक़्त आने पर ये बेशर्म और असंवेदनशील व्यवस्था उसमें डूब मरे। कहने को इस विश्वविद्यालय में अध्यापक तो है लेकिन कक्षाओं में नहीं है, कोई ट्रेवल एजेंसी चला रहा है तो कोई वीरबहादुरपुरम में प्रॉपर्टी डीलिंग कर रहा है। कौन है जो छात्रों की छात्रवृत्ति के पैसों से नया बाथरूम बनवा रहा है, ऐसा क्यों है कि विश्वविद्यालय प्रशासन के पास नयी मॉडल की बोलेरो ख़रीदने के पैसे तो हैं लेकिन भूगोल विभाग के छात्रों की फील्ड ट्रिप के लिए फंड अब तक नहीं आया है। विश्वविद्यालय के लोकतन्त्र को छात्रों का लोकतन्त्र कहा जाता है ये कैसा छात्रों का लोकतन्त्र है जहाँ दलाल हैं, नेता हैं, चाटुकार हैं बस छात्र नहीं हैं। मैं पूछती हूँ कि इस विश्वविद्यालय के लोकतन्त्र में छात्र कहाँ हैं? मैं आपसे सिर्फ़ ये कहने आयी हूँ कि मैं भी आप जैसी सामान्य छात्र हूँ और आपकी आवाज़ बनने आपके बीच आयी हूँ, समय आ गया है कि हम आप इस लोकतन्त्र में भेड़ बनने से इनकार कर दें और इसे सच्चे अर्थों में छात्रों का लोकतन्त्र बनायें, इसे जीवन्त करें, इसका धड़कता हिस्सा बनें। किसी फलाने भइया ढिमकाने भइया को वोट देने के पहले एक बार सोचियेगा कि क्या वो उन समस्याओं को समझते भी हैं जिनसे हम आप रोज़ टकराते हैं, क्या वो जानते हैं कि छात्रवृत्ति का पैसा समय पर न आये तो मेस बन्द हो जाता है और भूखे सोना होता है, क्या वो जानते हैं कि विश्वविद्यालय में पीने का पानी भी घर से लाना पड़ता है और सुबह घर से लाया हुआ पानी दोपहर तक इतना उबलने लगता है पिया नहीं जाता। आप पूछिए और सवाल पूछिए उनसे भी जो सालों से आपका प्रतिनिधि होने का दावा करते आये हैं और मुझसे भी; और अगर आपको लगे कि मैं उन सवालों को समझती हूँ तो ही मुझे वोट दीजिए! जय हिन्द जय भारत!

भाषण ख़तम हुआ तो इर्द गिर्द जमा लोग धीरे-धीरे छँटने लगे, आमतौर पर यामिनी के काव्य पाठ का अन्त तालियों की गड़गड़ाहट में होता था पर यहाँ तालियाँ तो थीं पर दिवाली की सुबह उन बचे हुए पटाखों की तरह जो रात जलाई गयी चटाई की लड़ी से गिर पड़े थे। रवि ने नारा लगाया "बोले भइया बोले बहिनी" और जवाब में भीड़ से आवाज़ आनी थी "यामिनी यामिनी" पर जवाब में आयी सिर्फ़ तितर बितर होती उस भीड़ की भिनभिनाहट जो खेल ख़तम होने पर सबसे पहले बाहर निकलती है कि खेल दिखाने वाला कहीं चादर फैलाकर चन्दा न माँग ले।

रिम्पन भइया विश्वविद्यालय के मुख्य गेट के आगे छात्र संघ चौराहे पर अपने लिए पान लगवा रहे थे। बनारस की भाषा में पान जमाकर और अमरपुर के मुहावरे में पान दबाकर अपनी यामाहा वाई बी एक्स मोटरसाइकिल के कान उमेठ रहे थे। मोटरसाइकिल गुर्रा रही थी और वो गले में पड़े लाल गमछे को ठीक कर, गाड़ी के शीशे में अपनी मूँछों को तत्कालीन फ़ैशन के हिसाब से मरोड़ रहे थे। शीशे में अपनी मूँछ और मर्दाना चेहरे की ओर देखते वो ख़ुद को "ज़िय्या रज्ज़ा" कहने ही वाले थे कि विश्वविद्यालय के गेट पर जमा भीड़ उन्हें शीशे में दिखाई दी। भीड़ देखकर बजाय मोटरसाइकिल उधर घुमाने के उन्होंने छात्रनेता के पदानुरूप आचरण करते हुए हाथ देकर दूर खड़े एक छात्र को पास बुलाया। हाथ हवा में उठा देखकर वो छात्र दौड़ता हुआ आया और भागती साँसों को क़ाबू में करते हुए भइया प्रणाम कहकर रिम्पन भइया के पास आकर खड़ा हो गया। रिम्पन भइया शीशे में चेहरा देखते हुए बोले, "कलास त कबके छूट गईल तब ई कईसन भीड़ लागल ह हौ? केकरे माई के बियाह हौ?" लड़का हाँफते-हाँफते बोला, "कुछ नाही भइया, उ चमईनिया भासन देत हौ।"

"कातिक शुरू ना भय कि कुतिया..." रिम्पन भइया वाक्य अधूरा छोड़कर खिस्स से हँस दिये। हँसी के साथ उनके मुँह से खर्राटे जैसी आवाज़ निकली और लार में घुलेमिले पान की पीक की एक छींट उनके सफ़ेद कुरते के पाकेट पर गिर पड़ी। पान की पीक को आज ही निकाले गये कलफ लगे कुरते पर पड़ा देख रिम्पन भइया झल्ला गये और "एकरी माई के..." कहते हुए उन्होंने मोटरसाइकिल आगे बढ़ा ली।

बॉलीवुड की शब्दावली में कहें तो यामिनी का भाषण फ्लॉप रहा पर हुआ यह कि इस भाषण के बाद अगले ही दिन विश्वविद्यालय के वाइस चांसलर ने रिम्पन भइया और पिंटू भइया को बुलावा भेजा। यामिनी ने अपने भाषण में जिस बोलेरो का ज़िक्र किया था उसका क़िस्सा यह था कि विश्वविद्यालय के वाइस चांसलर बलभद्र प्रताप सिंह उर्फ़ बी पी सिंह ने विश्वविद्यालय के फंड से एक नयी बोलेरो ख़रीदी थी क्योंकि उन्हें लगता था कि नये वाइस चांसलर की गाड़ी भी नयी होनी चाहिए। नयी बोलेरो काली रंग की थी और उसके आगे उन्होंने एक बड़ा लाल बोर्ड लगवाया था जिस पर पीतल के बड़े-बड़े अक्षरों में कुलपति लिखा था और गाड़ी की छत पर चमड़े के खोल से ढकी लाल बत्ती थी जो दिखती तो नहीं थी पर गाड़ी के हूटर की आवाज़ दूर से लोगों को बता देती थी कि वाइस चांसलर साहब आ रहे हैं। उन्होंने अभी-अभी विश्वविद्यालय के साइकिल स्टैंड का ठेका अपने साढ़ू भाई के बहनोई को बतौर शादी गिफ्ट दिया था। अमरपुर में परिचय में ही जाति पूछ लेने का रिवाज़

था और अगर कहीं आपके माता-पिता ने आपके नाम के पीछे के सिंह, शुक्ला, त्रिपाठी को हटाकर सुमन या कबीर जैसा कोई शब्द लगा रखा हो तो उसका तोड़ था कि बाप-दादा का नाम पूछ लिया जाय। शहर किराये का कमरा जात पूछकर देता था, अपना नीची कही जाने वाली जाति का दोस्त अगर ऊँची जाति की लड़की को प्यार करने लगे तो दोस्त भी अपने दोस्त को पीटने से गुरेज़ न करता था, ट्यूशन पढ़ाने को मास्टर भी अपनी या ऊँची जाति का रखा जाता था। पढ़ाई, प्यार, दोस्ती सबसे ऊपर था जाति का पैमाना; शहर के जाति के इस व्याकरण में विश्वविद्यालय के वाइस चांसलर बलभद्र प्रताप सिंह का परिचय यह था कि वे ठाकुर थे। अपनी जवानी में वो क्रान्तिकारी टाइप व्यक्ति थे इसलिए उन्होंने शादी जात के बाहर की थी पर चूँकि लड़की 'चमार, मियाँइन' नहीं थी इसलिए उनके घर वाले भी थोड़ी हील हुज्जत के बाद मान गये थे। उनकी पत्नी मामखोर की सुकुल थी और इस समीकरण से उन्होंने मठ और प्रदेश सरकार दोनों को साध रखा था। चूँकि मन्त्री दुर्गा बाबू की बहन मामखोर में ब्याही थी तो पद में दुर्गा बाबू उनके साले होते थे और मठ के महन्थ आचार्य अभिनव दास संन्यास पूर्व प्रतापगढ़ के सड़सी गाँव के ठाकुर धीरेन्द्र बहादुर सिंह थे सो तलवार और म्यान की तरह मठ का भी अनुराग उन पर बना हुआ था। ख़ैर कहने वाले तो ये भी कहते थे कि उनकी साली जो विश्वविद्यालय के ललित कला विभाग में संविदा अध्यापिका थी महन्थ जी की 'ख़ास' थी और महन्थ जी ने राजनीति में आते ही उसे सपरिवार दिल्ली शिफ्ट कर दिया था; वो अब दिल्ली विश्वविद्यालय के एक कॉलेज में पढ़ा रही थी जहाँ महन्थ जी राज्यसभा सदस्य मनोनीत होने के बाद आया-जाया ही करते थे।

सूबा ऐसा था कि हर नेता के अलग-अलग शौक़ थे। एक ब्राह्मण विधायक सिर्फ़ ब्राह्मण लड़कियों का यौन शोषण करता था चूँकि उसका मनाना था कि ब्राह्मण बीज ब्राह्मण गर्भ में ही जाना चाहिए अन्यथा वर्ण संकर धर्म का नाश कर देंगे। वो उन दिनों लखनऊ की एक हिन्दी कवयित्री से श्रृंगार रस की दीक्षा ले रहे थे। एक दलित विधायक थे वो भी सिर्फ़ ब्राह्मण लड़कियों के साथ सोते थे पर उनका मानना था कि वो सदियों के शोषण का बदला ले रहे थे। एक ठाकुर विधायक थे जो सिर्फ़ दलित लड़कियों के साथ सोते थे कि उन्हें उनकी औक़ात याद दिला सकें। इन्हें इस बात से कोई फ़र्क़ नहीं पड़ता था कि वो लड़की बीएड पास थी और विशिष्ट बीटीसी वाली एक सरकारी अध्यापकीय नौकरी कर रही थी और उसका तबादला शहर से चालीस किलोमीटर दूर एक गाँव में कर दिया गया था जहाँ पहुँचने के लिए एक बस, दो जीप और एक टेम्पो लेना पड़ता था; टेम्पो और जीप में उसे अक्सर ड्राइवर के बग़ल की सीट मिलती थी और ड्राइवर हर गियर बदलने के साथ

उसकी जाँघों पर अपना हाथ रगड़ता रहता था। वो चाहती थी कि शहर के आस-पास के किसी स्कूल में रहे नहीं तो ससुराल वाले उसकी नौकरी छुड़ा देना चाहते थे। वो शहर के आसपास रहना चाहती थी ताकि वो अपने बेटे को सेंट जोसेफ़ में पढ़ा सके। कहने का मतलब ये कि हर जाति का विधायक अपनी बात साबित करने के लिए किसी लड़की के साथ सो रहा था। उन दिनों आदमी विचारधारा अपनाते थे और लड़कियों की देह से उस पर निष्ठा की मुहर लगाते थे। वाइस चांसलर चाहते थे कि छात्र राजनीति की कमान रिम्पन भइया और पिंटू भइया के हाथों में ही रहे। जब तक यामिनी सिर्फ़ कुमारी यामिनी थी और चुनाव में नॉन सीरियस कैंडिडेट थी वे ख़ुश थे कि "जाय दौ! मन लागल रही, मीटिंग मा आयी त महौल गार्डन गार्डन टाइप रही" पर उसके सीरियस कैंडिडेट बनते ही और ये जानकर कि वो कुमारी यामिनी नहीं चिंटू कुमारी है वो आगबबूला थे। बलभद्र प्रताप सिंह अमरपुर के पास के सोहगौरा गाँव के थे और उनके यहाँ माना जाता था कि 'मुसहर लड़कियाँ' सिर्फ़ इसलिए हैं कि उन्हें 'रगड़ा' जाय; सोहगौरा गाँव की मान्यता थी कि "चमाईन लड़कियों की लेने से मरद का पृष्ठ भाग और उत्तम होता है और इस प्रकार वो पुरुष से पृष्ठोत्तम पुरुष बन जाता है।" यामिनी की जाति जानकर उनके भीतर का गाँव जाग उठा था और अब वो यामिनी को मंच पर खड़ा नहीं बल्कि अपने बिस्तर पर औंधा देखना चाहते थे। वाइस चांसलर बलभद्र प्रताप सिंह का एक-एक कमरा तारा मंडल वाले सरकारी गेस्ट हाउस में हमेशा बुक रहता था जहाँ वो गाहे-बगाहे दलित छात्राओं की 'अनुसूचित एवं अनुसूचित जनजाति कल्याण छात्रवृत्ति' रिलीज किया करते थे। पिंटू भइया और रिम्पन भइया बलभद्र प्रताप सिंह के सामने बैठे थे। आज ही मानव संसाधन विकास मन्त्रालय से विश्वविद्यालयों में अम्बेडकर जयन्ती मनाने का शासनादेश आया था। एसी चल रहा था पर उनका गोरा चेहरा, जिसकी वजह से कभी-कभी लोग उन्हें अमरपुर बस अड्डे पर विदेशी समझ लिया करते और वो शरमाकर लाल होते हुए बताते थे कि वो लोकल हैं, आज ग़ुस्से में लाल हो रहा था। अम्बेडकर जयन्ती मनाने सम्बन्धी पत्रक पर दस्तख़त करते हुए वो बोले, "देखौ रिम्पन आ पिंटू! आ आय चुनाब मा तू लोग लड़ौ, जीतौ हारो आ चाहे मुँह मराऔ मुदा हमका विश्विद्यालय में चमाइन नेती नाही चहिऔ। ओका जो काम है हमारी सेवा, वहिये करै; चढ़ै, उतरै, मथै औ थकान दूर करे बाकि नेता नेतुल्ली न बनै; देखौ तुमसे हो पायै तो बताओ नाही हम कहीं और फ़ोन करै।" रिम्पन भइया और पिंटू भइया ने आज तक उन्हें इतने ग़ुस्से में नहीं देखा था, वो दोनों बोल उठे, "अर गुरु जी! आप अइसा काहे कह रहे हैं, हम करते हैं उपाय इसका, आप निसफिकिर रहैं गुरु जी" और गुरु जी के घुटनों में झुकते हुए दोनों वहाँ से बाहर निकल लिए।

वीसी ऑफ़िस से निकलते हुए रिम्पन भइया ने पहला काम ये किया कि अपनी हथेली में रजनीगन्धा और तुलसी का मणिकांचन संयोग बनाया और उसे मुँह के हवाले कर होठों के बीच से एक फुफकार के साथ उसकी गर्द को सार-सार को गढ़ी करे थोथा दिया उड़ाय की तर्ज़ पर बाहर उड़ा दिया। रजनीगन्धा जिसके लिए कहा जाता था कि अगर मुँह में रजनीगन्धा हो तो दुनिया क़दमों में रहती है, अब चूँकि रजनीगन्धा के साथ तुलसी भी उनके मुँह में थी तो रिम्पन भइया का सर आसमान में था और दुनिया उनके क़दमों में। इस चैतन्यकारी मिश्रण को गालों के किनारे के गड्ढे में बिठाकर उन्होंने पिंटू भइया से कहा, "का हो पिंटू! ई चमईनिया के तरकुलहा में चढ़ा दिया जाय क्या?"

(तरकुलहा पूर्वांचल के गोरखपुर से तक़रीबन बीस-बाईस किलोमीटर दूर एक छोटा गाँव है। यहाँ तरकुलहा माता का एक मन्दिर है। कहानी है ये कि 1857 के ग़दर में यहाँ एक छोटी रियासत थी डुमरी, डुमरी के ज़मींदार थे बाबू बन्धू सिंह। बाबू बन्धू सिंह ने नदी किनारे तरकुल (ताड़) के सात पेड़ों के नीचे माता की स्थापना की थी जहाँ वो नियमित पूजा-अर्चना किया करते थे, तब ये जगह जंगल थी जहाँ आज तरकुलहा गाँव बसा है। 1857 के ग़दर में बाबू बन्धू सिंह भी कूद पड़े और अंग्रेज़ों के ख़िलाफ़ गुरिल्ला युद्ध करने लगे, इस इलाक़े के जंगलों को वो अपनी हथेली की तरह पहचानते थे लिहाज़ा जब कोई अंगरेज़ अधिकारी या टुकड़ी इधर से गुज़रती वो उस पर हमला कर देते। बाद में एक मुखबिरी के चलते वो पकड़े गये और अंग्रेज़ों ने उन्हें अगस्त 1857 में फाँसी की सज़ा सुनायी। फाँसी की सज़ा देते हुए जब भी उन्हें फन्दे पर चढ़ाया जाता फन्दा टूट जाता और इधर तरकुल का एक पेड़। करते-करते छह बार ऐसा हुआ फिर बाबू बन्धू सिंह ने मन-ही-मन तरकुलहा माता से प्रार्थना की कि हे माता! अब जाने दो! अपने पास बुला लो और इस तरह सातवीं बार में वो फाँसी पर चढ़ाये जा सके। 1857 को गुज़रे काफ़ी ज़माना हो गया, अब यहाँ मन्दिर है जहाँ बकरों की बलि दी जाती है और उनका मटन मिट्टी की हाँडी में पकाया जाता है। अमरपुर और आसपास के लोग यहाँ आते हैं कि नवरात्र में भी यहाँ माता के प्रसाद के नाम पर मटन पकाया और खाया जा सकता है, रुकने वाले यहाँ मेले में रात भर नाच का रंगारंग कार्यक्रम देखकर अगले दिन लौटते हैं। सालों तक इस मन्दिर को आसपास के लोग ही जानते थे पर कुछ सालों पहले पूर्वांचल की ज़बान पर इस मन्दिर का नाम और पूर्वांचल की भाषा में यहाँ प्रसाद ग्रहण करने के पहले का उद्घोष "जय माई तरकुलहा! ए माई भोग ल्या" तब शामिल हो गया जब एक किशोर छात्र ने एक स्थानीय बाहुबली को गंडासे से काट डाला। बाहुबली जिसे अख़बारी भाषा में दबंग कहा जाता था छात्र की बहन

को आते-जाते छेड़ता था और एक दिन जब गाँव के बाज़ार में उसने उसका दुपट्टा पकड़ लिया, लड़की रोते-रोते घर आयी और भैंस के लिए चारा काट रहे छात्र से रहा न गया। वो गंडासा हाथ में लिए गाँव के बाज़ार पहुँचा और उसी गंडासे से उस बाहुबली को काट डाला। बाद में वो पकड़ा गया कुछ दिन बाल सुधार गृह में रहा और वहीं पूर्वांचल के एक विधायक की गैंग में शामिल हो गया। कहते हैं कि उसने गंडासा चलाने के पहले चिल्लाकर यही था कि "जय माई तरकुलहा! ए माई भोग ल्या"। यही उद्घोष अगले दिन अख़बारों की हैडलाइन बना और तबसे अमरपुर में हत्या शब्द को एक नये पर्याय, तरकुलहा में चढ़ाना से जाना जाने लगा।)

रिम्पन भइया के तरकुलहा में चढ़ाने की बात सुनकर पिंटू मिश्रा ने कहा, "अबे होश में रहो रिम्पन! नेता बनना है कि डॉन तुमको? तीन सौ दो में अईसा पेलाओगे नेपाले जाना पड़ेगा, हमेशा ठकुराई न झाड़ौ। बाभन बुद्धि लगाओ; आदमी को मारना हो तो आदमी को न मारो उस साले का नाम मार दो और जो नेता बनना चाह रहा हो उसका तो नाम मारना और आसान होता है। एक तो ई है चमाईन दूसरे लड़कीखोर। हमारे ही रिश्तेदार के साथ सो रही थी तुम तो जानते ही हो। इसी को मुद्दा बनाया जाय, अबे जब वाटर फिलिम बन्द हो सकती है तो ये तो ख़ाली छात्र संघ का चुनाव है। बड़ा शौक है न इसको आम छात्र बनने का, उसी आम छात्र को यह सब बताया जाय और भड़काया जाय। बाभन बुद्धि, ठाकुर बल झंडू हो जईहै अंडल मंडल कहकर पिंटू भइया अपनी तुकबन्दी की रचनात्मक शक्ति पर मुदित हो हँस पड़े। अब चूँकि पिंटू मिश्रा ख़ुद अपनी जात की लड़की की बदनामी नहीं कर सकते थे, और करते थे भी तो उन्हें "बाभन कुता हाथी, जात का नहीं साथी" कहते हुए जातद्रोही मान लिया जाता और हो सकता था कि चुनाव में इस वज़ह से ब्राह्मण वोट भी कट जायें सो रिम्पन भइया के ज़िम्मे ये काम आया कि वो धीरे-धीरे विश्वविद्यालय में यामिनी और मुग्धा के बारे में कुछ फुसफुसाते रहे। फुसफुसाना देश का राष्ट्रीय क्रियाकलाप था जो आज़ादी के ज़माने से चला आ रहा था। आज़ादी के आसपास ख़ुद को स्वयंसेवक कहने वाले गांधी-नेहरू के बारे में फुसफुसाते थे कि नेहरू को यौन रोग था या गांधी ने अंग्रेज़ों से समझौता कर पाकिस्तान बनवाया था, नेहरू के दादा मुसलमान थे आदि आदि; बाद में उन्होंने फुसफुसाने को एक संगठित कार्यक्रम में बदल डाला था और इसे बौद्धिक का नाम दे दिया था। ये फुसफुसाहटें इतने अरसों से चली आ रही थीं कि आज़ादी के सत्तर सालों बाद इन फुसफुसाहटों को तक़रीबन तथ्य मान लिया गया था। फुसफुसाने का यह राष्ट्रीय कार्यक्रम देश के शहर-शहर, क़स्बे-क़स्बे, गाँव-गाँव तक फैला था जिसमें कहने वाला सुना है कि...से शुरू करके बात करता था और अन्त में बोल

देता था कि जाये दो भईया हम्मै का और ये "हम्मै का" सुनने वाला अगले हम्मै का तक पहुँचा देता था और फुसफुसाहटें दिमाग़ की दीवार से चिपकी सूखी बेल की तरह स्थायी होती चली जाती थीं। धीरे-धीरे जो बात सिर्फ़ रिम्पन भइया और पिंटू भइया के कुछ चपांडुकों को पता थी वो पूरे शहर को मालूम हो गयी कि एक चमाईन एक ब्राह्मण कन्या को भ्रष्ट कर रही है। अमरपुर तिलमिलाया हुआ था और यामिनी को इसकी ख़बर तक नहीं थी।

अमरपुर विश्वविद्यालय के चुनाव में बड़ा काम था पोस्टर लगाना। पोस्टर उन जगहों पर लगाये जाते थे जहाँ आते-जाते वो छात्रों की नज़र में रहें। ऐसी जगहों में दो जगहें मुख्य थीं–एक विश्वविद्यालय का मुख्य द्वार जहाँ बैनर टाँगने की जगह थी कि गेट से आते-जाते छात्रों की नज़र उस पर पड़ ही जाती थी; दूसरी थी गोलघर का बाल विहार पार्क जहाँ 'लोकल छात्र' दही बताशे खाने, कोल्ड कॉफ़ी पीने जाते थे और हॉस्टलर छात्र 'हरियाली' देखने। विश्वविद्यालय गेट के बाहर रिम्पन भइया और पिंटू भइया के हाथ जोड़े चेहरे बैनरों पर चमक रहे थे और वहाँ किसी तीसरे की जगह न थी, तक़रीबन यही हाल बाल विहार की दीवारों का भी था। हर पोस्टर, बैनर और उन पर्चियों पर जो माला सेंट की गन्ध में डूबी थी रिम्पन भइया और पिंटू भइया का चेहरा था। तक़रीबन एक दशक पहले किसी छात्रनेता के दिमाग़ में ये आइडिया आया था कि अगर परचा पोस्टकार्ड से भी छोटा हो और इत्र की ख़ुशबू में डूबा हो तो सर झुकाकर चलती लड़कियाँ पोस्टर बैनर देखें न देखें सेंट के लिए ही सही ये पर्ची ज़रूर रख लेंगी। वो इन ख़ुशबूदार पर्चियों को किताबों में बुकमार्क की तरह इस्तेमाल करेंगी और इन पर्चियों की ख़ुशबू उन्हें रात-दिन इस छात्रनेता की याद दिलाती रहेंगी। वो पोलिंग बूथ तक इस ख़ुशबू में खिंची चली आयेंगी और ये ख़ुशबू उन्हें मजबूर कर देगी कि वो इस छात्र नेता को ही वोट दें। बीतते सालों के साथ छात्र नेताओं की कल्पना में पर्चियों के रखने की यह जगह किताबों से होते-होते लड़कियों की ब्रा तक पहुँच गयी थी। उस छात्रनेता का क्या हुआ, वो हारा या जीता, लड़कियाँ ख़ुशबू में खिंची पोलिंग बूथ तक आयीं या नहीं ये इतिहास जाने लेकिन उस चुनाव के बाद अमरपुर विश्वविद्यालय की छात्र राजनीति में यह प्रयोग चल निकला। शुरू के सालों में छात्रनेता या उनके चंगू-मंगू गर्ल्स फैकल्टी के बाहर खड़े रहते और आती-जाती लड़कियों को ये पर्चियाँ पकड़ाते रहते पर अक्सर लड़कियाँ पर्ची लिए बढ़े हाथों को अनदेखा कर आगे बढ़ जातीं; बाद के सालों में इसका तोड़ ये निकाला गया कि जब लड़कियाँ क्लास ख़तम होने के बाद महिला फैकल्टी से बाहर निकलतीं तो नोटों की गड्डियों की तरह ये पर्चियाँ उन पर लुटायी जाती जिसका आइडिया किसी भइया के चपांडुक को चाँदनी बार फ़िल्म

देखकर आया था। पोस्टरों के इस जंगल में बाल विहार पार्क की बाहरी दीवार का एक कोना जाने कैसे ख़ाली बच गया था, शाम ढले रवि गोंद की एक बाल्टी और यामिनी के पोस्टरों का एक गट्ठर लिए वहाँ पहुँचा। उसने एक पोस्टर को चौरस किया और उस पर गोंद डालकर दूसरे पोस्टर की पीठ को उस पर लगाया; पोस्टरों को अलग कर उसने पहला पोस्टर लगा दिया। दूसरे पोस्टर के लिए उसने देखा कि जगह दीवार के निचले हिस्से में थी सो वो घुटनों के बल बैठा दूसरा पोस्टर लगा रहा था। पोस्टर के दीवार पर छूने और चिपकने में जो सेकेंड भर का वक़्फ़ा होता है उसी में उसके सर पर एक लात पड़ी और गोंद की बाल्टी और वो दोनों दीवार से लगे खुले नाले में चले गये। किसी ने उसे बाँस की एक लग्गी थमायी और उसके सहारे जब वो बाहर आकर नाली की गन्द में लिथड़ा सड़क किनारे बैठा तो उस तक दो चीज़ें आयीं–एक कनपटी पर सटी कट्टे की ठंडी नली और एक गमछाधारी आवाज़, "का बेट्टा नेता बनत है। हग्गे के ढंग नाहीं आ लीले के बेर! बड़ी जवानी फुटल हौ, जहाँ से निकसे हौ वहीयै पैठा दिये जइहो...निकल सार इहाँ से।" शाम का समय था और सूरज अभी पूरा डूबा नहीं था और धुँधलके में कट्टा सबने देखा था पर जैसी कि शहर की रीति थी कि कट्टा जब तक ख़ुद की कनपटी पर न लगा हो उसे अदृश्य माना जाय लिहाज़ा रीति का पालन करते हुए बाल विहार पार्क पर खड़े लोग "भइया! बताशे में इमली का पानी ज़्यादा डालना" कहकर अपने मुँह के खोह में गोलगप्पे भरते रहे। बाल विहार पार्क के गेट से पचास मीटर से भी कम दूरी पर पुलिस चेकपॉइंट था जहाँ पुलिस की एक गाड़ी और कुछ जवान हमेशा तैनात रहते थे। दो सिपाही कुछ शोरगुल देखकर दौड़ते हुए आये और ये देखकर कि नाली में गिरे आदमी के पास गमछा नहीं है और दो लोग मोटरसाइकिल पर गमछे पहने बैठे हैं वो पलक झपकते ही सारा मामला समझ गये कि गमछेधारी लोग या तो मठ के क़रीबी होंगे या किसी नेता के और अपराधी ये सड़क किनारे बैठा आदमी ही है अत: पुलिस की सेवा भावना का अनुपालन करते हुए वे सड़क पर बैठे रवि पासवान की पीठ पर दो लाठियाँ बजाकर बोले, "दंगा करत है इहाँ, सारे! तोहरे चक्कर में लाठी धोवे के पड़ीहौ अब। चल चौकी चल, तोहके दीवान जी उहें सीधा करिहौं।" कुछ मिनटों बाद रवि पुलिस की कमांडर जीप के पिछले हिस्से में उकड़ूँ फ़र्श पर बैठा था और बाल विहार पर पार्किंग वाला पर्ची काटने लगा था कोल्ड कॉफ़ी वाली दुकान में काम करने वाला लड़का ठण्डाघर से आयी बर्फ़ को सफ़ेद प्लास्टिक के बोरे में लपेटकर उसे कूटने में लग गया था।

अगली सुबह शहर की डीएम कविता कात्याल जो अपनी सख़्तमिज़ाजी के लिए पूरे प्रदेश में मशहूर थी, को ख़याल आया कि इस छात्र संघ के चुनाव में

पोस्टर परचा बैनर लगाने सम्बन्धी नियमों का उल्लंघन हो रहा है और इससे शहर के नागरिकों को घोर असुविधा का सामना करना पड़ रहा है। शहर के नागरिकों की सुविधा का ध्यान रखते हुए उन्होंने छात्र संघ चुनाव के सभी प्रत्याशियों को दुपहर की मीटिंग के लिए बुला लिया। शहर के नागरिक इस बात के आदी थे कि उनकी दीवालें पोस्टरों से भरी रहें और चौराहे बैनरों से; शहर की डीएम उनकी सुविधा के बारे में सोच रही हैं इस बात की उसे कोई जानकारी न थी, ख़ैर जानकारी तो उसे इस बात की भी न थी असल में उनकी सुविधा का ख़याल विश्वविद्यालय के कुलपति बलभद्र प्रताप सिंह को आया था और उन्होंने ही कल रात इसकी प्रेरणा कविता कात्याल को दी थी जब वो रात के खाने के लिए उनके सरकारी आवास पर गयी थी। डीएम की मीटिंग में सब आये–रिम्पन भइया, पिंटू भइया, यामिनी। डीएम कविता कात्याल ने सबके बैठ जाने के बाद अपना सुनहरी कमानी वाला चश्मा मेज़ पर औंधा रखा और बोलना शुरू किया, "आप सभी का इस मीटिंग में आने के लिए धन्यवाद! देखिये आप सभी छात्र हैं और हमारे पावन लोकतन्त्र में भावी छात्र प्रतिनिधि भी। लोकतन्त्र का अर्थ ही है लोक द्वारा लोक के कल्याण की व्यवस्था, इस लोकतन्त्र में मूल में अवस्थित है सामूहिकता, वैयक्तिकता का यहाँ कोई स्थान नहीं और लोकतन्त्र के इस निर्मल स्वरूप को विकृत होने से बचाना, इसकी रक्षा हमारा दायित्व ही नहीं अपितु हमारा पुनीत कर्तव्य भी है...।" कविता कात्याल के दायित्व शब्द तक आते-आते पिंटू भइया जम्हाई लेने लगे थे और डीएम को थोड़ा बुरा लगा लेकिन बात सम्हाली रिम्पन भइया ने।

"मैडम! आपकी बात बिल्कुल सही है, लोकतन्त्र का यह स्वरूप बना रहे यह समाज और प्रशासन दोनों का दायित्व है। आप बुरा न मानें तो एक बात कहूँ आप कितनी अच्छी हिन्दी बोलती हैं साक्षात सरस्वती! और आपका ज्ञान कितना विशद है आपको तो राजनीति में होना चाहिए था।"

मानने वाले मानते थे कि हिन्दी शायद कभी लोकभाषा हुआ करती थी पर आज वो राजभाषा बन चुकी थी और राजभाषा का प्रयोग तब ही किया जाता जब सामने वाले को आतंकित करना हो या ये हो कि बात भी कह दी जाय और किसी के समझ में भी न आये। 1991 में आयी फ़िल्म 'फूल और काँटे' जिसमें हिन्दी का अध्यापक इतना बेवकूफ़ हुआ करता था कि वो विद्यालय के बजाय शौचालय पहुँच जाया करता था को आये तक़रीबन तेरह साल हो चुके थे पर हिन्दी फ़िल्मों में हिन्दी का अध्यापक वैसा ही मूर्ख और हँसी का पात्र था; तब वह क्लास जाते-जाते जाने कैसे शौचालय पहुँच जाया करता था और अब नयी आयी फ़िल्म मैं हूँ न वो स्वेटर बुनने में ही व्यस्त था। राजनीति में जाने की बात सुनकर कविता कात्याल को अपने दिल्ली

विश्वविद्यालय के दिन याद आ गये जब वो वहाँ एमए की पढ़ाई कर रही थी। छात्र जीवन में वह एक वामपन्थी छात्र संगठन में हुआ करती थी और संगठन के अध्यक्ष की प्रेमिका भी। संगठन में यह बात हो रही थी कि उन्हें छात्र संघ अध्यक्ष के लिए चुनाव में खड़ा किया जाय पर जिस साल उन्हें चुनाव लड़ना था उसी साल संगठन के अध्यक्ष को फुलब्राइट स्कॉलरशिप मिल गयी थी और हर दूसरे महीने अमेरिकन एम्बेसी पर विरोध प्रदर्शन करने वाला अध्यक्ष वीज़ा की लाइन में लगकर मिशिगन यूनिवर्सिटी चला गया था। जाते-जाते वो संगठन और कविता कात्याल से सारे सम्बन्ध ख़तम कर गया था। उस दिन के बाद से उन्हें वामपन्थी या वामपन्थी टाइप छात्रों और संगठनों से चिढ़ हो गयी थी, इस पूरे प्रकरण का फ़ायदा बस ये हुआ कि सालों उस लड़के के साथ रहते-रहते और भाषण देते उनकी हिन्दी में पंजाबीयत दूर हो गयी थी और वो शुद्ध हिन्दी में भाषण देना सीख गयी थी। उस लड़के की याद आते ही उनके मुँह में कड़वाहट भर गयी उन्होंने पानी का गिलास उठाया और पानी के साथ उस कड़वाहट को निगलकर सख़्त लहजे में कहना शुरू किया, "छात्र संघ चुनाव के नियमों के अनुसार प्रचार सामग्री यथा पोस्टर बैनर इत्यादि प्रशासन द्वारा नियत स्थानों पर ही लगाये जाने चाहिए और इस वर्ष के छात्र संघ निर्वाचन में आपकी जो सामग्री नगर में यत्र तत्र सर्वत्र लगी है वो न केवल निर्वाचन आचार संहिता का उल्लंघन है अपितु 'सार्वजनिक सम्पत्ति विरूपण अधिनियम 1984' की धारा तीन के अन्तर्गत दण्डनीय अपराध भी है जिसके लिए जुर्माने के अतिरिक्त छह महीने से लेकर पाँच साल तक के सश्रम कारावास का भी प्रावधान है। इस आलोक में आप सभी छात्र संघ प्रत्याशियों को सूचित किया जाता है कि अगले चौबीस घंटों के अन्दर निषिद्ध स्थानों से अपनी सामग्री हटा लें अन्यथा नगर प्रशासन द्वारा आपके विरुद्ध विधिक कार्यवाही की जायेगी।"

रिम्पन भइया को मालूम था कि हर अधिकारी की तरह मैडम भी जब ग़ुस्सा होती हैं तो सरकारी हिन्दी बोलती हैं या अंग्रेज़ी। उन्होंने तपाक से कहा, "जी मैडम जी! यह ही न्यायसंगत है हम कभी इन नियमों का उल्लंघन नहीं करते परन्तु कभी-कभी उत्साही छात्र हमारे स्नेह के अभिभूत हो ऐसे क्रियाकलाप कर बैठते हैं, हम आज ही उनसे अपील करेंगे कि वो भविष्य में ऐसा न करें और जो ग़लतियाँ उन्होंने विगत समय में की हैं उन्हें अविलम्ब सुधार लें। क्यों परशुराम मिश्र जी आपका क्या मत है?"

"जी जी बिल्कुल ऐसा ही किया जायेगा।" पिंटू भइया का ध्यान टूटा जो कविता कात्याल के चेहरे पर नज़रें जमाये थे और सोच रहे थे कि कुच्छो कहो मैडमवा एकदम ममता कुलकर्णी लगती है। यामिनी ने इस पूरी मीटिंग में कुछ नहीं

कहा था, कविता कात्याल ने उसकी ओर देखते हुए कहा, "आप बताइये चिंटू कुमारी जी! आप क्या कहती हैं?" चिंटू का चि कहते-कहते उनकी हँसी छूटने को थी पर उन्होंने अपनी हँसी को दबाकर वाक्य पूरा किया।

यामिनी रवि को लेकर सुबह से परेशान थी, सुबह जब रवि विश्वविद्यालय नहीं आया तो वो परेशान हो गयी और बहुत पता करने पर मालूम हुआ कि कल शाम पुलिस उसे उठाकर ले गयी। वो चौकी जाकर पता ही करने वाली थी कि उसे इस मीटिंग में आना पड़ा। वो सुबह से भरी बैठी थी और कविता कात्याल के चिंटू कहते-कहते हँसी दबाने पर वो फट पड़ी, "ऐसा है मैडम कि हमको सरकारी हिन्दी तो आती नहीं कि संस्कृतनिष्ठ शब्दों से जगर मगर करती भाषा में आपसे कुछ कहें पर ऐसा है कि आप इन प्रत्याशियों का तो बैनर पोस्टर हटवा पायेंगी नहीं बाक़ी रहा मेरा पोस्टर बैनर तो वो आपको कहीं शहर में दिख जाये जो इन लोगों से बचा रह गया हो तो उसे आप चाहे हटाइये या जो भी धारा वारा आपने बतायी हैं उसमें गिरफ़्तार करके...वो क्या है...हाँ...सश्रम कारावास चाहे वहाँ भेज दीजिए लेकिन ये ज़रूर हो कि शाम तक रवि पासवान घर पहुँच जाये। जय हिन्द जय भारती!" कहकर वो दरवाज़ा खोलकर बाहर निकल गयी। डीएम कविता कात्याल समेत सबको समझ में आ गया कि यामिनी को कोई बड़ी राजनैतिक बैकिंग मिल गयी है पर किसकी ये किसी को पता नहीं था। शाम होते-होते रवि घर पर था और अमरपुर में ये अफ़वाह ज़ोरों पर थी कि प्रदेश की पूर्व मुख्यमन्त्री, जो सूबे में दीदी जी के नाम से जानी जाती थी और ख़ुद को दलित की बेटी कहा करती थी, ने यामिनी की पीठ पर हाथ रख दिया है। दीदी जी की पार्टी छात्र राजनीति से दूर ही रहती थी और बाक़ी पार्टियों की तरह उनकी पार्टी का कोई छात्र संगठन भी नहीं था पर इस छात्र संघ चुनाव से लग रहा था कि दीदी की पार्टी छात्र राजनीति में उतरने आ गयी थी। रात गहरा रही थी और ये ख़बर भी कि दीदी जी अब छात्र राजनीति के रास्ते अमरपुर क़ब्ज़ियाने के मूड में हैं।

ले चल मुझे भुलावा देकर नाविक धीरे-धीरे

रवि वापस आ गया था पर उसके साथ जो हुआ वो सुनकर यामिनी को लगा कि बात ज़्यादा ही बढ़ गयी है। उसे कभी नहीं लगा था कि उसका पोस्टर लगाने से सरे शाम उस पर कट्टा तान दिया जायेगा। वो हर रोज़ सोचती कि उसे इस चुनाव से हट जाना चाहिए, परचा वापस न भी हो तो प्रचार करना बन्द कर, चुनाव में बैठ जाने की घोषणा कर देनी चाहिए। जब भी वो सोचती कि बस आज वो चुनाव से हट जाने की घोषणा कर देगी कि कोई लड़की या कोई दलित या कोई बाहरी उससे मिलता और कहता, "दीदी! आप बहुत अच्छा कर रही हैं, ऐसे ही लड़ते रहिएगा, कम-से-कम हमारी बात कहने वाला कोई तो है इस विश्वविद्यालय में।" एक दलित लड़का एक दिन उससे आकर बोल गया, "दीदी जानती हैं एक तो एससी एसटी वाली छात्रवृत्ति छह महीने पर आती है और जब भी उसके लिए पता करने जाते हैं एडब्लाक वाले टीकाधारी त्रिपाठी जी खिड़की पर खड़े भी नहीं होने देते, बोलते हैं दूर से बोल! चमार साले! पढ़ना-लिखना है नहीं आ गये भीख माँगने! हम भी सुन लेते हैं कि शिकायत करके कुछ होगा नहीं छात्रवृत्ति और देर से मिलेगी, कोर्ट कचहरी के चक्कर में पड़ेंगे तो पढ़ाई कब करेंगे, घर वाले इतने मज़बूत होते तो कभी ये छात्रवृत्ति नहीं लेते"; कभी कोई लड़की आकर कहती, "दीदी! आप ज़रूर अध्यक्ष बनेंगी, आपसे ही उम्मीद है। यहाँ लड़कियों की समस्या कोई समझता नहीं है, कोई लड़का छेड़ता है और किसी नेता से समस्या बताते हैं तो नेता कहते हैं कि छात्र संघ के दफ़्तर आइये, वहाँ जाते हैं तो पहले दुपट्टा ठीक करते हैं कि उनकी आँखें शरीर में चींटियों की तरह रेंगने लगती हैं फिर कहा जाता है कि यहाँ खुल के बात नहीं हो पायेगी शाम को किसी और जगह मिलिए। शाम को मिलने का मतलब है सोना, दिन में दुपट्टा न खींचा जाये इसके लिए शाम को कपड़े उतारने पड़ेंगे। कभी किसी नेता ने मदद कर भी दी और लड़के ने परेशान करना बन्द कर दिया तो नेता ही घर के चक्कर लगाने लगता है। दीदी आप अध्यक्ष बनेंगी तो ये लोग हमें भी इन्सान समझेंगे। दीदी! आप लड़िये! आपकी जीत में हम सब लड़कियों की भी जीत

होगी;" तो कभी सीवान, देवरिया, मगहर से रोज़ लोकल पकड़कर क्लास करने आने वाला छात्र कहता, "अमरपुर न हुआ बम्बई हो गया और हम भइया, अख़बार में इसे महानगर कहा जाता है तो यहाँ के लोग भी इसे महानगर ही मानने लगे हैं और हमको कभी बिहारी कहा जाता है तो कभी बाहरी। मकान मालिक कमरा नहीं देता कि बिहारी हैं, लोकल स्टूडेंट को लगता है कि कुछ भी कह देंगे, गोलघर में कभी भी पीट देंगे क्या कर लेगा बाहरी है, हॉस्टलर की तो फिर भी थोड़ी इज़्ज़त है हमको आदमी नहीं मानते ये लोग। दीदी आप लड़िये, आप जीतेंगी तो इनके मुँह पर तमाचा लगेगा कि एक बाहरी भी इस विश्वविद्यालय का अध्यक्ष बन सकता है।"

यामिनी कल तक इस विश्वविद्यालय के लिए और ख़ुद के लिए भी सिर्फ़ एक कवि थी पर आज वो न सिर्फ़ लड़की, दलित, बाहरी बन गयी थी बल्कि इन सब की आवाज़ भी बन गयी थी। वो कभी यह सब नहीं बनना चाहती थी, वो बनना तो चिंटू कुमारी भी नहीं चाहती थी, उसे साहित्य का विद्यार्थी और कवयित्री कुमारी यामिनी बनना था, उसे कविताएँ पढ़नी थीं, लिखनी थीं और सुनानी थीं पर अचानक ही यामिनी वो सब कुछ बन गयी थी जो उसने बनने का कभी न सोचा था। उसकी मुग्धा से भी कई दिनों से बात न हुई थी कि वो उससे ये सब कुछ बाँट सके; क्लास में कुछ कह-सुन पाना सम्भव था नहीं और मुग्धा का भाई अब विश्वविद्यालय के गेट के बाहर नहीं बल्कि महिला संकाय के गेट तक उसे छोड़ कर जाता और वहीं क्लास ख़तम होने का इन्तज़ार करता रहता। वो क्लास में बस एक-दूसरे को देख सकते और आँखों में ये कह सकते थे कि ये सब जल्द ही ठीक हो जायेगा। कहने-सुनने को उनके पास नदी भर बातें थीं पर बूँद भर भी अवकाश नहीं। यामिनी को ये तो पता था कि मुग्धा के घर वाले उसकी शादी ढूँढ़ रहे हैं पर उसे ये पता नहीं था कि रिम्पन भइया ने उसकी और मुग्धा के सम्बन्धों की बात को सरस सलिल के आख़िरी पन्नों पर छपी कहानी की तरह बना डाला है और उनके चपांडूक इस कहानी को आकाशवाणी की तरह शहर के हर कोने-अँतरे में फैला चुके हैं।

उधर त्रिपाठी जी परेशान थे कि जो बात अब तक दबी-छुपी थी वो धीरे-धीरे बिरादरी के कानों तक भी पहुँचने लगी थी। वो कई जगह रिश्ता लेकर जाते, बातचीत होती और कहा जाता कि विचार-विमर्श करके बताते हैं और या तो कोई फ़ोन नहीं आता या फिर कह दिया जाता कि हम तो तैयार हैं लेकिन लड़का ही अभी दो-चार साल शादी नहीं करना चाहता। कभी ये कहा जाता कि आप एक बार लड़के की मौसी से मिल लें, क्योंकि घर में लड़के की माँ की ही चलती है और वो अपनी बहन का कहा कभी नहीं टालती। सो त्रिपाठी जी गाड़ी की डिक्की में मिठाई के पैकेट और फल की टोकरियाँ लादे मौसी के घर भी जाते, उनको साड़ी, ब्लाउज़,

पेटीकोट, फाल, सिन्दूर, बिन्दी, और पायल वाला पैकेट देकर पैर छूते और इसरार करते कि मौसी जी वो पैकेट रख लें, मौसी जी थोड़ी ना-नुकुर के बाद पैकेट रख लेतीं और अन्त में घर पट्टीदारी के सब बड़ों-बुजुर्गों को 'गोड़ छुआई' और छोटों को आशीर्वाद में दस-पाँच हज़ार ख़र्च करके आते और हफ़्ते दो हफ़्ते बाद मालूम होता कि मौसी जी तो तैयार हैं पर लड़के के खानदान में पश्चिम में शादी करना सहता नहीं है इसलिए ये रिश्ता नहीं हो सकता। एक बार तो एक जगह रिश्ता तय भी हो गया था पर अचानक उनके दिये एडवांस दहेज़ के पैसे का पैकेट उन्हें यह कहकर लौटा दिया गया कि बाक़ी सब तो ठीक है लेकिन घर के दामाद यानी लड़के के फुफ्फा जी ने पहले ही कहीं रिश्ते के लिए हाँ कर दी है और अब दामाद का दिया वचन काटा नहीं जा सकता इसलिए बड़े भारी मन से उन्हें इस रिश्ते के लिए ना कहनी पड़ रही है। बिरादरी का हर दूसरा आदमी दूर-दूर के शहरों में रहता था पर शादी-ब्याह अभी भी गाँवों से ही होते थे और इस तरह बिरादरी लग्न के महीनों में गाँव में रहा करती और पूरी बिरादरी की लड़कियों की सालाना चारित्रिक रिपोर्ट हासिल कर लेती। त्रिपाठी जी पीडब्ल्यूडी में इंजीनियर थे और अभी भी नौकरी में थे इसलिए मुँहमाँगा दहेज देने की कोई समस्या न थी पर अब तो बात यहाँ तक आ गयी थी कि तीन तो तीन तेरह गोत्रों वाले भी किसी न किसी बहाने से ना कर दे रहे थे। ऐसे में उन्होंने सोचा कि बहुत नीचे के और दूर कहीं बसे ब्राह्मण परिवार में रिश्ता करने से अच्छा है कि कोई एनआरआई परिवार खोजा जाय, उन्हें बिरादरी की ज़्यादा बातें भी नहीं पता होंगी और समाज में सर उठाके चलेंगे कि लड़की की शादी विदेश में सेटल्ड लड़के से कर दी है, लड़की विदेश में रहेगी तो देवरानी, जेठानी, सास की भी खिटखिट नहीं रहेगी। समाज में चारों ओर निगाह दौड़ाने पर उन्हें मालूम हुआ कि रिश्ता तो घर में ही था पर उन्हें भनक नहीं थी। त्रिपाठी जी के साढ़ू भाई के बहनोई प्रद्युम्न पाण्डेय सालों से ग़ाज़ियाबाद में बसे थे, गाँव में जो घर था वो कई बरसात सहते-सहते ढह गया था, वो घर के एकलौते लड़के थे सो उनके पीछे जो थोड़ी-बहुत ज़मीन थी उस पर पट्टीदार काबिज़ थे। उनके दादा की बहन ने दो पीढ़ी पहले जाति के बाहर एक कायस्थ से शादी कर ली थी और घर वालों ने इसके बाद उसका पिंडदान कर दिया था और पाण्डेय जी के परिवार को भी क़रीब-क़रीब बिरादरी से बाहर कर दिया गया था। शिक्षा विभाग की नौकरी के अलावा ग़ाज़ियाबाद में किराने के सामानों की एजेंसी का उनका अच्छा बिज़नेस जमा हुआ था। वो इधर कुछ सालों से लगातार प्रयास में थे कि उन्हें फिर से बिरादरी में वही जगह मिल जाय, नौकरी की ऊपरी कमाई और बिज़नेस का पैसा था तो लोग इज़्ज़त से बिठाते, बात तो ज़रूर करते थे लेकिन कोई उनके घर में लड़की देने को

तैयार न था। पाण्डेय जी का एक ही लड़का था हार्दिक पाण्डेय जो अमेरिका के बॉस्टन शहर से इंजीनियरिंग करने के बाद ऑस्ट्रेलिया में एक सॉफ्टवेयर कम्पनी में काम करता था। पाण्डेय जी के साढ़ू भाई ने बात चलायी, कुण्डलियाँ भी मिल गयीं। त्रिपाठी जी ख़ुश थे कि कन्यादान करके तर जायेंगे और पाण्डेय जी ख़ुश थे कि बिरादरी में सम्मानित त्रिपाठी परिवार में लड़के की शादी करके वो फिर से बिरादरी का हिस्सा बन जायेंगे। अमरपुर तब तक दिल्ली नहीं हुआ था कि लड़कियाँ धड़ल्ले से 'देखी-दिखायी' जातीं और शादी के पहले दर्जन भर लड़कियों से मिला जाय; अमरपुर में अब भी लड़की की फ़ोटो देखकर रिश्ता तय कर लिया जाता क्योंकि घर में किसी न किसी चाची, मामी, बुआ ने किसी और शादी में लड़की को देख रखा होता जो रिश्ते की बात होते ही बता देती, "फोटो फाटो का होई ए बाबू, लड़किया त ऐसन हौ का कही, पानी जईसन पातर आ दूध जईसन गोरहर" और उनकी बात और फ़ोटो पर रिश्ता तय हो जाता। कुछ बिरादरियों में ये चलन था भी तो उसके लिए शहर के सीमान्त पर बना कबीर मन्दिर था जहाँ दर्शन-अर्चन के बहाने लड़का-लड़की भी मिल लेते और परिवार भी, रिश्ता तय होता तो ठीक नहीं तो साहब के दर्शन अर्चन का ही पुण्य मिल जाता। धीरे-धीरे शहर में शादी के पहले लड़की देखने का चलन बढ़ रहा था और चूँकि शहर संस्कारी था इसलिए वो लड़की देखने की इस पूरी प्रक्रिया को 'कन्या निरीक्षण' कहा करता था। पाण्डेय जी ख़ुद ग़ाज़ियाबाद में रहते थे और लड़का ऑस्ट्रेलिया में रहने वाला एनआरआई था और उसे छुट्टी मिलने में देर थी सो तय ये किया गया कि लड़के के पिता और लड़के का ममेरा भाई जिसे लड़का बड़ा भाई मानता था, लड़की देखने आयेंगे। लड़की से मिलने और उसके कन्या निरीक्षण में उत्तीर्ण होने के बाद ही रिश्ता पूरी तरह तय किया जायेगा और बाक़ी बातें तय की जायेंगी। उनके आने का दिन तय होते ही मुग्धा को घर का काम करने से रोक दिया गया। सुबह-शाम उसे मलाई का उबटन लगाया जाने लगा और कहा गया कि धूप से बच कर रहे और घर के काम के लिए भी छत पर धूप में न जाये, नहाने के लिए सिर्फ़ डव साबुन लगाये कि रंग खिला-खिला रहे और कन्या निरीक्षण में कहीं कोई कमी न निकाल पाये। घर के बाहर के लॉन को ठीक करने माली आने लगा, गमलों पर नया पेंट किया गया और अशोक के पेड़ों को काट-छाँट कर तरतीब में कर दिया गया। आख़िर वो दिन भी आ गया जब त्रिपाठी जी अपने भतीजे समेत बेतियाहाता आये, उन्हें घर के भीतरी ड्राइंग रूम में बिठाया गया। कमरे के पर्दे और सोफ़े के कवर आज सुबह ही बदले गये थे, काँच की मेज़ को पुराने अख़बार से रगड़-रगड़ कर साफ़ किया गया था। उनके स्वागत-सत्कार के लिए घर में देशी घी में काजू भूनकर और उसके ऊपर सेंधा नमक समेत तमाम

मसाले डालकर नमकीन बनायी गयी थी, परवल की मिठाइयाँ थीं, आलू-साबूदाने की खस्ता टिकिया थी, सब कुछ बिरादरी के अनुसार था। मनुहार के बाद जलपान, नाश्ते को उदरस्थ कर लेने, बिरादरी और राजनीति की चर्चा शुरू हुई।

–रिश्ते तो बहुत आये त्रिपाठी जी लेकिन एक बात बतायें आपको हमने तय कर लिया था कि हार्दिक की शादी तो गाँव घर में ही करेंगे।

–जी जी! मिट्टी का मोह तो मिट्टी का मोह ही होता है, क्या लेकर आये थे क्या लेकर जायेंगे सबको एक दिन मिट्टी में ही मिल जाना है।

–हाँ हाँ, हार्दिक तो शुरू से बड़ा रिज़र्व रहा है, पढ़ा भले ही अमेरिका में लेकिन हमने कभी उसे आवारागर्दी नहीं करने दी, आप तो जानते ही हैं विदेशों का हाल, हमने तो कह दिया था कि शादी तो बिरादरी में ही होगी, अमेरिका से कोई अंगरेज़ वंग्रेज़ ना ले आना, विदेश में आराम तो सब है लेकिन कोई कल्चर नहीं है! कोई किसी के साथ रहने लगता है, शादी हो न हो, बताइये...आँ... ये कोई बात है?

–आप बिल्कुल ठीक कह रहे हैं पाण्डेय जी! ये तो आप विदेश की बात बता रहे हैं अब तो यहाँ लोग दिल्ली जाते ही नहीं कि ख़ुद को विदेशी समझ लेते हैं, अब हमारे ही रिश्ते में हैं शुक्ला जी, लड़के को पढ़ने दिल्ली भेजे, लड़का वहाँ कोई औरे पढ़ाई में लग गया, वहीं किसी झारखंडी ईसाई के साथ रह रहा है। शुक्ला जी यहाँ बैठे झंख रहे हैं कि लड़का सीधे रास्ते आ जाये, बिरादरी में कई लोगों से कह चुके कि आप लड़के को समझा-बुझा लें तो आपके यहाँ ही रिश्ता कर लें, अब बताइये जो लड़का बाप के कहने में नहीं है वो बिरादरी की सुनेगा! अरे भइया माने तो तुम दिल्ली में पढ़े-लिखे हो, बड़के बुद्धिजीवी की पूँछ हो लेकिन घर-दुआर-बिरादरी की संस्कृति को छोड़ रहे हो तो आग लगे ऐसी पढ़ाई में!

चर्चा लम्बी चलती रहती लेकिन त्रिपाठी जी के साढ़ू भाई ने याद दिलाया कि दोपहर के साढ़े तीन बज गये हैं इसलिए लड़की से भी मिल लिया जाय। त्रिपाठी जी ने घर के भीतर खुलने वाले दरवाज़े की ओर मुँह करके कहा, "अरे सुनती हो जी! मुग्धा कहाँ है? भेजो उसको यहाँ।" मुग्धा आने को तैयार हुई, माँ ने उसका काजल ठीक किया और जाते ही पैर छूकर प्रणाम करने, जितना पूछा जाय उतना ही बताने की बात समझा और मन ही मन लेहड़ा देवी के मन्दिर में कड़ाही चढ़ाने की मनौती मानकर उसे अन्दर भेजा। हाथ में किशमिश, मूँगफली और चाय से सजी ट्रे लेकर मुग्धा ड्राइंग रूम में आयी। वो जिन तमाम चीज़ों के हमेशा ख़िलाफ़ रही वही सब

उसके साथ हो रहा था, उसे न इस तरह शादी करनी थी न नुमाइश का सामान बनना था पर हो यही सब रहा था। उसने घर वालों से कहा भी कि उसे यह सब नहीं करना बल्कि आगे पढ़ना है पर वो अमरपुर था वहाँ लड़कियों का कहा उतनी ही गम्भीरता से लिया जाता था जितना किसी दीवार पर ये लिखा कि यहाँ मत थूकें या गोलघर की सड़कों पर लगे सरकारी बोर्ड "वाहन ग़लत दिशा में न चलायें"; ये बात सिर्फ़ देखकर अनदेखा कर देने को थी या देखकर उस पर पान की पीक उड़ेल देने को। मुग्धा ने ट्रे मेज़ पर रखी और दोनों हाथों से बारी-बारी सबके पैर छूकर एक कोने में खड़ी हो गयी। पाण्डेय जी के "बैठो बेटा!" कहने पर वो दोनों हाथों को गोद में थामे एक सोफ़े पर बैठ गयी। चाय की एक-दो चुस्कियों और मूँगफली को हाथों में भर लेने के बाद पाण्डेय जी ने उससे बातचीत शुरू की–

–आपकी हॉबी क्या है बेटा?

–जी पेंटिंग और म्यूज़िक।

–अच्छा अच्छा! कुकिंग नहीं? हँसते हुए पाण्डेय जी ने अगला सवाल पूछा।

–जी हम लड़कियों के लिए कुकिंग तो रोज़मर्रा का काम है, हॉबी तो वो होती है जो कभी-कभी की जाय।

–हाँ हाँ! तो क्या-क्या बना लेती हो बेटा?

–जी लगभग सब कुछ!

–कोई कुकरी कोर्स भी किया है?

–जी।

–अच्छा अच्छा! चाइनीज़ बना लेती हो? हार्दिक को बहुत पसन्द है। अब तो ऑस्ट्रेलिया में रहना हैं बेटा तो वहाँ हमेशा अपना इंडियन खाना थोड़े चलेगा, है कि नहीं?

कहकर पाण्डेय जी हँसने लगे और सब लोग इस बात को चुटकुला समझकर उनकी हँसी में अपनी हँसी घोलने लगे।

–जी, चाइनीज़ बनाना भी सीखा है।

–गुड गुड!

पाण्डेय जी को अचानक याद आया कि मुग्धा का अंग्रेज़ी ज्ञान भी चेक कर लेना ज़रूरी है कि हार्दिक ने कहा था कि लड़की को अंग्रेज़ी बोलने तो आना ही चहिए। पाण्डेय जी ख़ुद सालों से उत्तर प्रदेश के शिक्षा विभाग में लोअर डिविजनल क्लर्क रहे थे और उनके ख़ुद का अंग्रेज़ी ज्ञान भी उतना ही था जितना उनके विभाग में दलित कर्मचारी। गला साफ़ करते हुए और रामधनी प्रसाद सिन्हा की किताब हाउ टू स्पीक करेक्ट इंग्लिश के पन्नों को मन ही मन दुहराते हुए उन्होंने पूछा–

–डू यू ड्राइव?

–नो! बट आई कैन राइड अ स्कूटी।

–वेरी नाइस! इन अमरीका हार्दिक ड्राइव्स ए कार।

–ओह गुड! मुग्धा ने कहा

और इस तरह अंग्रेज़ी के चार वाक्यों और मुग्धा त्रिपाठी के कॉन्वेंट एजूकेटेड होने की वजह से यह मान लिया गया कि मुग्धा को अंग्रेज़ी आती थी। इस पूरे वार्तालाप के दौरान लड़के का भाई मुँह में किशमिश भरते हुए मुग्धा की देहयष्टि का मुआयना करता रहा और मन ही मन अपनी दो साल पुरानी और एक बच्चे की माँ बन चुकी पत्नी से उसकी तुलना करता रहा। वो सोचता रहा कि मुग्धा किस हीरोइन की तरह लगती थी दिव्या भारती?...नहीं...माधुरी? ना...बिपाशा? नहीं जी...सोनाली बेंद्रे? ...हाँ हाँ बिल्कुल तुम हुस्न परी, तुम जानेजहाँ, तुम सबसे हसीं...उसके मन में सोनाली बेंद्रे के साबुन का विज्ञापन कौंध गया, पर रंग सोनाली बेंद्रे से बहुत साफ़ है, एकदम दूध में केसर जैसा और उस रात जब हार्दिक का फ़ोन आया और उसने लड़की के बारे में पूछा तो उसने तक़रीबन यही बात दुहरायी, "लड़की सोनाली बेंद्रे की तरह लगती है पर रंग बहुत साफ़ है, इतना कि कस के हाथ पकड़ लो तो दाग़ पड़ जाये।" चूँकि ट्रे लेकर आकर चलते हुए मुग्धा के पैर आपस में चिपके थे इसलिए मान लिया गया कि वो अब तक 'कुँवारी' है। लड़कियों का कौमार्य मापने का यह तरीक़ा अमरपुर में सदियों से चला आ रहा था कि अगर चलते वक़्त लड़की पैर फैलाकर चलती हो तो मान लिया जाये कि जुठारी जा चुकी है। विश्वविद्यालय के अध्यापक भी पैर फैलाकर बैठने वाले छात्रों को "रांडों की तरह क्यों बैठे हो" कहा करते थे। पैरों का फैला या चिपका होना उन दिनों शहर में चरित्र का बैरोमीटर था। अमरपुर अभी तक बनारस नहीं हो पाया था जहाँ प्रदेश के आधार पर लड़कियों का चरित्र मापा जा सके। उदाहरण के लिए बनारसी मानते थे कि 'बंगालन और टाइट' वैसा ही मामला है जैसा हिन्दी के पहले आलोचक और हिन्दी साहित्य का इतिहास लिखने वाले आचार्य रामचन्द्र शुक्ल एक भक्तिकालीन कवि के बारे में लिख चुके थे कि वो मुसलमान होते हुए भी सहृदय थे। ख़ैर शाम होते-होते रिश्ता तय हो गया, पाण्डेय जी बिरादरी से कटे हुए थे इसलिए उनकी कोई बुआ, मौसी थी नहीं कि कहा जाय कि एक बार उनसे राय-बात करने की ज़रूरत हो, उनके बहनोई ख़ुद ही इस शादी के अगुआ थे सो टालने की कोई वजह भी न रही। उनके मन में थोड़ी बहुत शंका थी क्योंकि उन्होंने कुछ उड़ती-उड़ती बातें सुन रखी थी पर त्रिपाठी जी मार्केट रेट से डबल दे रहे थे तो ना करने की कोई गुंजाइश भी न रही। बिरादरी के एनआरआई लड़कों का रेट उन दिनों बीस-पच्चीस लाख मय चारपहिया चल रहा था

और यहाँ तो त्रिपाठी जी पचास लाख मय चारपहिया दे रहे थे और लड़की के नाम लखनऊ की आशियाना कॉलोनी में एक थ्री बेडरूम फ़्लैट भी था सो उनके पूर्वांचल आकर बसने की समस्या भी हल हो गयी थी। देर शाम जब लड़के के भाई और पिता बेतियाहाता से निकले तो उनके जेब में एक लाख 'पैर छुआई' और गाड़ी की डिक्की में सास समेत सारे घर वालों के लिए बक्सा भर कपड़े, मिठाई के टोकरे थे और बेतियाहाता में मुग्धा त्रिपाठी के श्रीमती मुग्धा हार्दिक पाण्डेय होने की तारीख़।

सबके जाने के बाद शाम को मुग्धा ने घर वालों से कहा कि आज मंगलवार है और इसलिए वो हनुमान मन्दिर जा रही है प्रसाद चढ़ाने, घर वालों ने सोचा कि शायद मुग्धा ने भी शादी के लिए कोई मनौती मान रखी होगी इसलिए उन्होंने भी उसके अकेले जाने पर कोई एतराज़ न किया। मन्दिर पहुँचकर उसने सबसे पहले पीसीओ के पीले बक्से से जिसमें काले शीशे लगे थे यामिनी को फ़ोन लगाया। यामिनी का कोई अपना फ़ोन नम्बर था नहीं उसने उसे हॉस्टल का फ़ोन नम्बर दे रखा था जहाँ उसे कमरा नम्बर 131 में रहने वाली पूजा को बुलाना होता था और पूजा आकर या तो मेसेज ले लेती या फिर फ़ोन यामिनी को पकड़ा देती, सीधे यामिनी को न बुलाने का एक कारण ये भी था कि वो अक्सर लाइब्रेरी में होती थी और चुनाव में खड़े होने के बाद अक्सर उसका नाम सुनते ही फ़ोन अटेंडेंट फ़ोन रख देता था। घंटी देर तक बजी और फिर कुछ देर तक होल्ड पर रखने के बाद जब पूजा फ़ोन पर आयी तो उसने यही कहा कि दीदी तो प्रचार में गयी हैं, कुछ कहना हो तो बताइये बता देंगे। मुग्धा को जो बताना था उसके लिए असल में भाषा नाकाफ़ी थी, उसे बस वाक्यों के बीच के विराम, लम्बी गहरी साँसों के सुरताल, अचानक छू गयी उँगलियों के पोर भर से ही कहा जा सकता था और इसे बिना शब्दों के समझ लेने को यामिनी थी नहीं तो उसने बस ये कहा, "कोई बात नहीं, बाद में करेंगे" और पूजा के नाम पूछते-पूछते उसने सफ़ेद नम्बर वाले काले फ़ोन का रिसीवर धीरे से रख दिया और मन्दिर से आ रही घंटियों की आवाज़ और जलते कपूर की गन्ध की ओर बढ़ गयी।

यामिनी प्रचार में लगी थी। लोग धीरे-धीरे जुड़ तो रहे थे पर कोई खुल के सामने नहीं आ रहा था, शहर की राजनीति का दशकों पुराना डर इतना गहरा था कि कोई खुलकर ऐसे प्रत्याशी के साथ नहीं आना चाहता था जो न दबंग थी, न घर पैसे से मज़बूत। यामिनी और रवि दिन भर इस हॉस्टल से उस हॉस्टल जाते और बाहर खड़े होकर अन्दर जा रहे या बाहर निकल रहे छात्रों को अपना एजेंडा समझाते, तो कभी विश्वविद्यालय के तिराहे पर खड़े होकर छात्रों को अपने पर्चे देते। बाहरी कहे जाने वाले छात्र चाहते थे कि यामिनी ख़ुद को बाहरी घोषित कर दे और लड़ाई बाहरी

कहे जाने वाले छात्रों के सम्मान की हो जाये; लड़कियाँ चाहती थीं कि वो महिला प्रत्याशी बन जाये और चुनाव महिला बनाम पुरुष पर हो तो दलित छात्र चाहते थे कि वो विश्वविद्यालय में सालों से सताये, दबाये गये दलितों की आवाज़ बने और बाभनों-ठाकुरों की आँख में आँख डालकर उनसे सालों के अपमान का बदला ले। यामिनी को इन तमाम अपेक्षाओं और आवाज़ों के बीच सिर्फ़ यामिनी बनना था, उसे कवयित्री होना था। उसे लगता था कि उसकी कविता लोगों को जगाएगी और सालों से जो लोग उसकी कविताओं पर दाद देते आये हैं वो इस बार उनके प्रतिनिधित्व के लिए एक कवि को चुनेंगे जैसे उन्होंने देश के लिए अटलबिहारी को चुना था पर ये अमरपुर था, यहाँ लोग कविताओं पर दाद देते थे, तालियाँ बजाते थे पर वोट जात-बिरादरी देखकर देते थे। ऐसा न होता तो पूर्वांचल का हर दूसरा सांसद/विधायक हिन्दी का कवि/लेखक होता, नामवर सिंह सालों पहले चुनाव न हारते, कवि लेखक को पूर्वाचल में सिर्फ़ सम्मान, तालियाँ, श्रीफल और अंगवस्त्रम दिये जाते थे वोट नहीं। एकाध कवि लेखक जो अपवादस्वरूप कभी चुनाव जीत जाते थे वो इसलिए नहीं कि वे बड़े महान लेखक कवि थे बल्कि इसलिए वो जिन इलाक़ों से लड़े थे वहाँ उनकी जात-बिरादरी का वोट बेस बढ़िया था।

–वामपन्थी हो आ चाहे कोनों पन्थी, है तो ठाकुरे न

–लेकिन उ तो जीवन भर सवर्णन के विरोध करत रहै

–कौनो पार्टी में रहैं आ कुच्छो कहैं, ख़ून बदल लीहैं?

ऐसी ही किसी शाम जब उसने परचा किसी छात्र को पकड़ाया और उसने कहा, "दीदी! हमको ये देने की कोई ज़रूरत नहीं, हमारा वोट तो आपका ही है, आप दलितों की आवाज़ हैं, इस विश्विद्यालय का हर दलित आपको ही वोट देगा।" यामिनी जवाब में कुछ कहना चाहती थी पर रवि ने रोक दिया। बाद में उसने रवि से कहा, "रवि! लोग सिर्फ़ यामिनी को वोट क्यों नहीं दे सकते? मेरी कविता उन्हें इस बात का भरोसा क्यों नहीं दे सकती कि मैं उनकी समस्याएँ समझती हूँ और उनका हल करना चाहती हूँ। वोट हर बार बाभन, ठाकुर, दलित, लड़की, दलित, बाहरी के नाम पर क्यों पड़ता है जी?"

रवि कुछ देर चुप रहा और फिर एक गहरी साँस लेकर बोला, "ए दीदी! आप अब भी कविता की दुनिया में हैं, वो दुनिया बहुत काल्पनिक है। आपके पन्त ने लिखा है न 'अहा ग्राम्य जीवन भी क्या है' मैंने स्कूल में पढ़ी थी, आपको लगता है गाँव का जीवन ऐसा है जैसा वो लिख गये हैं, या उस वक़्त भी ऐसा था क्या? होगा शायद उनके लिए क्योंकि वो 'पन्त' थे मेरे लिए गाँव का जीवन वैसा बिल्कुल नहीं था, प्रेमचन्द 'कफ़न' कहानी में बता गये कि घीसू माधव कैसे अमानवीय थे

कि बुधिया मर रही है और वो आलू खा रहे हैं, वो पलटकर कभी यह नहीं पूछते कि गाँव वाले कैसे नराधम थे कि एक औरत दर्द में चीख़ रही है, रात के सन्नाटे में क्या सारे गाँव में उसकी चीख़ें नहीं गूँजतीं, क्या उन्हें वो चीख़ें नहीं सुनाई देती? और अगर सुनाई देती हैं तो क्यों जाकर नहीं देखता कि बुधिया को क्या हुआ है? दीदी! इ पूर्वांचल हौ! यहाँ शादी जात देखकर होती है, एडमिशन जात देखकर मिलता है, वायवा में नम्बर जात देखकर मिलता है, नौकरी का इंटर्व्यू जात देख कर होता है, किराये का मकान जात देखकर मिलता है और तो और प्यार जात देखकर होता है। अरे इहाँ तो गाली तक जात देखकर मिलती है–चमार, डोमड़ा, ख़टीक गारी हौ बाभंन बाबा है और ठाकुर साहेब। ए दीदी! जब जात के नाम पर फ़ेल हो सकते हैं, नौकरी में छाँटे जा सकते हैं, पिटा सकते हैं, घर की लड़कियों को खलिहान में खींचा जाना देख सकते हैं, गाली खा सकते हैं त वोट जात के नाम पर काहें नहीं ले सकते।"

प्रचार ख़तम पैसा हज़म

अमरपुर विश्वविद्यालय में तब तक 'प्रेसिडेंटियल डिबेट' जैसी कोई प्रथा न थी कि प्रत्याशी अपना आख़िरी ज़ोरदार भाषण दें, दूसरे प्रत्यशियों से तीखे सवाल पूछ उन्हें मंच पर निरुत्तर कर दें और साथ ही जनता द्वारा पूछे सवालों का जवाब दें ताकि लोग प्रत्याशी का एजेंडा ठीक-ठीक समझ सकें। मतदान के दो दिन पहले प्रत्याशी विश्वविद्यालय के गेट पर भाषण देते और 'आधिकारिक रूप' से उस दिन प्रचार ख़तम मान लिया जाता। यह आख़िरी दिन होता जब प्रत्याशी इस सभा में भारी भीड़ जुटाते और विश्वविद्यालय में प्रत्याशी का दम इस बात से आँका जाता कि किसकी सभा में ज़्यादा लोग थे और लगभग इसी संख्या से उसे मिलने वाले वोटों का अनुमान लगाया जाता। प्रचार का आख़िरी दौर आ पहुँचा था और समय आ गया था कि अब तक विकास आदि की बात करनेवाले, अपने नाम के इर्दगिर्द नारे बुनने वाले प्रत्याशी अपने विरोधी प्रत्याशी की निजी ज़िन्दगी पर कीचड़ उछालने वाली कहानियाँ, उनको सीधे-सीधे भला-बुरा कहने वाले नारे निकाल ले। हर प्रत्याशी क्या विकास करेगा से बात शुरू करता और अन्त तक आते कौन-सा प्रत्याशी अपनी भाभी से फँसा है या किस प्रत्याशी ने किसको रखा है पर प्रचार का अन्त करता, विरोधी प्रत्याशी अगर महिला हो ये काम और आसान हो जाता था। साल-दर-साल पूर्वांचल की राजनीति विकास से शुरू होती थी और मतदान आते-आते अश्लीलता के महोत्सव में बदल जाती थी। विश्वविद्यालय की राजनीति भी इसी परिपाटी पर चलती चली आ रही थे। इस छात्र संघ चुनाव में भी मतदान का समय क़रीब आ पहुँचा था और प्रचार के इस दौर के लिए हाल के सालों में जो नारा बहुत लोकप्रिय हुआ था वो था कि–नीम का पत्ता कड़वा है, फलाने-ढिमकाने भड़वा है। अमरपुर विश्वविद्यालय की हवा में भड़वा शब्द की गूँज थी। सालों पहले हिन्दी का एक कवि भड़ुआ बसन्त शीर्षक से एक कविता लिख चुका था, रेणु के मेरीगंज की औरतें भड़ुआ कह चुकी थीं पर अमरपुर की भाषा के लिए भड़ुआ से हिन्दी में

ढला भड़वा नया था। अमरपुर का कोई बाशिन्दा गालियों के लिए भड़वा शब्द का इस्तेमाल नहीं करता था। उसके लिए उसने जिसे गाली दी जाय उसके परिवार की महिलाओं के साथ सम्बन्ध बनाने की बात रख छोड़ी थी। भड़वा शब्द मुख्य रूप से बम्बई शहर का शब्द था जहाँ से इस शब्द को शायद वहाँ पढ़ने वाले लड़के या पूर्वांचल के कामगार अपने साथ ले आये थे जैसे सालों पहले नार्थ-ईस्ट रेलवे के मुख्यालय अमरपुर में काम करने वाले बंगाली जब शहर में आकर बसे तो अपने साथ दुर्गापूजा के दौरान होने वाले थियेटर महोत्सव और संगीत कार्यक्रम ले आये, हाल के सालों में शहर में बसे बिहारी छठ पूजा ला रहे थे। जिन दिनों बम्बई में शिवसेना उत्तर भारतीयों को भइया को गाली की तरह कहते-कहते थक चुकी थी और अब 'भड़वे' कहते हुए पीट रही थी, उनकी रेहड़ियाँ उजाड़ रही थी उन्हीं दिनों भड़वा शब्द अमरपुर की छात्र राजनीति का बीज शब्द बन रहा था। इलाहाबाद की छात्र राजनीति से निकला नारा 'छात्रहितों का हनन हुआ तो ख़ून बहेगा सड़कों पर' अब गुज़रे ज़माने की बात हो चुकी थी क्योंकि न अब सड़कों पर ख़ून था न छात्र राजनीति के केन्द्र में कहीं छात्र हित। अब छात्र राजनीति सरकार बदलने के लिए नहीं बल्कि सरकार से इनाम पाने का ज़रिया थी।

मतदान में अब दो दिन रह गये थे और प्रचार ख़तम होने को था। यामिनी ने सोचा कि बाक़ी प्रत्यशियों की तरह वो भी आख़िरी भाषण विश्वविद्यालय के गेट पर देगी, उसने सोचा था कि कबीर मन्दिर से जुलूस शुरू करके वो विश्वविद्यालय के गेट तक आयेगी और जुलूस सभा में बदल जायेगा, वो पिंटू भइया और रिम्पन भइया को बता देना चाहती थी कि अभी भी मुक़ाबले में है। यामिनी ने इस जुलूस के लिए उन सारी लड़कियों को फ़ोन किया जो उसके परचा दाख़िले में आयी थीं पर ज़्यादातर घरों से "वो घर पर नहीं है", "उस दिन तो मैं बनारस जा रही हूँ" या "पापा आने नहीं देंगे" का जवाब मिला। उसने सोचा था कि पहले से भी बड़ा जूलूस होगा पर उसे मालूम नहीं था कि जब परचा दाख़िला का जुलूस निकला था तब वो कुमारी यामिनी थी और अब पूरे शहर को मालूम था कि वो चिंटू कुमारी है, ननन्तरा की मुसहर। वो लड़कियाँ मुग्धा के नाम पर आयीं पर मुग्धा अपने घर में बन्द थी और उसे भी कहाँ बताया गया था कि जिस दिन मतदान होना था उसी दिन उसकी शादी बनारस में होनी थी। त्रिपाठी परिवार अमरपुर से शादी नहीं करना चाहता था ताकि ऐन मौक़े पर कोई बात न हो जाय और बारात लौट जाय। मुग्धा को भी शादी की तारीख़ नहीं बतायी गयी थी, त्रिपाठी जी के चचेरे भाई बनारस में एक स्कूल के प्रिंसिपल थे और उन्होंने ही अपने स्कूल में बारात के ठहरने और अपने घर से शादी की पूरी तैयारी की थी। यामिनी अपने चुनाव को लेकर परेशान थी, मुग्धा बेतियाहाता

के अपने घर में बन्द थी जहाँ उसे रोज़ बेसन का उबटन लगाया जा रहा था और अमरपुर बात करने में व्यस्त था।

–ये चिंटू तो लड़कों का नाम होता है ना।

–अरे हाँ ऋषि कपूर का घर का नाम भी तो चिंटू है न।

–आई डोंट नो, बट सीरियसली चिंटू इज़ हर नेम?

–मुसहर नहाते नहीं ना?

–अरे वो चूहा खाते हैं।

–चूहा यू मीन रैट!! यक!! सीरियसली?

–चूहा को भोजपुरी में मूस कहते हैं।

–ओह! दैट्स व्हेयर मुसहर कम्स फ्रॉम! आई सी।

–यस! डोंट यू हैव लिंग्विस्टिक्स इन बैचलर?

–हाउ फनी!

–अरे यार! मैंने उससे हाथ मिलाया था लास्ट टाइम, मुझे प्लेग तो नहीं होगा ना।

–छूने से सिर्फ़ प्यार फैलता है डार्लिंग! शबाना को टीवी पर नहीं देखा एड्स वाले ऐड में।

–ओह! शी इज़ स्टिल हॉट यार!

–कौन चिंटू?

–नो शबाना सिली! एंड सो ग्रेसियस!

ये नया अमरपुर था जहाँ हर बात का सिरा या तो अंग्रेज़ी में था या केबल के चैनलों पर। गोलघर का इस्माइल टेलर्स सुनसान था, जुबिली सिनेमाहाल के मल्टीप्लेक्स बनने की खनक हवा में थी, शहर का पहला मॉल खुलने की बात हर ओर थी, बलदेव प्लाज़ा में नया पिज़्ज़ाहट खुल गया था और इन सबके बीच थी यामिनी जहाँ उसके सामने हज़ारों प्रश्नचिह्न थे और हर प्रश्नचिह्न का जवाब था "नहीं"।

–सेलिन डियान सुनती हो?

–नहीं।

–टाईटेनिक में तुमको ज़्यादा हॉट कौन लगता था?

–पता नहीं।

–लिंडा गुडमन पढ़ती हो?

–नहीं।

–रिकी मार्टिन हॉट है ना?

–मालूम नहीं कौन है।
–ब्रायन एडम्स?
–पता नहीं।
–अरे समर ऑफ़ सिक्सटी नाइन?
–पता नहीं।
–डू यू इवन स्पीक इंग्लिश?
–नहीं।
–तुमको एम टीवी का कौन-सा वीजे पसन्द है?
–एम टीवी नहीं देखती।
–शनाज़ को भी नहीं जानतीं?
–नहीं।
–बाबा हो?
–नहीं।
–ठाकुर?
–नहीं।
–लाला हो फिर?
–नहीं।

उस साल यामिनी के जीवन में सिर्फ़ नहीं थे, ख़ुद से पूछे सवाल–

–कोई कविता लिखी? का भी जवाब नहीं था। उसे महीने बीत गये थे कोई कविता लिखे।

और उधर मुग्धा के लिए इन सवालों के जवाब हाँ थे पर उस शहर की जवान लड़की से कहे जाने वाले सबसे ज़रूरी वाक्य–

–शादी कर लो

का जवाब नहीं था।

इस हाँ और नहीं के वक़्फ़े के बीच जो फँसा है ना, दरअसल वही अमरपुर है।

पुष्पिका

पुरानी हिन्दी पाण्डुलिपियों में पाण्डुलिपि के अन्त में पुष्पिका होती थी जिसमें पाण्डुलिपि का मूल लेखक या उसकी प्रति की नक़ल लिखने वाला अपना परिचय देता था। ये कहानी का अन्त तो नहीं है पर हमारे गिर्द हर अच्छी चीज़ कम होती जा रही है जैसे मोहल्लों से आँवले के पेड़ कम होते जा रहे हैं, आँगनों में अनाज की फटकन चुगने आता गौरैयों का झुंड कम होता जा रहा है, अब बरसात के मौसम में शाम ढलते ही रोशनी दे रही हर चीज़ को पतंगे नहीं घेरते, फूल कम दिखते हैं, तितलियाँ कम आती हैं, इस शहर से मुसलमान कम होते जा रहे हैं, ले-देकर समय ही था हमारे पास जो अफ़राद था, इस कालचक्र में हम कहीं भी हों पर समय हमारे पास ठहरा रहता था पर अब वो भी रिसता जा रहा है। आप सोच रहे होंगे कि इतनी देर से ये कहानी सुना कौन रहा है तो इससे पहले कि आप ऊँघकर इस कहानी को कभी ना पढ़ी जाने वाली किताबों की अलमारी में रख दें या कम होते समय में हम कहानी के अन्त में ना मिल सके तो मैं यहीं बता दूँ कि वो मैं ही हूँ जो यामिनी, मुग्धा, रवि की यह कहानी आपको सुना रहा हूँ। हमारा नाम विजय कोष्ठा है। 'कोष्ठा' कोष्ठक यानी अंग्रेज़ी में ब्रेकेट नहीं जैसा कि मेरे ज़्यादातर क्लासमेट्स मुझे बुलाते हैं विजय ब्रेकेट। मेरा परिचय इतना है कि मैं अमरपुर विश्वविद्यालय में हिन्दी, समाजशास्त्र और फाइन आर्ट्स पढ़ता हूँ। हर सुबह जो लड़का अपनी पुरानी जंग लगी एटलस साइकिल स्टैंड में जमा कर कन्धे पर काला कैनवस होल्डर लटकाये आपको ललित कला विभाग की ओर जाता दिखता है न मैं वही हूँ। मैं वही हूँ जो चारखाने की बुशर्ट और तीन प्लेट वाली पेंट पहने दिखता हूँ जबकि अमरपुर रफ एंड टफ से खिसकता हुआ ली, लेवाइस जींस के दौर में जा चुका है। हमारे पिता नौसड़ चौराहे पर बरसात में भट्ठी सुलगाकर प्लास्टिक के जूते-चप्पल की मरम्मत करते हैं तो जाड़े में दिन में टॉर्च, छाता बनाते हैं और शाम को भुजे का ठेला लगाते हैं। कहा जाता है कि नहुष के बेटे ययाति के बेटे यदु के पुत्र का नाम था कोष्ठा वहीं नहुष जिन्होंने कभी इन्द्र से उनका सिंहासन छीन लिया था पर अमरपुर में ये

बातें कोई नहीं जानता। कोष्ठा संविधान में लिखी किस जाति वाली केटेगरी में आते हैं वो तो आप पता ही कर लेंगे। अगर समय की इस चक्करघिन्नी में मैं आपको कभी कला संकाय के चौराहे पर फिर दिखूँ तो बाक़ी बातें रोककर पूछ लीजियेगा।

●●●

यामिनी का समर्थन करने वाले जो छात्र थे वो उसे वोट तो दे सकते थे पर खुलकर उसके साथ जुलूस में नहीं आ सकते थे और जो खुलकर आ सकते थे वो किसी मुसहर के जुलूस में नहीं जाना चाहते थे। रवि था जो अब तक साथ था, हॉस्टल के बाहर चाय की दुकान पर बैठे यामिनी ने रवि से ही पूछा–

"चुनाव अब भी छोड़ दें क्या रवि?"

"बिल्कुल छोड़ दीजिए। मठ भी यही चाहता है, मठ तो कह ही रहा है आप साहब की शरणागत हो जाइये और इस साल चुनाव में बैठ जाइये और अगले साल मठ के आशीर्वाद के साथ चुनाव लड़ियेगा, आप फिर शहर के लिए कुमारी यामिनी हो जायेंगी। न हो तो कचहरी में एफिडेविट देकर अपना नाम कुमारी यामिनी ही कर लीजिए। आप चुनाव बिल्कुल छोड़ दीजिए लेकिन बस यही बात जाकर इस विश्वविद्यालय के दलितों, लड़कियों, सीवान मगहर से रोज़ लोकल पकड़कर आने वालों को कह दीजिए कि भइया हमसे न हो पायेगा, हमने आपको उम्मीद दिखाई उसके लिए माफ़ कीजिए, आप रोज़ इस विश्वविद्यालय में बेइज़्ज़त हो रहे हो तो होइए हमें अपनी सच्चाई स्वीकार करने में डर लगता है, हमको कुमारी यामिनी बने रहना है और ये चिंटू कुमारी की पहचान खुरचकर मिटा देनी है।"

"अरे यार! तुमको पता है हम भीतर-भीतर किस चीज़ से गुज़र रहे हैं? कितने दिन हो गये मुग्धा से बात नहीं किये हैं; जब फ़ोन करते हैं उसके घर में कोई और फ़ोन उठाता है और हम चुपचाप फ़ोन रख देते हैं, जब कभी वो करती हैं हम बाहर होते हैं इस चुनाव के चक्कर में। मुग्धा साथ रहती है तो कुछ भी करने का हौसला रहता है उससे बिन बात किये लग रहा है कि सीने पर एक भारी पत्थर रखा है और हम ठीक से साँस भी नहीं ले पा रहे हैं। जैसे जब कभी रात में बुरा सपना आये और दम घुटने लगे हमको ऐसा हमेशा लगता रहता है जब उससे बात नहीं होती।"

"यहाँ सारा विश्वविद्यालय आप पर टकटकी लगाये बैठा है और आपको मुग्धा त्रिपाठी (ज़ोर त्रिपाठी पर था) की पड़ी है। उसका क्या होना है, बाप इंजीनियर है, जात की बाभन है, शादी हो जायेगी कहीं दिल्ली, बंगलौर चली जायेगी नहीं क़िस्मत ठीक रही तो लन्दन, अमरीका। वहाँ बाँह तक चूड़ियाँ पहने करवाचौथ रखेंगी मैडम और मेरा पति मेरा देवता है के गाने गायेंगी। उनका क्या है उनके लिए

ये विश्वविद्यालय शादी तय होने तक का समय काटने का ज़रिया है कि डिग्री मिल जाय ताकि शादी जल्दी हो, आप कहाँ फेर में पड़ी हैं, हम जैसे लोग मैडम के जीवन में बस प्लेटफॉर्म पर बैठे उन लोगों की तरह होते हैं जिनसे जाने वाला ट्रेन का इन्तज़ार करते हुए चार बातें कर लेता है कि ट्रेन आने तक मन मनसाईन रहे। कहाँ पड़ी हैं आप इन सब में अब तक दीदी! निकलिये इन बाभनों के चक्कर से!"

"देखो रवि! आज तो तुम कह दिये और हम सुन लिए लेकिन आज के बाद सब कहना लेकिन हमारे प्रेम को कुछ न कहना!"

यामिनी ने ठंडे स्वर में रवि से कहा था। ये पहली बार था जब यामिनी ने मुग्धा के लिए प्रेम शब्द का इस्तेमाल अपने भीतर के एकान्त के घेरे के बाहर किया था। वो अक्सर उसके लिए मुग्धा या दोस्त शब्द का इस्तेमाल करती आयी थी। वो शायद कुछ और कहने वाली थी कि हॉस्टल के भीतर से पूजा दौड़ती हुई आयी और यामिनी से कहने लगी, "अरे अच्छा हुआ दीदी! आप मिल गयीं, हमसे कोई कह रहा था कि आप बाहर ही बैठी हैं"

"बात क्या है? इतना हाँफ क्यों रही हो?" यामिनी ने पूछा।

"अरे वो मुग्धा दीदी का फ़ोन आया था, हम बोले कि आप यहीं कहीं है हम ढूँढ़कर लाते हैं तो उन्होंने कहा कि पाँच मिनट में फिर करेंगी।"

ये सुनकर यामिनी भागती हुई अन्दर गयी, जाते-जाते वो रवि से अपनी बात भी पूरी न कर पायी। फ़ोन की घंटी बजी और जब तक फ़ोन अटेंडेंट उठाता उसने लपककर रिसीवर कान से लगा लिया।

–हलो मुग्धा?

–हाँ! यामिनी?

–हाँ।

–कैसी हो?

–मैं ठीक हूँ। तुम कैसी हो?

–इस शहर में जितना हो सकती हूँ, उतनी हूँ।

–कई दिन हो गये न तुमसे बात नहीं हो पायी।

–हाँ, अमरपुर में इस साल अब तक बारिश भी नहीं हुई...तुम्हारा चुनाव कैसा चल रहा है?

–चल रहा है बस्स; तुम्हारे घर में क्या चल रहा है?

–टीवी पर कुसुम चल रहा है।

यामिनी जानती थी जब मुग्धा परेशान होती थी और परेशानी के बारे में कुछ

कह नहीं पाती तो वो आसपास की चीज़ों के बारे में बात करने लगती थी; दु:खों को स्थगित कर देने का, उनका सामना नहीं करने का यह उसका तरीक़ा था।

—जानती हो मुग्धा अभी तुम्हारे ही बारे में बात कर रहे थे। रवि से कुछ बात कर रहे थे और पता नहीं क्यों उसके सामने ही मुँह से तुम्हारे लिए मुग्धा की जगह प्रेम निकल गया, रवि को डाँट भी दिये कि सब बोलना लेकिन प्रेम को कुछ मत बोलना।

—मेरे सामने तो तुमने कभी नहीं कहा, हमको तो तुम बस "हम तुमको बहुत पसन्द करते हैं" के अलावा कुछ नहीं कहा। कान ही तरस गये तुम्हारे मुँह से प्यार सुनने को।

—डरते हैं मुग्धा, काली ज़बान है, जिसको प्यार कहा वो सारे जीवन से बहुत दूर चले गये, तुमको खोना नहीं चाहते इसलिए अब तक कभी ये शब्द ज़बान पर नहीं आने दिया।

—दूर हैं जो दूर हो क्यों नहीं जाते
क्यों कहूँ मैं ही सब, वो समझ क्यों नहीं जाते।

—अरे वाह! किसका है ये मुग्धा?

—तुम्हारी संगत का असर है, मैंने ही लिखा है।

—अच्छा लिख रही हो या जैसा त्रिपाठी जी कहते हैं अच्छा कह रही हो! और लिखो प्लीज़।

—हाँ कोशिश करूँगी, मेरी शादी फिक्स हो गयी है।

—क्या?

यामिनी ने एक बार तो किसी गहराई से आती उस आवाज़ को सुना ही नहीं

—कब? कैसे?

यामिनी के पास सिर्फ़ प्रश्नवाचक शब्द थे और उत्तर में आयी मुग्धा की भर्रायी आवाज़—

—हमको यहाँ से ले चलो यामिनी! छोड़ते हैं ये सब दिल्ली चलते हैं, होगा तो एग्जाम देने आ जायेंगे नहीं तो वहीं कहीं एडमिशन ले लेंगे। तुमसे नहीं मिलते हैं तो लगता है कि गले के भीतर कोई बर्फ़ का टुकड़ा फँसा है जो बूँद-बूँद करके चूता रहता है और मुझे सुन्न किये रहता है, कुछ बोलने को उठते हैं तो लगता है कि कोई भारी चीज़ सीने को दबाये बैठी है, हमको यहाँ से ले चलो यामिनी! लगता है कि इस शहर में रामगढ़ ताल की जलकुम्भियों में फँसकर रह गये हैं जितना हाथ-पैर मारते हैं उतना और उलझते जाते हैं...

–हाँ...हाँ...चलते हैं यहाँ से, बस ये चुनाव ख़तम हो जाये...जीते या हारे पर चलते हैं यहाँ से ये सब कुछ दिन और रोक लो बस्स...

यामिनी की आवाज़ में डर और मजबूरी से उपजी प्रार्थना थी, जब वो ये कह रही थी कि अचानक कविता का एक झोंका उसके भीतर उमड़ पड़ा–

जो है मुख्तसर वो बात क्यूँकर नहीं कहती
सोये मुसाफ़िर के लिए रेल क्यों नहीं ठहरती
जाना तो हमने है ही एक दिन
एक चुटकी भर ज़िन्दगी हमारे कहे पर क्यूँ नहीं चलती

--जल्दी करना यामिनी! जल्दी करना

मुग्धा की आवाज़ में उसका रुआँसा चेहरा उसके सामने घूम गया और इससे पहले कि यामिनी कुछ और कह पाती हलाल हुए जानवर के कारुणिक विलाप की तरह उसके कान में फ़ोन कटने की टें टें टें थी।

शाम हो गयी थी और रवि अब तक यामिनी से नहीं मिला था। सुबह उसे लगा कि उसे इस तरह रवि से बात नहीं करनी चाहिए थी पर तब तक मुग्धा का फ़ोन आ गया था। वो उसे दोपहर से ही ढूँढ़ रही थी कि उसे सॉरी कह सके पर रवि की कोई ख़बर नहीं थी। गोलघर में गोलगप्पे खाती भीड़ थी, कचहरी कम्पाउंड में मदारी का खेल देखते वकील मुवक्किल थे, बक्शीपुर में पुरानी किताबों की दुकान पर भीड़ लगाये विद्यार्थी थे पर रवि कहाँ था?

जब यामिनी सुबह मुग्धा से बात कर रही थी तब प्रदेश की राजनीति में कुछ और घट रहा था। प्रदेश की पूर्व मुख्यमन्त्री दीदी जी लखनऊ में एक उद्घाटन कर रही थीं। उनकी पार्टी के नेता ने एक निजी महिला महाविद्यालय खोला था जो बाक़ी कोर्सेस के साथ बीएड की पढ़ाई भी कराता था। नेता जी ने इस महाविद्यालय में काफ़ी इन्वेस्टमेंट किया था और उम्मीद थी कि साल-दो-साल में ही यह महाविद्यालय सिर्फ़ बीएड के कोर्स से अपनी लागत निकाल लेगा, नेता को अगले चुनाव में दीदी जी से टिकट भी चाहिए था सो महाविद्यालय का उद्घाटन उन्हीं के करकमलों से होना तय हुआ था। महाविद्यालय नोयडा में था लिहाज़ा दीदी जी वहाँ ख़ुद नहीं गयी थीं; प्रदेश की राजनीति में माना जाता था कि जो मुख्यमन्त्री मुख्यमन्त्री रहते नोयडा गया वो अगले चुनाव में मुख्यमन्त्री नहीं रहा। दीदी जी जब मुख्यमन्त्री थीं तब उन्होंने कहा था कि वो ऐसे किसी अन्धविश्वास को नहीं मानतीं और वो केन्द्र सरकार के ख़िलाफ़ चल रहे किसानों के प्रदर्शन में ख़ुद नोयडा गयी थी। उनको लगा था कि उनके प्रदेश में केन्द्र सरकार के ख़िलाफ़ आन्दोलन कर

रहे किसानों के साथ खड़ी होकर वो प्रादेशिक नेता से राष्ट्रीय नेता बन जायेंगी और उनकी पार्टी क्षेत्रीय पार्टी से राष्ट्रीय पार्टी बन जायेगी जो उनका सबसे बड़ा सपना था और वो रास्ता भी जिस पर चलकर वो एक दिन प्रधानमन्त्री बनना चाहती थीं। अगला चुनाव आया और वो मुख्यमन्त्री से पूर्व मुख्यमन्त्री बन गयीं और उनकी पार्टी जिसे वो क्षेत्रीय से राष्ट्रीय बनाना चाहती थीं विधानसभा में मुख्य विपक्षी पार्टी भी न रही। उन्होंने पुराने अनुभव से सबक लिया था और इसीलिए इस महाविद्यालय के उद्घाटन के लिए वो नोयडा नहीं गयी थीं बल्कि लखनऊ से ही विडियो कॉन्फ्रेंसिंग के ज़रिये महाविद्यालय का उद्घाटन कर रही थीं। उद्घाटन के बाद की प्रेस कॉन्फ्रेंस में पत्रकारों ने तमाम सवालों के बाद उनसे पूछ लिया कि क्या उनकी पार्टी वंचित समाज दल अमरपुर के छात्र संघ चुनाव में एक मुसहर प्रत्याशी का समर्थन कर रही है और क्या निकट भविष्य में उनकी पार्टी अपना छात्र संगठन खड़ा करने वाली है? जवाब में दीदी जी ने कहा–

"हमारी पार्टी वंचितों शोषितों की पार्टी है, हम हर वंचित, शोषित के साथ खड़े हैं किन्तु ध्यातव्य हो कि हमारी पार्टी वंचित समाज पार्टी का कोई छात्र संगठन नहीं है। चूँकि हम मानते हैं कि विश्वविद्यालय के छात्र सहज ही इस लोकतन्त्र में वोटर हैं, इस देश के नागरिक हैं अतएव देश की और प्रदेश की राजनीति के पहरुए हैं और उनके लिए किसी संगठन विशेष की आवश्यकता नहीं है, बतौर पार्टी हमारी स्पष्ट नीति रही है कि हम छात्र संघ चुनावों में कोई हस्तक्षेप नहीं करते और जो नागरिक हमारी पार्टी के सदस्य हैं या समता मूलक समाज बनाने के हमारे काम और उद्देश्य से सहानुभूति रखते हैं वो छात्र संघ चुनावों में किस प्रत्याशी विशेष को वोट देंगे यह हम उन ऊर्जावान नागरिकों के विवेक पर छोड़ते हैं।"

पार्टी में सिर्फ़ एक वंचित महिला की जगह थी और दीदी जी ख़ुद वो घेरे थीं सो यामिनी के लिए वहाँ कोई जगह न थी। महिला महाविद्यालय के उद्घाटन और प्रेस कॉन्फ्रेंस की रिपोर्ट अगले दिन के अख़बार के एडिशन के लिए अब तक टाइप भी न हुई थी पर दोपहर ढले तक सारा अमरपुर ये जान गया था कि दीदी जी ने यामिनी की पीठ से अपना हाथ हटा लिया है। यामिनी अब तक प्रत्याशी थी सो उसे छूना उसे 'शहीद' बनाना था पर जनता को सन्देश तो देना था कि अमरपुर में मठ का आशीर्वाद लिए बिना सूरज नहीं निकलता चुनाव में खड़ा होना तो दूर की बात थी। सुबह यामिनी से बहस के बाद रवि रेलवे लाइब्रेरी चला गया था जहाँ से वो अक्सर अपने दोस्त, जिसके पिता रेलवे में काम करते थे, के लाइब्रेरी कार्ड पर किताबें लिया करता था। वो सब बोल तो गया था पर उसे बाद में लगा कि उसे यामिनी के निजी मामलों में दख़ल नहीं देनी चाहिए थी और वो शायद कुछ ज़्यादा

ही बोल गया था। वो किताबें लिए, ये सोचता लौट रहा था कि शाम को यामिनी से मिल कर उसे सॉरी बोल देगा, वो विश्वविद्यालय की चहारदीवारी तक पहुँचा ही था कि पुलिस की कमांडर जीप आकर रुकी और वो जीप में 'रख' लिया गया। शाम को जब यामिनी रवि को हर जगह ढूँढ़ रही थी वो दाउदपुर थाने की एक कोठरी के नंगे ठंडे फ़र्श पर बिना शर्ट उकड़ूँ बैठा था; डंडे जिन पर कील से खरोंच कर दुखहरण लिखा था उसके पैरों पर संगत करते बरस रहे थे; जब वो थक जाते तो चमड़े के चौड़े पट्टे जो नंगी पीठ देखकर जीभ लपलपाने लगते थे उसकी पीठ से 'आन मिलो सजना' की मनुहार करते हुए उसकी पीठ चूमे जा रहे थे और उसकी पीठ पर प्रेम के लाल निशान छोड़े जा रहे थे।

एक थके हुए हाथ ने बीड़ी सुलगाते हुए पूछा, "का बेट्टा! आ रहा है मज़ा?" तो बीड़ी के धुएँ को काटते हुए पिच्च के साथ खैनी फ़र्श पर थूककर अगले ने कहा–

"नेता बनत हौ चमरिया!"

बन्द करो मतदान

कहते हैं समय एक गोल चक्र में घूमता रहता है और समय के इस पहिये पर कोई निशान नहीं कि आप बता सकें कि चक्कर यहाँ से शुरू हुआ था पर हम जानते हैं कि इस पहिये का हर चक्कर कहीं न कहीं से शुरू होता है और एक बिन्दु के बाद नया चक्र शुरू हो जाता है। इस पहिये में गोल-गोल घूमते हम कहीं पहुँचते नहीं बस इस समय के इस तरल चक्र में गतिमान होने का भ्रम पाले रखते हैं। अमरपुर विश्वविद्यालय में समय का पहिया सालों से ऐसे ही घूम रहा था; हर साल होने वाले छात्र संघ चुनाव से ये चक्र शुरू होता और अगले चुनाव में नया चक्र शुरू हो जाता। हर चक्कर में लगता कि इस साल विश्वविद्यालय में कुछ बदल जायेगा और पहिया सचमुच आगे बढ़ जायेगा पर होता वही कि हर साल बस आगे बढ़ते रहने का भ्रम बना रहता। ऐसा कभी-कभी ही होता है कि समय के इस पहिये की धुरी बदल जाये और सचमुच समय का चक्र आगे बढ़ जाये, विश्वविद्यालय के काल चक्र में यह साल ऐसा ही कुछ था एक तो सालों से बन्द पड़े छात्र संघ चुनाव इस साल बहाल हो गये थे और दूसरे कुमारी यामिनी या चिंटू कुमारी इस चुनाव में सीरियस कैंडिडेट हो गयी थी और सारा शहर दम साधे ये देख रहा था कि इस साल विश्वविद्यालय किस करवट बैठेगा।

आख़िरकार वो दिन आ ही गया था जिसको लेकर अमरपुर में इतनी गहमागहमी थी। छात्र संघ चुनाव के मतदान का दिन, वो दिन जो यह तय करने वाला था कि आगे के समय में इस विश्वविद्यालय के लोकतन्त्र में आम छात्र की गति क्या देश के तमाम मतदाताओं जैसी ही होगी जिनकी देश के लोकतन्त्र में भागीदारी सिर्फ़ वोट डालने तक है और उन्हें भी इस बात का भ्रम है कि उनके दिये गये वोट से कुछ बदलता है, बदलता असल में कुछ नहीं बस पहिया अपनी जगह घूमता रहता है; या इस साल विश्वविद्यालय के छात्रों के लिए लोकतन्त्र में अपनी भूमिका बस वोटर से बढ़कर प्रत्याशी बनने का साल होगा। छात्र संघ जिसे शहर की हर चीज़ की तरह

मठ चलाता था और मुहावरे में कहें तो बिना मठ के आशीर्वाद के शहर में पत्ता तक नहीं हिलता था। छात्र संघ का चुनाव जिसे अमरपुर के पार्षदों, विधायकों, सांसदों और दलालों की नर्सरी माना जाता था। पिंटू भइया और रिम्पन भइया मतदान केन्द्र के बाहर कलफ लगे सफ़ेद खादी के कुरते में एयर इंडिया के महाराजा की तरह हाथ बाँधे झुके खड़े थे। हर युवा दिखने वाले छात्र से वो इतनी मीठी और मुलायम आवाज़ में बात करते कि सुनने वालों को डर लग जाता कि कहीं एक-डेढ़ मिनट ये मीठी बातें और सुन लीं तो उसे शुगर की बीमारी न हो जाये।

"ए बाबू! ए भइया! देखिये मुहरवा भूला न जईहा।"

अधेड़ दिखने वाले छात्रों के लिए, "का रज्जा! याद बा न?" या "सब आप ही के हाथ में हैं तिरपाठी जी! भूलियेगा मत अपने सेवक को।"

और त्रिपाठी जी जो रात को प्रत्याशियों के सौजन्य से मिले मटन भात और रॉयल स्टैग में अब तक डूब-उतरा रहे थे, आँखें मलते मतदान केन्द्र की ओर ये सोचते हुए बढ़ जाते कि कल किस प्रत्याशी की पीये थे।

छात्राओं की स्थिति भी कम अजीब नहीं थी। कल तक जो उन्हें सर से पैर तक घूर कर आँखों से उनके शरीर का एक्स-रे निकाल लिया करते थे, जिनके सामने आते ही वो दुपट्टा ठीक करने लगती थी कि वो जानती थी वो आँखों से उनके कपड़े उतार रहे होते थे; वो लोग इतने सज्जन रूप में उनके सामने खड़े थे कि लड़कियाँ चकरा गयी थीं। उनके इस नये रूप को देखकर उन्हें उतनी ही हैरत हुई थी जितनी अमरपुर के अँखुआये या जुआइल जवानों को ये जानकर हुई थी कि गुप्त फ़िल्म में क़ातिल कोई और नहीं बल्कि काजोल थी। इस सज्जनों को देखकर छात्राओं को शक्ति कपूर की याद आती थी कि भले ही किसी फ़िल्म में वो शरीफ़ रोल में हो पर धुकधुकी लगी रहती थी के ये अभी हीरोइन के साथ कोई बदतमीज़ी कर देगा। कल तो उन्हें 'माल', 'का करेज्ज़ा' कहने वाले आज उन्हें दीदी! दीदी! कह रहे थे। रिम्पन भइया तो "ए दीदी! अपने भइया के भूलईहा मत" कहते -कहते मतदान केन्द्र की ओर बढ़ने वाली एक छात्रा के पैरों में लोट गये। दूसरे प्रत्याशी ये देखकर हैरान रह गये और वो कहीं वोट माँगने की इस नयी प्राविधि में पीछे न रह जाये सो देखते-देखते पिंटू भइया और उनके समर्थक भी आने वाली छात्राओं के पैरों में लोटने लगे। घंटा भर न बीता होगा कि वोट डालने आने वाले छात्र-छात्राओं के स्वागत अभिनन्दन का यही स्थायी तरीक़ा हो गया। कुमारी यामिनी को निर्वाचन की आचार संहिता के तहत मतदान केन्द्र के बाहर वोट माँगने की इजाज़त नहीं थी सो वो मतदान केन्द्र से दो सौ मीटर दूर के विश्वविद्यालय के छोटे गेट के बाहर खड़ी थी और आने वाले छात्रों से "नमस्ते! मेरा नाम चिंटू कुमारी है और मैं छात्र संघ

के चुनाव में अध्यक्ष पद की प्रत्याशी हूँ" कहकर हाथ जोड़ लेती। यामिनी अकेली ही थी उसके साथ समर्थकों का कोई हुजूम न था जो रह-रहकर आचार संहिता की ऐसी-तैसी करता नारे लगाने लगता या किसी छात्र-छात्रा के पैरों में लोटने लगता।

सुबह से दोपहर होने लगी थी। विश्वविद्यालय के गेट के बाहर की चाय की दुकान पर सुबह नाश्ते के लिए बनायी गयी कचौड़ी-सब्ज़ी, जलेबी के थाल ख़ाली होने लगे थे और ख़ाली होती थालियों पर मधुमक्खियों का झुण्ड मँडराने लगा था। दुकानदार ने समोसे के लिए आलू मसलना शुरू कर दिया था और बेतिया से आया 'राजू' नगर निगम के नल के नीचे लोहे की कड़ाही माँजने में लगा था। छात्रों का हुजूम एक-दो की शक्ल में आता और पिंटू भइया रिम्पन भइया की मनुहार झेलता मतदान केन्द्र में घुसता और दसेक मिनट में पसीना पोंछता बाहर निकल आता। यामिनी के समर्थक माने जाने वाले छात्रों का बन्दोबस्त पहले ही किया जा चुका था, हॉस्टलर छात्रों को कट्टे के आलोक में समझाइश दी जा चुकी थी कि वो चुनाव तक घर निकल लें और पढ़ाई-लिखाई में ध्यान दें न कि राजनीति के चक्कर में बाप का पैसा बर्बाद करें। लोकल छात्रों में वहीं छात्र विश्वविद्यालय का गेट पार कर मतदान केन्द्र तक पहुँच पाते जिन पर रिम्पन भइया या पिंटू भइया को वोट देने का भरोसा रहता। जो छात्र तीन प्लेट वाली पैंट पहने होते या जिनसे एक्स डियो की नहीं बल्कि पसीने की महक आती, जिन छात्राओं के सूट नये फ़ैशन के हिसाब से चूड़ीदार-पैजामे वाले न थे, या जिनकी त्वचा का रंग देश की बहुसंख्यक आबादी जैसा था जिसे फेयर एंड लवली क्रीम का विज्ञापन बदलकर गोरा कर देने का दावा करता था कि जीवन में सफल होने के लिए त्वचा का रंग गोरा होना ज़रूरी था, या वो कोई भी छात्र जिसके नाम के पीछे सुकला तिवारी सिंह न लगा था और जिस पर ज़रा भी शक था कि वो कुमारी यामिनी का वोटर हो सकता था विश्वविद्यालय का गेट पार न कर पाता। छात्राओं को रोकना एकदम आसान था, ज्योहीं वो विश्वविद्यालय के गेट तक पहुँचती लकड़बग्घों का झुण्ड उनके पीछे 'का रानी' कहते, सीटी बजाता, 'अकेली न बाज़ार जाया करो' गाता चलने लगता और जब वो विश्वविद्यालय के गेट के गार्ड्स की ओर मदद के लिए देखतीं वो पातीं कि अनुयय भरी आँखें उनकी पीठ से टकराकर लौट आयी हैं और वो चुपचाप जिधर से आयी थीं उधर ही मुड़ लेतीं और पीछे रह जातीं आवाज़ें–

–का बे भगा दिये! अबे यार भाभी थी तुम्हारी

–बकचोदी मत करो बे, चिंटूआ के वोट रहे

–अबे सीटियाबाज़ी पोलिंग के बाद कर लेना

छात्रों को रोकने का तरीक़ा था कि जैसे ही कोई शक्ल से यामिनी समर्थक

लगता छात्र विश्वविद्यालय के गेट के पास पहुँचता पीछे से एक आवाज़ आती, "ये पैसा गिर गया आपका भाईसाब" और जब वे गिरे पैसे देखने पीछे मुड़ते दो लोग अचानक उनकी बग़ल में चलने लगते, जब तक वो कुछ समझ पाते एक नुकीली चीज़ उनकी कमर में गड़ने लगती। अमरपुर की भाषा में इस नुकीली चीज़ का प्रचलित नाम कट्टा था पर संजय दत्त की फ़िल्म 'वास्तव' आ चुकी थी और शहर का हर लड़का जिसे घर में नाकारा समझा जाता था जिम में पसीना बहाता ख़ुद को संजय दत्त समझता था, और इस लिहाज़ से इस नुकीली चीज़ को कट्टा कहना उनके आराध्य संजय दत्त का अपमान था सो वे अपने आराध्य की फ़िल्मों की तर्ज़ पर इसे घोड़ा कहने लगे थे। कुछ छात्र तुरन्त समझ जाते और चुपचाप मुड़ लेते जो बुद्धिहीन थोड़ी बातचीत-बहस करने लगते उन्हें चाय पिलाने विश्वविद्यालय के तिराहे की चाय की दुकान तक ले जाया जाता जिसे शहर में 'जमा करना' कहा करता था। दिन अपनी गति में चलता रहा, गाने और सीटी के संगीत से छात्राओं का हृदय परिवर्तन किया जाता रहा और छात्र तिराहे के "त्रिपाठी टी स्टाल–हमारा नाम ही हमारी पहचान है" के पीछे के टिन शेड में आलू-प्याज की बोरियों के साथ जमा किये जाते रहे।

सूरज दिन भर चलता रहा था और अब धीरे-धीरे उसकी शक्ल सरकारी प्राथमिक विद्यालय के बच्चों-सी होने लगी थी। दिन की हालत अधमरी-सी हो रही थी, घड़ी में पाँच बजने में कुछ ही देर बाक़ी थी और मतदान ख़तम होने में भी, सो त्रिपाठी टी-स्टाल के पीछे जमा किये हुए छात्रों को छोड़ दिया गया कि वे अब मुँह मराने जहाँ चाहे जा सकते हैं। छोड़े गये छात्रों में से कुछ तो घर निकल लिए पर कुछ इस उम्मीद में कि अभी पाँच बजे नहीं हैं और वो वोट डाल सकते हैं, और ये सोच कर कि दिन तो निकल ही गया है और अब आये हैं तो वोट डाल ही लें जैसी कुछ नकारा बातें सोचते वो मतदान केन्द्र की ओर बढ़ लिए। मतदान केन्द्र विश्वविद्यालय के छोटे गेट के पास बने हिन्दी विभाग में था। हिन्दी विभाग प्राचीन इतिहास की ओर मुँह किये और नये-नये खुले स्त्री अध्ययन संकाय की ओर पीठ किये सरकारी पीले चूने में लिपटा काल से होड़ ले रहा था। विभाग का एक छोटा अहाता था जिसके गेट पर गार्ड तैनात थे जो नेताओं का तो नहीं पर छात्रों का आई कार्ड चेक किये बिना उन्हें भीतर नहीं जाने दे रहे थे, अहाते के पार एक और छोटा गेट था जहाँ छात्रों नाम, विभाग आदि चेक करने के बाद मतदान के लिए वोटिंग स्लिप पकड़ायी जाती और अन्दर के कमरों में वोट डालने चले जाते। त्रिपाठी टी-स्टाल से छूटे ये छात्र सीधे हिन्दी विभाग की ओर भागे और अहाते के गार्डों से आई कार्ड चेक कराने के बाद वोटिंग स्लिप लेने के लिए लाइन में लग गये। सूरज थोड़ा

और बूढ़ा हुआ और हिन्दी विभाग के लिपिक मिश्रा जी जिन्हें हिन्दी में बड़े बाबू कहा जाता था बाहर आये दाहिने गाल में घुले हुए पान को वृक्षारोपण कार्यक्रम के तहत रखे गये गेरू से रँगे गमले में थूक कर बोले कि पाँच बज गये हैं और अब किसी और छात्र को अहाते के भीतर न आने दिया जाय। पत्ते में लिपटे नये बीड़े को बायें गाल के हवाले किया और चूने को होठ के भीतरी किनारे से लगा और उँगली में बचे चूने को कान के पीछे पोंछकर वे भीतर चले गये। छात्र अभी भी वोटिंग स्लिप के लिए लाइन में लगे थे; नियम ये था कि पाँच बजने के पहले जो छात्र अहाते के भीतर आ गये हैं उन्हें वोट डालने दिया जाय चाहे इस प्रक्रिया में रात के दस क्यों न बज जायें लिहाज़ा छात्र अपनी जगह लाइन में लगे थे। नियम शहर के लिए सरकार के नारों और वादों की तरह जिनमें कहा जाता था कि हर साल इतने लाख युवाओं को रोज़गार दिया जायेगा पर शहर के युवा जानते थे कि ये कहने की बातें हैं, ख़ुद के रोज़गार के लिए बैंक से लोन तभी मिलेगा जब बैंक मैनेजर को लोन का दस प्रतिशत एडवांस दिया जाय और सरकारी नौकरी में लिखित से लेकर इंटरव्यू तक के रेट तय थे जैसे सरकारी डिग्री कॉलेज में अगर मास्टरी के लिए रिटेन हो गया हो और बात सिर्फ़ इंटरव्यू की हो तो पाँच लाख लगेंगे और अगर रिटेन में भी करवाना हो तो सात लाख और अगर नौकरी विश्वविद्यालय में पढ़ाने की हो तो रिटेन का चक्कर नहीं था सिर्फ़ इंटरव्यू होना था और उसका रेट था पन्द्रह लाख इसी तरह रेलवे से लेकर बैंक तक हर सरकारी नौकरी के रेट तय थे। सब जानते थे कि रेट तय हैं पर हर नौकरी के लिए कुछ पागल हर साल इम्तिहान, इंटरव्यू दिये जाते थे कि "का पता बिना पैसा लहि जाये"। प्रदेश में लड़की का बाप दहेज़ के लिए पैसे जोड़ता था तो लड़के का बाप सरकारी नौकरी के लिए दिये जाने वाली घूस या रिश्वत के लिए जिसे शहर सुविधा शुल्क कहा करता था। लड़के के बाप के लिए फिर भी ये एक इन्वेस्टमेंट था कि जो लग रहा है उसका दूना दहेज़ में ले लिया जायेगा, और गणित के इसी चक्रवृद्धि ब्याज के नियम के चलते लड़की के लिए कोई सुविधा शुल्क नहीं दिया जाता था कि जितना दिया जायेगा उसका दूना फिर दहेज़ में ख़र्च करना पड़ेगा कि बराबर या ऊँची नौकरी का लड़का मिल जाये। लाइन में लगे छात्र वैसे ही थे जिन्हें लगता था कि सौ में से दसेक नियुक्तियाँ तो फेयर होंगी ही, इसी विश्वास के सहारे वे लाइन में लगे थे कि अचानक विभाग के पीछे कुछ शोर हुआ और जब तक लोग जान पायें कि बात क्या है पिंटू भइया और रिम्पन भइया के समर्थक पचासेक छात्र अहाते के भीतर थे। यामिनी के अलावा हर प्रत्याशी ये बात जानता था कि मतदान में पहले सुबह-सुबह अपने सारे वोट डलवा लिए जायें ताकि बाद में भसड़ करने में आसानी हो, जो छात्र लाइन में लगे थे उन्हें

यामिनी का ही वोटर माना जा रहा था सो पिंटू भइया और रिम्पन भइया के समर्थक छात्रों ने अपना आख़िरी नारा निकाल लिया था–

बन्द करो मतदान तुम्हारी माँ को चो...दें
बज गये शाम के पाँच
तुम्हारी माँ को चो...दें
बहुत हुआ सम्मान
तुम्हारी माँ को चो...दें

विश्वविद्यालय की राजनीति और विरोध प्रदर्शनों में माँ की अहम भूमिका थी। हर विरोध प्रदर्शन में विरोधी की माँ से सम्बन्ध जोड़ने की बात होती थी। दूसरे विश्वविद्यालयों के छात्रनेता जब विश्वविद्यालय प्रशासन के ख़िलाफ़ धरना प्रदर्शन करते थे तो उनके पास वही 'वाइस चांसलर मुर्दाबाद! होश में आओ होश में आओ' जैसे घिसेपिटे नारे थे जबकि अमरपुर विश्वविद्यालय मातृ शक्ति का सम्मान करते हुए नये नारे गढ़ चुका था। विश्वविद्यालय में जब धरना प्रदर्शन होता और प्रशासन छात्रों की माँगें नहीं मनाता तब दूसरे विश्वविद्यालयों की तरह आमरण अनशन आख़िरी रास्ता नहीं होता बल्कि आख़िरी अस्त्र की तरह छात्र नेता प्रशासनिक भवन के लॉन में खड़ा होकर आवाज़ देता–

वाइस चांसलर की माँ कौन चो...दे...गा

और सामने खड़ा छात्रों का समूह समवेत स्वर में उत्तर देता–

हम चो...दें...गे हम चो...दें...गे

और इस तरह माँ का सम्मान करते हुए विश्वविद्यालय प्रशासन अक्सर छात्रों की माँग बिना भूख हड़ताल किये मान लेता।

पिंटू भइया और रिम्पन भइया के समर्थकों द्वारा निकाला ये गीत विरोध प्रदर्शनों की इसी लम्बी परम्परा का हिस्सा था। हर दूसरे लोकगीत की तरह कोई ये नहीं जानता था कि इस कालजयी गीत की रचना किसने की थी पर ये ज़रूर था कि सालों से ये गीत विश्वविद्यालय की राजनीति में था। मण्डल कमीशन के दिनों में जब दिल्ली विश्वविद्यालय का एक छात्र आत्मदाह कर रहा था, इलाहाबाद में एक क्रान्तिकारी छात्र संगठन मण्डल और कमण्डल के द्वन्द्व में बैलेंस बनाते हुए 'नो मण्डल नो कमण्डल इंक़लाब ज़िन्दाबाद' का नारा लगा रहा था तब अमरपुर विश्वविद्यालय में इसी लोकगीत में तब के प्रधानमन्त्री विश्वनाथ प्रताप सिंह और सामाजिक न्याय के प्रतिनिधि अन्य नेताओं की माँ की स्तुति में लिखे बन्ध जोड़ रहा था।

ये आरक्षण कहाँ से आयी
कर्पूरिया की माई बियाई।

ये शहर के प्यार जताने का तरीक़ा था, जिन कबीर के नाम पर शहर में मठ खड़ा था उनकी कविता की याद शहर को सिर्फ़ होली में आती थी जब वे अपनी कुंठाओं में लिथड़ी हर तुकबन्दी को कबीर के नाम के साथ गाया करते थे। ये चलन पूर्वांचल के हर शहर का था मसलन गोरखपुर में एक शायर हुआ था जिसे शहर और शायरी से इतनी मोहब्बत थी कि उसने अपना नाम बदल लिया था और नाम के पीछे गोरखपुरी लगा रखा था, शहर में उसकी याद में एक चौराहे का नाम उसके नाम पर रखा गया था पर शहर को उसका कोई शेर कोई ग़ज़ल याद न थी, शहर में उसकी स्मृति उन क़िस्सों में थी जिसमें वो मुशायरा सुनने आयी लड़कियों को सम्बोधित करते हुए कहता था कि वो उनकी फ़िराक़ में हैं जो जो तेरी फ़िराक़ में हैं या कैसे शायर एक बार एक शेर का मिसरा सुना रहा था–

जी चाहता हूँ जी चाहता है
खैच के खोंस दूँ
इत्र का फाहा

और सामने बैठे लड़के हर लाइन के बाद वाह-वाह करके वो मिसरा पूरा न होने दे रहे थे और शायर जिसे शेर को तुम्हारी जुल्फों में कहकर पूरा करना था उसने लड़कों को सम्बोधित करते हुए जुल्फों की जगह उनके अंग विशेष का नाम लिया था और वो मुशायरा वहीं ख़तम हो गया था। अगल-बग़ल के शहरों के दो कवि अलग-अलग कालखंडों में पैदा हुए थे और हिन्दी साहित्य के इतिहास की पदावली में कहें तो उनमें से एक भक्तिकालीन कवि था और एक आधुनिक कालीन पर उन्हें याद करने का दोनों शहरों का तरीक़ा एक ही था।

ख़ैर विश्वविद्यालय के लोकगीत का असर ये हुआ कि मतदान अधिकारी अध्यापक लोगों को समझ में आ गया कि या तो वे पिंटू भइया और रिम्पन भइया के समर्थक छात्रों को उनकी माँओं के साथ ऐसी-तैसी करने के नारे लगाते रहने दें या इन छात्रों को कह दें कि मतदान ख़तम हो गया और वे घर जायें, लाइन में लगे छात्र राशन की, रिज़र्वेशन की, बैंक ड्राफ्ट की, छात्रवृत्ति का फॉर्म जमा करने वाली लाइनों में लगने वाले छात्र थे सो उनसे वहीं कहा गया जो उन्हें हर जगह कहा जाता था कि "आज काउंटर बन्द हो गया कल आइये" और वो चुपचाप छोटे गेट से बाहर हो लिए और सूरज भी थककर उन्हीं के साथ डूबने के लिए निकल लिया।

काउंटिंग शुरू होने वाली थी और मिश्रा जी बड़े बाबू ने हर प्रत्याशी को अपना काउंटिंग एजेंट अन्दर भेजने को कहा, हर प्रत्याशी का काउंटिंग एजेंट क़लम काग़ज़

लिए तैयार बैठा था, यामिनी के काउंटिंग एजेंट रवि को होना था पर चूँकि वो वहाँ था नहीं तो विभाग के अध्यापक आशुतोष मिश्र ने सुझाव दिया कि न हो तो प्रकाश मणि त्रिपाठी को ही यामिनी का काउंटिंग एजेंट बना दिया जाये। यामिनी के पास मना कर कोई दूसरा एजेंट भेजने को था नहीं सो उसने बेमन से प्रकाश मणि त्रिपाठी को काउंटिंग एजेंट बनाने वाले फॉर्म पर दस्तख़त कर दिये। वोटों के बंडल बनाये गये और काउंटिंग शुरू हो गयी। हर कोई जानता था कि मुख्य मुक़ाबला रिम्पन भइया और पिंटू भइया में ही है और शुरू के बंडलों में ऐसा दिखा भी कि हर जगह या तो रिम्पन भइया के वोट थे या पिंटू भइया के। बीच-बीच में बड़े बाबू बाहर आते और वोटों की गिनती की घोषणा करते और रिम्पन भइया और पिंटू भइया के समर्थक छात्र जोश में नारे लगाने लगते। धीरे-धीरे बाद के बंडलों में यामिनी के वोट भी दिखने लगे और वो वोटों की गिनती में कभी नम्बर दो तो कभी नम्बर तीन पर आने लगी, ये देखकर विभाग के अध्यापकों को थकान होने लगी लिहाज़ा सभी काउंटिंग एजेंट से कहा गया कि अगर वो सहमति दें तो वोटों की गिनती की अपडेट आख़िरी गिनती के बाद ही दी जायेगी, पिंटू भइया और रिम्पन भइया के एजेंटों को अपने अध्यापकों की निष्पक्षता में अगाध विश्वास था और यामिनी के एजेंट प्रकाश मणि गुरु को गोविन्द से बड़ा मानते थे सो उनके ना करने की भी कोई वजह न थी। बड़े बाबू ने बाहर आकर पान थूक कर ये घोषणा कर दी कि रात हो रही है और चुनाव के नतीजे जल्द से जल्द घोषित कर दिये जायें इसलिए प्रत्याशियों के एजेंटों की सर्वसम्मति से चुनाव प्रशासन ने ये फ़ैसला लिया है कि अब चुनाव के आख़िरी नतीजे ही घोषित किये जायेंगे। रात गहराती जा रही थी और हर खुलने वाले बंडल में यामिनी के वोट भी। सारे वोट तक़रीबन गिने जा चुके थे और यामिनी धीरे-धीरे नम्बर तीन से खिसकती नम्बर दो पर आ चुकी थी। आख़िरी पचास वोटों का बंडल खोला गया और गिनते-गिनते मतदान समिति ने पाया कि तक़रीबन हर वोट यामिनी के नाम पर है। मतदान समिति अचरज में थी कि ये बंडल कहाँ से आया। इस बंडल के गिनने के बाद पाया गया कि यामिनी पहले नम्बर पर है और चुनाव जीत चुकी है और अमरपुर विश्वविद्यालय में वह इतिहास लिखा जा चुका है जिसके न लिखे जाने की प्रार्थना पूरा शहर महीनों से कर रहा था। अमरपुर छात्र संघ की पहली महिला अध्यक्ष और पहली दलित अध्यक्ष! शहर के गाल पर दो तमाचें एक साथ पड़े थे। आनन फानन में हिन्दी विभाग के अध्यक्ष पंडित केसरी नन्दन पाण्डेय, डीलिट्, एमए स्वर्ण पदक, के कमरे में बैठक बुलायी गयी और थोड़ी देर तक "समाज का कितना पतन हो गया है" "चमार सियार खरबुज्जा के नाती" जैसी चिन्ताओं और लोकोक्तियों के बाद पंडित केसरी नन्दन पाण्डेय, डीलिट्, एमए स्वर्ण पदक ने यह

तय किया कि उनके रहते ये अनर्थ इस विश्वविद्यालय में नहीं होगा कि चमार सियार मूड़ पर बैठें। उन्हें कल को मठ को भी मुँह दिखाना है। रिम्पन भइया और पिंटू भइया को विभाग के चपरासी को भेज कर महिला संकाय की तरफ़ की टूटी दीवार से अन्दर बुलाया गया और विभागाध्यक्ष पंडित केसरी नन्दन पाण्डेय, डीलिट्, एमए स्वर्ण पदक ने कहना शुरू किया,

"देखिये बन्धुवरो! वैसे तो मेरी भूमिका इस निर्वाचन प्रक्रिया में अभिवावक मात्र की है और गुरु का धर्म है कि वो अपने हर छात्र को एक ही दृष्टि से देखे और निष्पक्ष रहे पर इतिहास साक्षी है कि धर्म की रक्षा के लिए कभी-कभी गुरु को यह निष्पक्षता छोड़नी पड़ी है। समाज के नियम सतत चलते रहें इसलिए कभी-कभी गुरु को ऐसे निर्णय लेने पड़ते हैं। प्रभु श्रीराम ने समाज के नियमों के चलते ही माँ जानकी का त्याग कर दिया था, हरिश्चन्द्र ने अपने मृत पुत्र रोहिताश्व की चिता के लिए अपनी पत्नी तारावती से भी श्मशान के कर की माँग की थी। गुरु द्रोणाचार्य ने समाज के नियमों को देखते हुए एकलव्य को शिष्य रूप में अपनाने से मना कर दिया था। समाज रहेगा तो हम रहेंगे। समाज है तो हम हैं, समाज नहीं तो हम कहाँ! आज समय ऐसे ही दोराहे पर खड़ा है कि समाज की रक्षा करें या नियमों की। ऐसे ही समयों के लिए शास्त्रों में आपद्धर्म की संकल्पना है। आज समय धर्म नहीं आपद्धर्म का है। इसलिए मैं भारी मन से कह रहा हूँ कि इस विश्वविद्यालय में किसी अवर्ण की शक्ति स्थापना मुझसे न होगी चाहे वो अवर्ण शक्तिस्वरूपा ही क्यों न हो, साहब कबीर भी कह गये हैं "साकत मरै सन्त जन जीवे, भरि भरि राम रसायन पीवे"। अतएव आप सभी प्रबुद्ध यह निर्णय ले लें कि इस निर्वाचन यज्ञ का विजेता कौन होगा क्योंकि मेरे रहते वो कोई अवर्ण तो न होगा।"

ये कहकर पंडित केसरी नन्दन पाण्डेय, डीलिट्, एमए स्वर्ण पदक कमरे से बाहर निकल गये। उसके बाद सोते हुए महन्थ आचार्य योगी अभिनव दास को, राज्यमन्त्री दुर्गा बाबू को उठाया गया और थोड़ी बहस के बाद ये तय किया गया कि इस विश्वविद्यालय के छात्र संघ अध्यक्ष रिपुदमन प्रताप सिंह उर्फ़ रिम्पन भइया होंगे। पिंटू भइया इससे बहुत ख़ुश न थे पर जब आशुतोष मिश्र ने सजातीय होने का धर्म निभाते हुए उन्हें समझाया "अरे जाय दा! रिम्पन के विश्वविद्यालय में आख़िरी साल ह, बुढऊ के अबकी बन जाये द्या अगली बार तोहरे नम्बर रही" तो वो मान गये। अब दो ही रास्ते थे कि एक तो यामिनी को मिले वोटों के बंडल फाड़ कर फेंक दिये जायें पर डाले गये कुल वोटों की गिनती हो चुकी थी और वो संख्या रजिस्टर में डॉट पेन से लिखी जा चुकी थी सो उसे मिटाकर बदलना भी ठीक न था और तो और शुरू में ही कुल डाले गये वोटों की संख्या की घोषणा की जा चुकी थी सो

दूसरा तरीक़ा अपनाया गया कि यामिनी को मिले कुछ वोटों को रद्द कर दिया जाय। प्रकाश मणि त्रिपाठी को ये ज़िम्मेदारी दी गयी कि वो कुछेक वोटों पर अलग-अलग क़लमों से अलग-अलग हैंडराइटिंग में 'दीदी जीतेगी' 'जय भीम' 'बहुत प्यार करते हैं तुमको सनम' टाइप कुछ-कुछ लिख दें ताकि निर्वाचन आयोग के नियमों के अनुसार उन मतपत्रों को रद्द कर दिया जाय। प्रकाश मणि त्रिपाठी दायें और बायें हाथ से अलग-अलग हैंडराइटिंगों में लड़कियों को प्रेमपत्र लिखने के लिए विख्यात थे सो उन्होंने गुरु भक्त आरुणि की तरह गुरु के आदेश का पालन करते हुए अपनी इस कला का सदुपयोग करते हुए आख़िरी गिनती में यामिनी को मिले पन्द्रह वोटों की लीड को तोड़ने के लिए उसको मिले पचास वोटों में से पच्चीस पर ऐसी इबारतें लिख दीं। ये इबारत लिखी जाने के बाद सारे एजेंटों की सर्वसम्मति से इन्हें इनवैलिड मान कर रद्द कर दिया गया और यामिनी जो रिम्पन भइया से पन्द्रह वोटों से और पिंटू भइया से बीस वोटों से आगे थी रिम्पन भइया से दस वोटों से और पिंटू भईया से पाँच वोटों से पीछे होकर नम्बर एक से नम्बर तीन पर चली गयी। बड़े बाबू मिश्रा जी केसरी नन्दन पाण्डेय, डीलिट्, एमए स्वर्ण पदक की सम्मति पाकर बाहर आकर हर प्रत्याशी को मिले वोटों की संख्या और आख़िरी परिणाम की घोषणा करने लगे। रात के बादल घिर आये थे और परिणाम की घोषणा होते-होते पिंटू भइया और रिम्पन भइया मय समर्थक जुलूस के लिए निकलने लगे, यामिनी भरी आँखें लिए फुहार से बचने के लिए विभाग की सीढ़ियों पर बैठ गयी थी। जब मिश्रा जी माइक पर परिणामों की घोषणा कर रहे थे तक़रीबन उसी समय रवि विश्वविद्यालय के गेट से भीतर घुस रहा था, थाने ने जब समझ लिया कि चुनाव का खेल ख़तम हो गया तो उसे धक्का और "अबकी ता बच गयीला अगली बार अइसन पेलाईहो की छींक न अईहे! भाग चमरिया!" की नसीहत देते हुए उसे थाने से बाहर कर दिया था। रवि ने हिन्दी विभाग पहुँचते-पहुँचते चुनाव परिणाम की घोषणा सुन ली थी। वो विभाग पहुँचा और चुपचाप यामिनी के बग़ल में बैठ गया। यामिनी ने कहा–

"अब तक कहाँ थे?"

"थाने के मामा लोगों ने ननिहाल बुला लिया था, बड़ी सेवा की।" यामिनी उसके चोटों की ओर देख रही थी कि और कुछ बात छेड़ने की गरज़ से रवि ने अपनी जेब से एक चिट्ठी उसे निकालकर दे दी।

"ये क्या है?" यामिनी ने पूछा।

"बेतियाहाता वाले डाक बाबू मिले थे, तरंग से नौ से बारह का शो देख लौट रहे थे, कहने लगे कि शाम को घर निकल रहे थे कि पोस्टबॉक्स ख़ाली करते हुए आपके नाम की चिट्ठी मिली, कह रहे थे कि जेब में धरे-धरे निकल लिए, मैं मिला

तो मुझे पकड़ा दी कि मैं आपको दे दूँ। चिट्ठी पर लगे टिकट उन्होंने निकालकर रख लिए कि चाय का खरचा निकल जायेगा।"

यामिनी ने चिट्ठी का लिफ़ाफ़ा खोलकर चिट्ठी पढ़नी शुरू की–

प्यारी यामिनी,

सोचती हूँ कि तुमसे न मिली होती तो कितनी चीज़ें हैं जो शायद न होतीं। मैं सिर्फ़ होने को नियति समझती और न होने पर कोई शिकायत न करती। पर हुआ ये कि मैं होने और न होने के बीच की चीज़ें देखने लगी, तुम्हारी संगत में कविताएँ पढ़ने लगी। तुम्हें कभी बताया नहीं पर बारहवीं के बाद मैं डॉक्टर बनना चाहती थी। इन्सान के शरीर के विज्ञान को समझना चाहती थी पर पापा ने तैयारी के लिए बाहर नहीं भेजा कि मैं कहीं 'बिगड़' न जाऊँ। अमरपुर में रहकर जो तैयारी हो सकी वो की और एडमिशन मिल रहा था बैंगलोर मेडिकल कॉलेज में, ब्रांच थी 'डेंटिस्टरी'। पापा ने मना कर दिया कि अकेली जवान लड़की बाहर कैसे रहेगी और बैंगलोर में हमारा कोई रिश्तेदार था नहीं कि मैं उसके घर रहूँ और 'बिगड़ने' से बचा ली जाऊँ।

कितनी ही चीज़ें थीं इस जीवन में जिन्हें होना था और जो नहीं हुइ, और वो सब हुइ जिन्हें न होना था। मुझे डॉक्टर बनना था नहीं बनी और यूनिवर्सिटी में बीए करने भेज दी गयी। तुमसे नहीं मिलना था पर मिली। होना तो ये था कि हम दोनों को आधी रात पार्क में घूमना था, तुम्हारी कमर में हाथ डाले गोलघर में टहलना था, तुम्हारे साथ अकेले बैठे रामगढ़ ताल में डूबता सूरज देखना था, जब तुम कहीं और देख रही हो तुम्हें ज़ोर से चूमना था। ये सब होना था जो नहीं हुआ और इनकी नियति अब अतृप्त इच्छाओं की बही में दर्ज होना भर रह गयी है। इच्छाएँ जो अनन्त तक नींद में खुरदुरे कम्बल की तरह गड़ती रहेंगी। तुम्हें याद है तुमने शिम्बोर्स्का की कविताओं के अनुवाद की किताब ख़रीदी थी और मैंने तुमसे छीन ली थी कि पहले मैं पढ़ूँगी। उस किताब में शिम्बोर्स्का की कविता है 'बीतती सदी में' जिसे पढ़कर लगा कि पोलैंड में वह भी सोच रही थी कि जो होना था नहीं हुआ–

कितनी ही चीज़ें थीं
जिन्हें इस सदी में होना था
पर नहीं हुई
और जिन्हें नहीं होना था
हो गयीं

हमने सोचा था कि
आख़िरकार ख़ुदा को भी

एक अच्छे और ताक़तवर इन्सान में
भरोसा करना होगा
लेकिन अफ़सोस
इस सदी में इन्सान अच्छा और ताक़तवर
एक साथ नहीं हो सका!

आख़िर हम जियें तो कैसे जियें
किसी ने ख़त में पूछा था
मैं भी तो उससे यही पूछना चाहती थी

हमें भी ऐसा होना था यामिनी–बेख़ौफ़ और नाशर्मिन्दा पर ये नहीं हुआ। देखो न मुझे मुग्धा होना था पर मैं 'लड़की' भर रह गयी हूँ जिसे आम के अचार की तरह धूप, बारिश, दूसरे की नज़र से बचाया जाता है कि कहीं अचार 'बिगड़' न जाये। किसी घर में जब बेटी पैदा होती है तो हर कोई कहने लगता है–बधाई हो! लक्ष्मी आयी है। बेटे के पैदा होने पर कोई नहीं कहता बधाई हो! गणेश आये हैं, सब जानते है कि बेटा पैदा हुआ है तो ख़ुशी की ही बात है। अब बेटी को पैदा होते ही दूध में डुबो नहीं सकते तो सान्त्वना देते हैं कि कोई बात आप जिसे नुक़सान समझ रहे हैं उसके फ़ायदे भी हैं जैसे घर में दूध फट जाये तो माँ कहती है कोई बात नहीं रात के लिए पनीर की सब्ज़ी बन जायेगी। जो ख़ुद को आधुनिक कहते नहीं अघाते वो भी कहते रहते हैं कि लड़कियाँ लड़कों से कम नहीं अरे जब कम नहीं हैं तो कहने की क्या ज़रूरत और अगर कम हैं तो कहने भर से क्या हो जायेगा? ये वो ही लोग हैं जो दुलार से लड़कियों को बेटा-बेटा कहते हैं, पर कभी किसी बेटे को दुलार में बेटी पुकारा जाता सुना है? इस शहर के व्याकरण में पुल्लिंग डिफ़ॉल्ट सेटिंग है। हिन्दी व्याकरण में नियम है कि सजीव कर्म के बाद कारक 'को' का प्रयोग हो जैसे मैंने लड़के को देखा पर जानती हो हिन्दी व्याकरण के इन सारे नियमों की साँस लड़की तक आते-आते फूल जाती है और ये सारे नियम शादी की बातचीत की दहलीज़ पर दम तोड़ देते हैं। शादी की बातचीत देखना कभी–

आपने लड़की देखी?

हमने लड़की देख ली।

कोई नहीं कहता मैंने मुग्धा को देखा। हिन्दी व्याकरण में भी मैं सिर्फ़ लड़की रह गयी हूँ क्रिया चाहे जो भी हो पर कर्म–लड़की–निर्जीव कर्म ख़ुद के वजूद को पारिभाषित करने वाले 'को' के बिना! मैंने लाल किला देखा, मैंने ताजमहल देखा वैसे ही मैंने लड़की देखी। और ये तब है जब हमें कम से कम लड़की कहा जाता है

वरना अमरपुर की भाषा में मैं 'माल' हूँ जो देखी भी नहीं जाती सिर्फ़ 'ताड़ी' जाती है। इस शहर के व्याकरण में हमारे लिए एक छोटा-सा को भी मयस्सर नहीं है जो हमें मुर्दा चीज़ों से अलग सजीव बता सके। इस शहर में अगर लड़की देखी नहीं जाती तो दिखाई जाती है जैसे रामजसराय आसकरन दास में साड़ियाँ दिखायी जाती हैं, जैसे जयंती मेले में दस रुपये में तीन गानों का नाच दिखाया जाता है, दहेज़ के लिये ख़रीदे गये गहने, पलंग, एसी, सोफा, श्रृंगारदान दिखाया जाता है। हिन्दी भाषा के इस मर्दाने व्याकरण में भी मैं सामान भर रह गयी हूँ। मुझे मुग्धा और सिर्फ़ मुग्धा होना था पर या तो मैं लड़की रह गयी हूँ या 'तिउराईन'!

कभी-कभी लगता है कि हमें व्यक्तिवाचक नहीं सिर्फ़ समूह या जातिवाचक संज्ञा ही होना था तो हमें नाम दिये ही क्यों गये सिर्फ़ बारकोड या टैग क्यों नहीं–

माल संख्या–1005

रंग–गोरा

बाल–काले

देह–छरहरी

अपंगता–नहीं

'कुँवारी'–हाँ

दहेज़–वर की नौकरी या पिता की औकातानुसार

हमें सिखाया गया है कि जैसे ताजमहल ख़ुद को एकटक देखने वालों को पलट कर "क्या है? क्यों घूर रहे हो?" नहीं कहता हम भी ख़ुद को एकटक घूरने वालों को कुछ न कहें। ताजमहल से नहीं पूछा जाता, "भाई! तुम क्या चाहते हो?" वैसे ही हमसे भी नहीं पूछा जाता। ताजमहल और लड़की के जीवन का एक ही उद्देश्य है–

सुन्दर दिखो!!

जानती हो यामिनी कभी नहीं सोचा था कि तुम्हें कभी चिट्ठी लिखूँगी। जो कहना होता है वो शब्द कह देते हैं और जो कहा नहीं जा सकता उसमें शब्द भी क्या करेंगे? जब हम साथ होते हैं तो तुम्हारी आँखों में जो सूरज चमकता है उसके लिए कोई शब्द कहाँ है! पर सोचा था तुमसे कभी एक चिट्ठी बाँचूँगी। चिट्ठी जिसमें सुबह के फूलों का ज़िक्र होगा, जिसमें ग्वाले की साइकिल की घंटी और स्कूल जाते बच्चों की हँसी का ज़िक्र होगा, चिट्ठी जिसमें सर्दी की उन सुबहों का ज़िक्र होगा जब तुम्हारी टोपी से बाहर निकले और तुम्हारे माथे पर घिर आये बाल ओस की फुहार में भीग जाते थे और दूर कोहरे में सिर्फ़ तुम्हारी आँखें दिखाई देती थीं। सोचा था उस चिट्ठी में जादवपुर यूनिवर्सिटी की उस रात का ज़िक्र होगा जब हमने रात मन्थर गति से घूमते पंखे की पत्तियों को गिनने में गुज़ार दी थी और बारिश

बेचैन आत्मा की तरह हमारी खिड़की पर सर पटकती रही थी। सोचा था उस चिट्ठी में ज़िक्र होगा उस पतझड़ का जब सेमल के सूखे पत्ते तुम्हारी चाय में गिर पड़े थे और तुम ज़ोर से हँस पड़ी थीं और उस बेख़ौफ़ हँसी से बेचारा सेमल ठिठककर रह गया था। निर्मल वर्मा की डायरी से शब्द चुराकर लिखना था कि जब तुम साथ न हो तो क्या महुआ क्या तारे क्या आकाश क्या रात!!

तुम्हें ये सब कहना था यामिनी जो नहीं हुआ। तुम्हें ये चिट्ठी कभी नहीं लिखनी थी पर ये हुआ। जब काग़ज़ में दर्ज ये शब्द तुम पढ़ोगी मैं आकाशगंगा के हर नक्षत्र से ये चिट्ठी बाँच रही होऊँगी। आशा है कि अनन्त का वो डाकिया तुम तक ये चिट्ठी पहुँचायेगा और उन नक्षत्रों की प्रतिध्वनि तुमसे ये चिट्ठी बाँचती रहेगी!!

तुम्हारी

मुग्धा और सिर्फ़ मुग्धा!

यामिनी ने चिट्ठी पढ़कर उसे मोड़ कर दुबारा लिफ़ाफ़े में बन्द कर दिया और रवि की ओर देखकर कहा, "सुनो! वो पर्चे पोस्टर वाला झोला है उधर, उसमें कैंची है ना?"

"हाँ होगी क्यों?"

"कैंची निकालकर दे दो।"

रवि ने झोले में हाथ डालकर इधर-उधर ढूँढ़ा और कैंची उसे पकड़ा दी। यामिनी ने अपने बालों को खोला और उसे अपनी बायीं मुट्ठी में पकड़कर गर्दन से पीछे उठा लिया और उनको दाहिने हाथ में ली कैंची के दाँतों के बीच लगाने लगी।

"पगला गयी हैं क्या?" रवि उसका हाथ पकड़ते हुए चिल्लाने लगा, "अरे एक इलेक्शन हारी है बस! ऐसा क्या हो गया?"

"तुम नहीं जानते उसको ये बाल बहुत पसन्द थे।"

"किसको?" रवि की भौंहें ऊपर चढ़ी थीं।

"मुग्धा को।"

"तो?"

"वो अब नहीं रही।" कहकर यामिनी ने चिट्ठी रवि की ओर बढ़ा दी और बोलने लगी–

"उसका माथा अब नहीं चूम सकते, उसकी बाँहों में बाँहें डाल अब शहर में नहीं चल सकते, उसकी चिता को आग नहीं दे सकते। न मुखाग्नि है, न उसकी मृत देह से लिपटकर रोने का सौभाग्य! बस ये बाल हैं जो उसको बहुत पसन्द थे, यही मुखाग्नि है, यही तर्पण है, यही पिंडदान है मुग्धा का भी और कुमारी यामिनी का

भी। आज से इस शरीर का नाम सिर्फ़ चिंटू है! चिंटू कुमारी! मुग्धा के साथ कुमारी यामिनी भी अब इस दुनिया में नहीं रही।"

फुहारें अब बारिश की शक्ल ले चुकी थीं और यामिनी के बाल बारिश के साथ बहकर सामने के मेनहोल की जंग लगी जाली को जकड़ रहे थे जैसे कभी मुग्धा यामिनी को अपने आलिंगन में जकड़ लिया करती थी। शहर के किसी कोने में दैनिक प्रगति अख़बार में नया-नया भर्ती हुआ एक पत्रकार अगले संस्करण के तीसरे पन्ने के लिए आँखें मलता सिंगल कॉलम की ख़बर टाइप कर रहा था–

हृदय गति रुकने से छात्रा का निधन

अमरपुर

कल बीती रात शहर के बेतियाहाता मुहल्ले की निवासी कुमारी मुग्धा त्रिपाठी का अचानक हृदय गति रुकने से देहान्त हो गया। मृतका विश्वविद्यालय में बीए की छात्रा थी। गयी रात उसने सीने में तेज़ दर्द की शिकायत की और जब तक परिजन उसे अस्पताल ले जा पाते छात्रा ने दम तोड़ दिया। विश्वविद्यालय प्रशासन ने शोकाकुल परिवार के प्रति अपनी संवेदना व्यक्त की है।

शहर में सवर्ण छात्राओं की आत्महत्या की ख़बर ऐसे ही लिखी जाती थी।

❐❐